新民説
iHuman

成
为
更
好
的
人

Robert Ruark

THE
OLD MAN'S BOY
GROWS
OLDER

小男孩长大后

[美] 罗伯特·鲁瓦克 著

冷彬 林芳仪 译

广西师范大学出版社
·桂林·

小男孩长大后
XIAO NANHAI ZHANGDA HOU

本书译文由如果出版·大雁出版文化事业（股）授权，非经书面同意，不得以任何形式任意重制、转载。

著作权合同登记号桂图登字：20-2014-276 号

图书在版编目（CIP）数据

小男孩长大后 /（美）罗伯特·鲁瓦克著；冷彬，林芳仪译. —桂林：广西师范大学出版社，2016.10
书名原文：The Old Man's Boy Grows Older
ISBN 978-7-5495-8391-1

Ⅰ.①小… Ⅱ.①罗…②冷…③林… Ⅲ.①长篇小说－美国－现代 Ⅳ.①I712.45

中国版本图书馆 CIP 数据核字（2016）第 156026 号

广西师范大学出版社出版发行

（广西桂林市中华路 22 号　邮政编码：541001）
网址：http://www.bbtpress.com
出版人：张艺兵
全国新华书店经销
广西民族印刷包装集团有限公司印刷
（南宁市高新区高新三路 1 号　邮政编码：530007）
开本：880 mm×1 240 mm　1/32
印张：11.875　　字数：215 千字
2016 年 10 月第 1 版　　2016 年 10 月第 1 次印刷
印数：0 001~8 000 册　定价：39.80 元

如发现印装质量问题，影响阅读，请与印刷厂联系调换。

这本书，
写的是两个内心住着大人的小男孩，
他们曾经在小船里共同织梦。
我并不记得我们到底有没有抓到鱼，
但是那个梦真是美好！

小男孩的话

　　人在成年后很喜欢回忆。当头发变得灰白，当中年的苦痛慢慢加深，他们总是喜欢回想年轻时的丰功伟业，宣称年轻人的生活过得太安逸了，以前他们是小男孩时可不是这样被训练的。爷爷对这件事有个说法。他说，当人越来越老，走过的路越来越多，到那间红色小学校的路就会越来越远。

　　他说："我得承认，以前我从家里到学校，差不多只有半英里[1]路，但是我越老，就觉得这段路越长。如果你现在问我，我得在雪中走多远去上学，我眼睛眨都不眨一下就能告诉你有10英里远。"

　　当时这位老绅士说的话我并不太在意，除了"雪"这个字

1　英里，英制长度单位，1英里约等于1.61公里。——编者注

其他几乎都没听进去。那是个闷热的八月，我正折磨着冰激凌机的搅拌棒。或者说，是这搅拌棒折磨着我。奶油与碎冰、粗盐一起在圆筒中搅和的同时，我也已经满头大汗了，是因为他们准许我舔舔搅拌棒，我才愿意在那儿继续这项苦差事，等待冰激凌越搅越浓稠。

冰激凌终于变硬，一切大功告成。我赶紧扑上那根滑顺绵密的冰激凌棍，就像鸭子扑上金甲虫一样。如丝般光滑的冰激凌上，冰冻的蜜桃片堆成一座可爱的小山。这就是所谓"士兵的薪饷"或是"额外的奖励"，我可以跟全家人一起平分冰激凌，通常不用再额外扣掉我先吃掉的份。

对我来说，这是人类双手所能制造的最美味的冰激凌啦。你想想，只是把奶油、砂糖、鸡蛋、香草粉，还有一些新鲜蜜桃及樱桃丁丢在一起搅拌，就可以做出冰激凌来，是多么神奇的事情呀！但现在已经没有人这样做冰激凌了，当然，现在也没有人这样过生活了。

这个回忆忽然涌现在我的脑海中，是在某天我的背严重扭伤时。那天我想重温儿时自制冰激凌的模糊记忆，不想到街角商店直接买一桶冰激凌，或打开冷冻库抓冰块咬，那些冰块吃起来就像木屑一样，不管削得多漂亮，都一样难吃。

我发现这几年来，为了重温年少记忆，我常到户外野炊，因此毁掉了不少好食材。我会去钓鱼或是露营，纯粹只为了享受被冻僵或中暑的趣味，或者被虫叮蚊咬——所有让人不舒服的事。我成了个野餐狂，享受一切不熟的、烤焦的，或是沾了泥沙的食物。

在这些年里，我尝过大象的心脏、生羚羊肝、半生不熟的沙鸡还有瞪羚肉片——这些都是几分钟前才刚掠过天空或在树林中跳跃的新鲜肉食。我若去钓鱼，一定要等到用红土把它们团团包住，通通丢进炭火中烘烤时才会真正开心起来——就算没烤到全熟也不影响它们的味道，即使是放在我这已经被尼古丁与私酿金酒麻痹了三十年的舌头上也一样。

但当我还是个小男孩时，一切倒真的都不太一样，爷爷对我来说代表的是过去已经消逝的谜团。但我并不认为我能让现在的年轻小鬼头们，对我过去三十到三十五年前所着迷的活动产生多大的兴趣。对这个有电视、马戏团里有芭蕾舞表演的年代，那时候的一切都太简单了。"进步"，和所有的事情一样，是比较出来的，但我很怀疑，这一切的"进步"，是否真的值得。

在那被埋葬的过往岁月中，大部分好玩的事情都发生在户外。季节在月历上蚀刻的印记诉说着大自然的潜力。冬天的雪下得并不频繁，但还是有可以让你舔着玩的冰柱和自制的白雪冰激凌，也可以设下陷阱捕捉野兔及初雪时奇迹般出现的小雪鸦跟连雀。设陷阱很简单，就只是用一根木棍斜斜地撑住一个箱子，然后绑上根绳子，在箱子下丢些面包屑，等小动物跑到箱子底下吃东西，就从躲藏的地方把绳子用力一拉，箱子就会倒下来把猎物关在里面。唯一的问题是怎样把里面的鸟儿抓出来，因为通常箱子一打开，它们就顺顺利利地远走高飞了。

冬天池塘薄薄地结上了一层冰，让猎鸭变得容易许多，因为野鸭不喜欢在雪中飞行，会游进矮树丛中。不知怎的，鸟类跟动物在雪中都比较容易猎到，在雪地上侦查鹿踪也比跟在猎犬后头追逐它们有趣得多了。

春天是野草莓和青桃的季节，也是肚子痛的季节——而且感谢老天保佑，也是学校放假的时候。时序缓慢慵懒地从五月进入六月，食米鸟占领了整片草原，黑莓释放出浓浓的甜意，就像从树干上冒出的珠宝。药柜因此遭受严重袭击，救赎之瓶中的蓖麻油逐渐变少。这时也是游泳的季节，水冰得让人起鸡皮疙瘩——这可是严重违反父母禁令的，但这种犯罪的欢愉让人对这些时光加倍难忘。

夏天，是把学校抛到九霄云外，钓鱼跟游泳的时光，即使在我那个年代，也有很多夏令营，通常都在山里举办，因为父母可以借此摆脱六周小孩的纠缠，把他们押送到比较良善仁厚的集中营里，在监督管理下从事射箭、游泳、划船、登山健行、野营、编竹篮等等诸如此类的活动。

八月最美好的部分，是准备迎接九月的到来。九月才是男人行动的季节：那时可以开始认真训练小狗，狩猎季也即将正式展开。九月强烈的东北风掀起万丈波涛，沼泽鸡全跑出来啦，大蓝鱼与咸水鲈鱼也取代了岸边的小鱼，让人群蜂拥而至。

十月是松鼠活跃的月份，板栗树在灌木丛中散发充满光泽的棕色，酸涩的柿子皮刚起了点皱，鹌鹑在黑暗中甜美地呼唤着，但一直要到十一月，才会有连续发射的子弹摧毁它们的美梦。到那个时候，天气就真的冷透了，矮树丛凋零枯萎，憔悴不堪。雄鹿的脖子鼓起，你可以听见这些大个儿们用力磨去鹿角上的最后一层绒毛，在树林中大声喘息的声音。

我试着记录下这一切，但每当我一开始回想，过往的一切就排山倒海而来。好像许多尘封在铁柜中的陈年往事，一旦用钥匙转开了锁，打开柜门，一切就瞬间出现在眼前。第一次倾泻而出的回忆，成就了一本小书，就是《爷爷和我》。

通常，故事自己会说话，会书写。我不禁猜想，忙着报道现在热门的话题，让我忘了多少过去的事：乡村小木屋中，属于圣诞节的气味；命令猎犬追逐浣熊的号角声；负鼠在柿子树上蜷成一团，像张中国老人皱缩的脸；赶着牛群穿越阴暗森林回家的黑人牧童，哼着歌儿驱逐心中的恐惧；北风刮起的海浪，打在孤寂的沙滩上，激起整片白色泡沫；黑人的户外布道会扬起阵阵嘹亮的歌声；欢乐的盛会中熏烤着生蚝，私酿水果酒在暗处传递，连方块舞者旋转的步伐都带点儿摇晃。

《爷爷和我》让我思考，让我小心翼翼地检视我的回忆。

圣诞节的气味就是一例。旧时的圣诞节，闻起来就像捣碎的常青树加上烈火燃烧树脂的味道。前者清凉，后者炽热，但两种味道加在一起，却意外和谐地让人心情愉悦。不过这芬芳的气味却被厨房溢出来的香味掩盖，烤火鸡肚里填塞馅料香喷喷的味道，获得了压倒性的胜利。

这所有丰富的香味都还沾染了一股酒香，因为食物蘸酱和水果蛋糕奢侈地使用了大量的白兰地与葡萄酒。还有一股热带的香味，来自平时罕见的圣诞柑橘及黄澄澄的柳橙，它们浓郁的香甜掺杂在丰富复杂的气味中，格外清新逼人。但一口直咬到雪白果肉，香气醉人的鲜红苹果就可以整个儿把它抵消。苜蓿叶和心形的闪亮圣诞糖是一年中其他时刻都看不到的，它软软的夹心能夺走你的心，搭配油滋滋的巴西核果，以及带了淡淡酒味、摸起来黏糊糊的大个儿葡萄干真是恰到好处。这种时候我们不会直接喝能够让友谊加温的朗姆酒，但加了香料的蛋酒、温热的汤姆与杰利鸡尾酒 [1]，也能让人们水乳交融。

现在，我把时间的频道调回很久很久以前的过去，张开回忆的鼻孔用力嗅着这些各式各样的气味，在搜寻气味的过程中，

---

[1] 一种美国在圣诞节时饮用的传统鸡尾酒，是一种温热的蛋酒，用白兰地或朗姆为基底，配上肉豆蔻做香料，用马克杯或大碗饮用。以上为如果出版社 2008 年版注释。如无特别说明，本书脚注均出自该版注释

我突然又找到了不同的记忆。我想起在没有暖气的房子里，爬上冰冰凉凉的床铺是什么样的感觉；还有在天色破晓前的一片黑暗中，离开温暖的床铺，塞进冰冷的衣服里，只靠一顿丰盛早餐在肚子里升起的暖意出门猎鸭是什么感觉——那时耳朵冷得都快掉下来啦，膝盖以下也冻得完全失去知觉。

重新回忆起小男孩冻红的鼻头上那一滴清澈的鼻水是多么容易啊，那时他正在猎鸭栏里发抖，祈祷绿头鸭快快飞下地来。露珠凝结在爷爷的胡须上，爷爷的气味——"老人跟老狗闻起来都一样臭"——掺杂着烟草汁、玉米威士忌、炉火的气味，整个儿就是爷爷的味道。

我继续回想，这是这么多年来第一次，我这么清楚地意识到小男孩可能变成了什么模样；足足有两三年的时光，我一直惊恐地认定我死后会下地狱，因为我又爱翘主日学[1]又爱骂脏话；还有，我是如此地任由永恒的回忆袭击。但这些猛烈的回忆，终于慢慢不再失控，慢慢地整顿归位，在一个午后的沼泽旁，当鸽子开始忧伤地轻啼，猫头鹰又开始唬唬枭鸣，傍晚的声响生气勃勃地迸开。即使我现在已经是个成年人了，在午后阴暗神秘的沼泽中钓鱼，四周围绕着扁柏与铁兰，我还是可以

---

1 主日学是基督教教会于星期日早上在教堂内进行的宗教教育，一般在主日崇拜之前或之后举行。广义而言，教会的普遍教育都是主日学教育。——编者注

感受到年轻时的那种恐惧，那种毛骨悚然的感觉，仿佛发怒的天神用他冰冷的手指在我的脊椎上下游移。

爷爷和我从前做过的事情中，几乎没有一件是人工且非自然的。我使用弓箭，但是是依据欧内斯特[1]书中的解释自己做成的。我不需要教练教我射箭，我会扔斧头、制作战斧、抛掷长矛，以及设陷阱、投掷小刀，还有撑桨划船。

冬天到来时，谷仓的墙上通常都挂满了野兔皮，有时还有浣熊或是负鼠皮，而我总是做着白日梦，希望可以碰上只大熊，来增加我的战利品。我从来没真正碰过熊，但我看过一次熊的足迹，那就让我有如亲眼看见并射中它一样开心了。

那是成人无法分享的秘密生活——在成串连成一气的洞穴中，在海盗曾经埋藏宝物无人能寻的小岛上，在树屋里，在小木屋中——即使那儿的横梁已经歪曲，但绝对还是可以为疲倦的冒险家提供一些舒适的惬意所在。

从北卡罗来纳南港到威明顿的火车（代号是 W.B. & S.，意思应该是指威明顿、布朗斯威克、南港，但我们都戏称它是"尽职却缓慢的火车 [Willing But Slow]"），是一段适合玩上个半

1　欧内斯特·汤普森·塞顿（Ernest Thompson Seton，1860—1946），苏格兰裔博物学家，小说家，被誉为动物小说之父。他开创了动物小说这一崭新的文体，在世界文学和儿童文学史上都具有不可撼动的崇高地位。塞顿毕生创作的四十六篇动物小说历经百年岁月的检验，是世界动物小说中的经典。

天的三十英里路程，并且在旅程中满是高度的冒险及真正的旅游。这个旅程如果想乘船——我的罗伯叔叔是船上的机师——虽然花费时间较长，但当经过腥味冲天的鱼肉工厂时，真觉得自己就像探险家哥伦布一样。这三十英里路所花费的时间，好像比现在从纽约飞到伦敦的时间还要长。

《爷爷和我》的故事只发生在美国的一个小小区域上，但我们相处的点滴，却可以在世界上各个角落继续延烧，真是奇怪又很有趣。这本书最前面的两章是在热那亚的蒸汽船上写下的；之后有几章则是在非洲探险时写的。之后的几年，《爷爷和我》持续在各个地方写作，像伦敦的索威饭店（Savoy Hotel）、新南威尔斯的教堂、戈罗卡[1]的营地、新几内亚的高山上，以及罗马、巴黎、马德里、菲律宾、东京、香港等等，还有一大堆我不想花时间——列出的地方。林林总总加起来，这是在史上最好的旅行之一途中所创作的书，但很奇怪，我就是没在故事发生的南港及威明顿写作。这本书大部分的内容都在西班牙、非洲、印度，还有旅程中的飞机上所写。

也许是我自己个性毛躁古怪，但我实在不了解，现在年轻人喜欢的登月航天飞机或是人造卫星到底有什么好玩的，自然界里还有好多可以探索的东西呀！我不懂电视这个奢侈品，怎

1　戈罗卡（Goroka），巴布亚新几内亚东部高地省区的行政中心。

么可以声称它比露营旅行还好玩；我也不懂，阅读时无穷无尽的探索及乐趣竟不能胜过电视上那些搞笑或装神弄鬼的节目。

但当小男孩长大了以后，我并不会因为这个世界跟以前不一样了，就觉得孤单。气候改变了，大家谈论的都是那是不是原子弹造成的错。非洲狩猎之旅大受欢迎，大部分出钱的，都是那些脸暴青筋又挺个大肚腩的人，他们想虐待自己，所以尝试过下原始的生活。你再也看不见知更鸟了，红头啄木鸟也已经像渡渡鸟一样绝种了。世界绝对和我还是小孩子时不一样了，但如果你现在问我，我小时候去学校要在雪中走多远的路，我很可能会比爷爷更夸张，告诉你："二十英里。"当然那是个谎话，因为我以前都是骑自行车上学的，而且学校也不过就在街角；校舍也不是红色的，红色是七年级老师头发的颜色。也差不多就在那个时候，对我来说，鸟儿跟蜜蜂的意义也有了明显的不同。

想想看，他们现在训练红发老师的方法也不一样啰，至少跟我最后一次看见的是不同了。

目录

第一章

爷爷的遗产

从橡树林这头，到河畔那端的街上，一群又一群聚集的人潮。大部分人的脸庞是黑色的，他们站在白人之中用浓浓的口音说着话，还有几只狗儿在人群里穿梭呢。

他们都是来看爷爷的，来跟这位老船长说再见。在他的告别式中，唯一看不到的人就是我。我已经跟他说过再见了，他也已经与我道别过，我可不想要爷爷把我跟其他那些来悼念他的人混在一块儿了。我拿了放在地下室的船桨，划到炮台岛去，那里除了鸟，没有别的事儿让人分心。

世上绝对没有任何方法、任何词语，足以描述我的忧伤。少了爷爷的世界，对我来说实在太大了，但爷爷就这么走了，留下只有十五岁的我，孤孤单单、无依无靠地活着。我用力摇着桨，努力不去想爷爷，却怎么也抹不去他的身影。

我发现，是爷爷的老哲理引导我到这水面上来——爷爷认为船与流动的水最能帮助你解决各种问题，因为水能澄净你的思绪，钓鱼能平抚你的激动，"而且最后你还能吃掉这些鱼呢"！我猜，一定有人不能理解，我为什么不去参加葬礼反而跑来钓鱼，但爷爷一定会赞同我这么做。

　　我习惯性地带了渔网，置物箱里还有些鱼线。我划向浅滩，用桨将小船固定在沙洲上，然后望着沼泽里的虾群。停了一会儿，又把船推入水里，划向一个我知道的鱼穴，那里躲着一大堆娃娃鱼跟鳟鱼。我现在已经说不出那时抓到了些什么，但我通常总能抓到点东西的。

　　爷爷总是这么说："三月是个糟糕的月份，最好就是用来回忆。"所以我坐在船上，放上鱼饵，甩出鱼线，然后跌进深深的回忆里。

　　"我不打算留给你什么。"爷爷在临终前，病情危急时曾这么说过，"这场病花了太多钱，连房子都抵押了，银行里还留了张借据，而且经济大恐慌还没结束哩。所以除了几把猎枪、几张渔网和一条小船，没有什么值钱的东西。如果还有什么，也许就只剩回忆了。"

　　突然间我想通了，爷爷怎么会说没留什么东西给我呢？是开玩笑吗？我是全世界最富有的男孩呀，连大富翁在我身边都像个乞丐。我拥有爷爷整整十五年的时光，爷爷几乎把他知道的所有事都教给了我啊。

　　于是，我决定开始好好计算我所拥有的财富。

　　首先，他把我当成一个男人看待，培养我不卑不亢的态度。爷爷会让我跟他，还有他的男性友人们平起平坐，给了我自尊与平等。他教会我怜悯，以及应有的礼貌，还教育我什么是宽容，尤其是对那些较不幸的黑人与白人。街道上的黑面孔中，除了少数年轻人，其他人一生下来就是奴隶，他们只知道"饥饿"这个词，并不曾听过"废除种族隔离"那一类的论调，他们会聚在这里，只是因为他们喜爱爷爷这位老朋友。

　　群众中也有黑人与白人的传教士们，此外还有一些人，在我的成长教育中算比较粗俗的一类，像酒鬼啦、老爱打架的啦，还有游手好闲的啦，他们全都在那里，与城里的神父、海岸巡防队与船长协会的人、亲戚朋友，甚至是猎犬们一起聚在那里。我想爷爷一定有什么深深吸引了大家，也影响了我。

　　除此之外还有什么呢？

　　嗯，爷爷让我发现阅读是件非常美好的事情。他让阅读变成了一种运动，就像打猎是种运动，钓鱼也是种运动一样。他让我体会到知识的宝贵，所以我老喜欢把头埋在书本里，只要有字，是哪种书都无所谓。为了追求刺激，我读麦考莱[1]、艾迪生[2]、斯威夫特[3]以及莎士比亚。我从来没把《圣经》当成宗教书籍，对我来说，读《圣经》就是读一本书，而不是读宗教论文，因此我发现，《圣经》里的打斗场面比赞恩·格雷[4]写的西部小说还激烈。我读史书像读小说一样热切，古埃及的史事没什么是我不知道的，而且早在大学上哈兰博士的课之前，我就知道，大家所说的那个从海面上升起的"维纳斯女神"，应该叫"爱与美之女神"。

爷爷也教会我如何打发无聊。不管在什么地方，只要找到任何一张有字的小纸片，像药瓶贴纸或肥皂的包装纸，我就会认真地读它来消磨时光。我已经四十多岁了，却几乎想不起生命中有哪一刻是真正觉得无聊的，因为爷爷给了我一个最重要

1　托马斯·巴宾顿·麦考莱（Thomas Babington Macaulay，1800—1859），英国维多利亚时代历史学家、政治家。撰有《自詹姆斯二世和威廉三世即位以来的英国史》（即《英格兰史》）、《古罗马叙事诗》等作品。

2　约瑟夫·艾迪生（Joseph Addison，1672—1719），英国散文家、诗人、剧作家以及政治家。

3　乔纳森·斯威夫特（Jonathan Swift，1667—1745），英国作家，政论家，讽刺文学大师，以著名的《格列佛游记》和《一只桶的故事》等作品闻名于世。——以上三条均为编者注

4　赞恩·格雷（Zane Grey，1872—1939），美国知名冒险小说家，著有许多西部探险的浪漫故事，他也热爱钓鱼，曾在国际钓鱼杂志上发表多篇在纽西兰钓旗鱼的文章。据 IMDB 记载，到 2007 年为止，共有 111 部电影是根据他的小说改编。

的礼物，就是教会我如何去"看"——真正用心看。

爷爷曾说："大部分人多半像个睁眼瞎子般度过一生。你要知道，无论是麦虱或蛤蜊，任何一样东西都是有趣的，只要你记得，看着它的时候，能够心存一点儿好奇。"然后他会把我带去沼泽区或海滩上，或者把我丢到船上，严令我好好去看，待会儿还得告诉他我看见了什么。我观察到很多细微的事物，例如工作中的蚂蚁、正在游泳的貂，或毫不懈怠地推着粪球的金龟子。

我看见雄松鼠在发情期如何打败情敌，也看过海龟产卵时流下泪水；我观察沼泽与湿地上的生态，也领略野生动物们随季节产生的各种变化。我学着倾听夜晚的声音：狗儿对着皎洁月亮的狂嚎，猫头鹰阴森森的枭叫，还有夜鹰优美的轻叹，狐狸牢骚似的低吠，以及猎犬趁夜独自探险时，脖子上叮铃铃的声响。我学会欣赏鸽子在傍晚时分凄凉的啼哭，还有鹌鹑在召唤分散伙伴时那迫切的呼喊。

我的嗅觉变得非常敏锐，闻得到羊齿草与狗茴香的气味，也闻得出从松木新裂缝里涌出的树脂香，还能分辨出捣碎的曼陀罗草和那些常在身边的植物的芳香，茉莉、木兰、桃金娘等，都有那么一点点的不同。夏天的气味也和秋天不大一样。夏天是慵懒而温和的，像是乳牛轻柔的呼吸；秋天则是辛辣刺激的，树叶红火，草地上覆盖了一层薄薄的冰霜，橡胶树忙着分泌汁液。春天闻起来有少女的芳香，冬天则有着爷爷的味道，那是混合了炉火与烟草汁的味道。

我还有不错的厨艺呢。爷爷告诉我，食物不只是在肚子饿的时候用来对付肠胃咕噜乱叫的解药。我们一起打猎、一起准备食物，从中获得了许多乐趣。爷爷教会我如何用船舷敲开硬壳生吃蛤蜊，还教会我如何在沙洲上烹鱼或是烤蚝，享受一场华丽的盛宴。我下厨时总是洋洋得意，并且非常庆幸能够体会饥饿时的玉米粥、海龟蛋、油炸松鼠或野兔，这比有钱以后跑去那些奢华餐厅所吃到的高级料理要美味得多。

让我想想，爷爷还留给了我什么？

对了，还有良好的礼仪——虽然我总是得付出痛苦的代价才记得住，有一两次甚至还让爷爷用藤条狠狠地修理过呢！我随时记得说"先生""女士""请"与"谢谢"，知道跟长辈在一起，或是在餐桌上要尽量保持沉默。我不贪取狩猎伙伴射下的鸟只，也绝不侵犯别人命令猎犬的权利。我在树林里很安静，也知道要把营地清理干净，把吃剩的厨余残渣埋掉，并将营火完全熄灭。

我学会了如何撒渔网、用猎枪，会用桨划船、用篙撑舟；会模仿火鸡跟野鸭的叫声，知道如何采蚝、挖蛤蜊、训练小狗、侦查鹿踪、引诱私人土地上的火鸡（这可是不合法的）；我会在大浪里垂钓，会搭帐篷并用松针铺床；会跟踪浣熊、猎犬，可以在钓鱼船上值班，还会剥下整张的动物皮毛；会称鱼的重量、挖洞穴、画画，还知道怎么辨别毒菇与可食性的蘑菇，以及分辨不同的树种、花草与莓子；我可以跟有色人种和谐相处，甚至还会讲猎人们粗俗的行话哩！

爷爷留下的遗产，似乎总结出上述所有的一切：两把枪、一张渔网、一条船，还有一间房子，院子里的木兰树中有着新来的鹩哥——但这个房子没有多久就不是我们的了。大学就在不远的未来，只要我努力完成学业。

我收起钓鱼钩，举起桨，划船回家。到家时，参加葬礼的人潮已经散去，只剩下几位至亲好友，竟没有人发现我刚才不在。

南方人参加葬礼少不了食物的搭配，虽然这听起来有点奇怪，但每个人到来时，都会带着蛋糕、火鸡或是火腿，所以就算在满室花香的葬礼上，依然闻得到厨房里食物的味道，餐桌上也早已备有丰盛的筵席等着你。我的肚子很饿，所以吃了一个火腿三明治，倒了一杯牛奶，这时，最后一个回忆冲进了我的脑海中，碰！

我想起每次爷爷开着老福特或摇着船的时候，或者每逢下雨及不能渔猎的季节，他总习惯说："让我带你认识这个我们'人'所身处的世界。"比如说，那个让很多人浪费时间追寻的科罗拉多宝藏，爷爷就懂得很多，因为他是个西部老手。但他也像只小害虫，草原上有大马车前往西部冒险时，他就专门在路上制造些麻烦。北美野牛以及信鸽的生态，他通通一清二楚。古埃及的文明史、史丹利到非洲寻找李文斯顿的故事 [1]，更深印在他的脑中。大概从我刚会走路开始，他就用这些故事一点一滴地把我喂养长大。

我恍然大悟，原来我在上大学以前，就已经受过良好的教育，累积了广博的知识。我立下志愿以后一定要当个作家，并且把爷爷教我的事情写下来。不过有另一件重要的事情我得先做，那就是受完大学教育，然后多赚些钱，把那个后院里有着鹩哥、木兰树丛以及胡桃木的黄色老房子买回来。

我花了很多的时间，中间还经历过战争与和平的崩毁，去过华盛顿和纽约、伦敦和巴黎、西班牙和澳洲、非洲和印度，看过狮子与老虎，体会过希望与失望，写下了许多的文字。但最终，爷爷的房子现在为我们家人所拥有了，还有只鹩哥——它是某只被我杀死的老鹩哥的后代——在月色皎洁的夜晚，它会站在木兰树上欢悦地歌唱；胡桃树与无花果树又开始生长，

1　大卫·李文斯顿（David Livingstone，1813—1873），英国传教士，著名的非洲探险家，在非洲传教达三十年，他的传教及冒险事迹，影响了许多西方人对非洲的态度。他在非洲冒险时曾一度失踪，《纽约先驱报》（New York Herald）委托旗下记者亨利·莫顿·史丹利（Henry Morton Stanley，1841—1904）前往非洲寻找他的下落，后来也成为知名的非洲探险家。

橡树园也从来不曾改变过。

　　小男孩已经老到长出了白发，但爷爷依旧存在，一切情景都是如此清晰。你会听到更多爷爷告诉我的事，也许白发会因此短暂消失，而我，当然又变回了爷爷的小男孩。

第二章

不求尊贵

在跟爷爷告别了五年后的某一天，北卡罗来纳大学已经准备好，要将1935年的毕业生送进现实世界的丛林中。爱兰诺·罗斯福女士就在足球场里，对着好几百个双颊红润的年轻人，训示了将近两个小时："……未来就在你们年轻而强壮的肩膀上。"

我恐怕得说，有三个年轻人虽然有强壮的肩膀，但坐在球场硬邦邦的椅子上时，却用不太正确的态度看待这场毕业典礼。这三人其中一位是个科学家，他暗中把一个大水缸藏在中间那个人的椅子下，然后接上藏在我们学士服里的塑胶吸管，让我们可以开心地畅饮私酒，排遣典礼的沉闷。所以，我想至少有三位带着学士帽的骑士，是满脸通红、勇敢地走到台前，领取那张宣示他们即将成为救世者的学位证书。

在这段冗长的演说——或者说是忠告中——我忍不住想，

如果办的是一场热闹的野营，加上爷爷魔法般的毕业演说，应该会好玩很多。爷爷有次跟我说："你很快就要成为一个男人啦。没有任何人可以教导另一个人，该怎样变成一个男人。随便乱给建议通常只有两个结果：如果你接受了他的建议，下场却很凄惨，你会痛恨那个给你意见的人；但就算他的建议行得通，你也不会喜欢别人跑来告诉你，该怎么经营自己的人生；如果你拒绝了他的建议，结果却非常美好，他也一定不会原谅你，让他这般难堪。"爷爷顿了一下，点燃他的烟斗。

"但我一直尝试教你一些事，像不要鲁莽行事、不自吹自擂，小心用枪，以免猎鹿时失手射死我，还有鹌鹑不可一次射光一整群，只能选个几只。我要为这些教过你的事提出辩解，因为我的信念就是带领你光明磊落地成长，早期教育会深深影响一个人，如果我什么都没教你，老天，就算现在想教也太晚了。

"我还要征求你的允许，让我再教导你一些事情，这些事可以让你不至于被关进监牢或疯人院。别自命不凡，自以为高贵，我们的国家就是被那些自命高人一等的人害苦了。你要确实记住，在你向前迈进的旅程中，为自己找点乐子并不是罪过，而且几乎就跟睡觉一样重要。千万别太过正经，因为你正与几十亿人口竞争，包括中国人与乌班吉人 [1]，他们认为自己跟下一

1　乌班吉人（Ubangis），居住在中非共和国乌班吉河流域附近的黑人部落。

个中国或乌班吉领导人一样重要，而且他们从来没听说过你。"

爷爷下了个夸张的结论："未来五十年里，若你能顺利解决各种人生难题，始终没让树丛着火、没留下脏乱的营地或偷取你伙伴的猎物，那么不管我在哪里，都会带着微笑看着你的！"

这位老绅士曾给我上过一课，告诉我若能把自己当成另一个人，就能将自身的悲惨遭遇，转化为一场崇高的冒险（有时也可能会是粗俗的喜剧啦）。在过去三十年的岁月中，我发现这招还真好用，毕竟，如果不管是哭是笑都没办法解决问题的话，笑着死至少还比哭着死好一点。

从我大到可以在森林里散步的第一天起，爷爷就把每一件细小的事情——小到一般人根本会直接从旁走过的事情——变成一次次的大冒险。他就算只是看见努力推着粪球的金龟子，都可以体会到生命中充满了痛苦挣扎。

他会说："这就像每个人的生命功课，努力往上推着球，而且绝不放弃。你不能说这小家伙没尽它最大的努力，因为它并没有哭着找人帮忙呀。"

爷爷领我进入人生，就像教幼儿学走路，或像训练小狗尊敬老狗一样。他告诉我他的意见，但从不硬规定我或命令我做什么，而且他总是有所保留，总是很残忍地不把话说清楚。

巴布科克[1]曾经写过一段文字，描述他用殴打失去尊严的老狗，来对付一只吵闹不休的小狗。狗主人选择不安抚小狗，反而用惩罚老狗的方法来折磨小狗，让它因为罪恶感而痛苦不已，结果这只小狗从此就乖乖变成一个尽责的猎鸟犬。（爷爷会跟我一样喜欢这段文章，因为我很容易就在描写小狗的部分读到自己。）

　　爷爷最不能忍受的事，就是"不宽容"。基本上，他非常重视每一个人的权利，认为权利是不能以种族、信仰与财富多寡而定的。他也很尊重标示为"私有土地"的领域，但有时候，如果他觉得"结果"可以合理化手段，比如说，私人产业内根本不会有人去猎火鸡时，他就会不惜触法，把私有地上的火鸡引诱到告示的范围外猎杀。爷爷也不能忍受不礼貌的行为——不管是在家里，还是在野外都一样——不管是偷取别人的猎物、没有把营地清干净，或是不小心造成森林火灾。他告诉我，在沼泽地区，当鸽子低吟，黑夜慢慢笼罩，所有夜晚里那阴森如鬼魅般的声音出现时，一定要懂得谦虚。

　　有一年春天，我又闹又跳，像只吃太饱的小马，为了让我

1　哈维拉·巴布科克（Havilah Babcock，1898—1964），美国自然文学家，其著名作品《我的健康在十一月时比较好》（*My Health is Better in November*）收录多则在美国南方打猎与钓鱼的故事，广受大众欢迎。

能够安静下来，爷爷叫我跟他一起造了一条船，然后把我一个人送到水上去渡过整个夏天。他是 DIY 的始祖，尤其喜欢有我加入的 DIY 活动，像是称量鱼货、砍柴，或是在下雨天里猎鹌鹑，等等。

他说："老人家会犯风湿痛，所以呀，小男孩应该学会很多男人要做的事情，学习当个男人，那是你身为小男孩所应付的代价。"

爷爷认为，好奇心是人生而拥有的天性。他是这样解释的："有人说好奇心会杀死一只猫，但更可能是因为这只猫吃了太多老鼠啰。"他会去察看木材堆底下是不是藏了什么东西，或仔仔细细地观察角落四周。如果他没有弄清楚所有他认为该知道的事情，包括从希腊神话到山雀栖息的习性等等，他是绝对不会善罢甘休的。

爷爷生来美感独具，还有着很奇特的幽默感。有一次，我故意踩死一只毛毛虫。"不要再让我看到你这样做。"他严厉地说，"你剥夺了一个昆虫纲有翅亚纲鳞翅目生物美好的一生，它是一个美丽的象征。"

"一个什么？"我问道。

他咧嘴笑着："这样它就没法蜕变成蝴蝶了！"他讲这话的口气听起来很愚蠢，因为他读百科全书只是为了好玩，所以故意使用否定句加强语气。很久很久以前，爷爷就让我把头埋进布尔芬奇[1]的神话故事里，结果我读得津津有味。当我想找点乐子的时候，他会让我读莎士比亚，而不是读暴力侦探小说。

"莎士比亚的作品里有更多刺激的打斗场面，比尼克·卡特[2]和奈德·邦特莱[3]的作品加起来还多。远离阿尔杰[4]的书，他笔下的人物都是软弱的娘娘腔，不管怎么说，人生都不该是那样的。那些有钱的大老板向来对要娶他女儿的人百般挑剔，你不可能走在路上捡到一本笔记本，拿去还给它的主人，然后就变成了银行总裁。"

"乐趣"有很多不同的定义。爷爷会很严厉地告诉你："没有任何一个人，可以在工作完成之前先玩乐。"但又会顽皮地说："可是只要你能不出差错，让工作充满乐趣没有什么不对。比如说你假装自己是在俄勒冈杉树林上吊钢索，双脚离地两百

1　托马斯·布尔芬奇（Thomas Bulfinch，1796—1867），美国业余作家，热爱古典文学，以希腊罗马神话为题材创作，留下了许多传世著作。

2　尼克·卡特（Nick Carter），1880年代美国侦探小说中被创造出来的人物。

3　奈德·邦特莱（Ned Buntline，1823—1886），美国知名大众小说作家，奈德·邦特莱是他的笔名。他写了许多西部故事，1869年遇见野牛比尔后，为他创作了一系列小说，并改编成戏剧搬上舞台，让野牛比尔成为家喻户晓的人物。

4　霍雷肖·阿尔杰（Horatio Alger，1834—1899），19世纪后30年美国最受欢迎，也最有社会影响力的大众小说家。他笔下创作了许多描述穷孩子在贫穷中变成受人尊敬的中产阶级的故事。宣传凭着诚实、不屈不挠的乐观精神和艰苦的工作，善良的孩子会得到应有报偿——尽管这种报偿往往凭好运突然到来。他所创作的《衣衫褴褛的狄克》，是其最畅销的著作。

英尺[1]远，但实际上却只是在砍着木柴，我觉得这就没有什么不对。"

他当然爱透了他的甜酒，但他绝对不把喝酒与任何一种需要全神贯注的运动、打猎或工作搅和在一起。

"你要不是去打猎，要不就是来喝酒。"爷爷说，"醉鬼只能留在营地里，因为我可不想在猎鸭栏里被哪个该死的笨蛋轰得脑袋开花。工作完成也可以喝酒，在一天结束的时候，没有比一杯甜酒更让我喜欢的东西了。"他眨一眨眼又说："对老人家来说，严冬清晨，星星依旧高挂天边，觉得自己比站在冰山旁更冷的时候，也正适合饮酒。但绝不是在打猎或钓鱼的时候。我认识很多人，因为喝醉酒害自己溺死，或掉落山谷让自己摔断了脖子。"

爷爷会滔滔不绝地讲述这个他所热爱的话题："乐趣，是你给自己的礼物，是你应得的奖赏。你可以让工作成为一种玩乐，但也有可能本末倒置，把玩乐变成了工作，就看你有没有诚实地努力平衡好这两者的关系，不然，你很快就会觉得没有任何玩具可以玩了。那些花花公子，都跟公猪的乳头一样没用，懒鬼就是懒鬼，有没有钱都一样。"

关于"如何才算是个绅士"这个主题，爷爷说："绅士不

1　英尺，英制长度单位，1 英尺约为 30.48 米。——编者注

见得需要天天打领带或刮胡子。城里一些不爱干净、周六晚上准会喝个烂醉的流氓，我还是会称他们为绅士。相反的，有些穿着体面、不喝酒、准时上教堂、干干净净的人，无论如何我都不会轻易相信他们。绅士，就是君子的意思，应该是和善谦虚、彬彬有礼的人。"

爷爷从来不热衷宗教信仰，也从来不想当宗教改革家。他说他觉得每个人都最了解自己心中的神，并且知道怎么与他相处。他相信一定有某个人，负责管理太阳、月亮、山、海、星星、冷热、四季、动物、鸟、鱼和食物，"甚至还管小男孩呢，虽然这有可能是个错误"。而且不管你叫他上帝、阿拉、耶和华或是佛祖，只要你相信他，都没有什么太大的分别。

谈到性别，爷爷说："男人是很简单的生物——就是个彻头彻尾的小男孩，希望人家拍拍他的头，说他很乖很聪明，然后你就可以叫他做任何事。但是女人，我就不明白了。她们好像刚好相反，脑袋里想的和实际上做的，都跟男人有不一样的化学成分，让她们变得难以掌握。关于女人，我唯一的建议就是，当她们在打扫的时候，尽量远离房子；还有，不要常常对她说'好'。"

每到怡人的六月，当年轻人要从知识的堡垒出发，朝向世界探索时，总是会有不同人用不同的方式，在他们强壮的肩膀上放下一大堆训诫或勉励。如果他们都能记住爷爷语重心长的话语，在碰到意料之外的事情时，一定会表现得很好。

在那个超过四分之一个世纪前的夜晚，讲台上进行着冗长的演说，但当三个小鬼开心地吸着私酿酒时，我完全不觉得良心不安，毕竟，总算熬到了毕业，我们有权利在投身未来之前，为自己找点小乐子。我从出校门那个星期起就开始工作了，一直持续到今日都不曾间断，但从来没有一时一刻，觉得工作中缺乏了乐趣。只要做得到，我都会接受这个老绅士的建议。至少，我从不求尊贵崇高，所以至今为止，也还没有摧毁或破坏过这个国家。

第三章

罗伯叔叔

在一个住在河畔的小男孩心里，世界是无边无际的宽广，只要他够幸运被上天赋予丰沛的想象力，再加上一位浪漫的老人相伴，鼓励他做些随年龄增长会慢慢消逝的白日梦。

我们住在河边，那是条最终会流入大海的长河。在小男孩眼里，那些变幻莫测的景象真是无比壮阔，而且爷爷总是诉说着河流那端的故事，一再加深我对河川的向往。我的家族世代生长在河畔与海边，我们的语言受航海方言的影响远比南方口音来得还深。我们爱喝浓郁的红茶，吃葡萄干面包，诸如圣约翰、牛顿、艾德金斯、格斯里、大卫和摩斯这些常见的姓氏，都是从英格兰某个南方港口迁移过来的。我的亲戚们大多以这条河维生，也有些人过着讨海的生活，但我的想象力远远超过他们，我相信我的河会流过中亚古城撒马尔罕与遥远的中国。

几年前，年少时那些关于河流的记忆突然又跑进了我的脑海，因为有人推荐我看了一部感人的电影——《非洲女王号》。电影说的是凯瑟琳·赫本与亨弗莱·鲍嘉搭乘一艘破烂的老平底船"非洲女王号"，在非洲一条汹涌湍急的河川上求生的故事。观赏影片的过程中一直有些东西让我心神不宁，但我想不是因为导演约翰·休斯顿在影片开始时一边让传教士带领异教徒迎向光明，一边却让鲍嘉的肚子饿得咕噜乱叫；也不尽然是因为赫本小姐把船上所有的酒扔掉，害得鲍嘉只能一脸惆怅地望着酒瓶消逝在女王号船尾不停泛起泡沫的航迹中。

　　真正触动我心的，是鲍嘉用脚狠踹老旧引擎让它启动，还有他那种避免汽锅爆炸的原始手法；看到鲍嘉先生和所有人站在一块土地上，那里丛生的五叶地锦围住一瓶瓶免费的金酒，让我想起我的罗伯叔叔，和我们一起航行的多次经历。在那艘又老又破、好像叫"威明顿蒸汽船"的大众交通船上，罗伯是全船唯一的机械工程师。但我可能记错那艘船的名字，毕竟那已是三十五年前的往事了。

　　罗伯叔叔是除爷爷以外，我最喜欢的亲戚。但他名声不太好，爱说脏话，又时常喝个烂醉。直到晚年他才有个稳定的工作，这倒不是因为他轻浮——绝不是因为这样，他见识广博，但始终没把握住机会成就番大事业。

　　罗伯叔叔从年轻到过世，看上去都像个刚剪过毛的苏格兰小狗，他也有小狗般的脾气，总一副精力旺盛的样子。当罗伯还是个小男孩时，父亲把他绑在马车上送去航海学校上课（他父亲在当时以富有闻名），但罗伯总爱逃学，总比校长还早回家。罗伯从不仰仗教育，各级学校似乎也不曾视罗伯为优秀学生。

但很少有什么事是罗伯不能靠双手完成的。那是双粗壮又长满老茧的手，指甲剪得方方的，因为常忙着修理机器，所以指甲边缘永远都有明显的油渍。碰到机器故障的时候，罗伯总不厌其烦地修理它，但如果怎么修都修不好，他就狠狠给它一脚，机器就会突然恢复正常，乖乖运转，所以大家都说罗伯有一双聪明的脚，真是一点也不错。

罗伯生有苏格兰人的直率个性，有时因此得罪朋友。他习惯想说什么就说什么，完全不顾后果。有回，玛丽阿姨拖他去教堂礼拜，站在走道两侧的教徒中，有个长得不太好看的女性亲戚。

"该死，那女的长得真丑。"罗伯低声咕哝着。"嘘，罗伯！"玛丽阿姨说，"那可怜的女士对她的丑陋一点办法都没有。""没错，长得丑她自己是没办法。"罗伯继续嘀咕，"但是，该死的老天爷，至少她可以待在家里啊。"

罗伯在密西西比河与其他河川的公共交通船上担任主机师多年，最终还是获得了大家的敬重。罗伯从不曾在汹涌的水面上发生一丝一毫的差错，我想是因为他发自内心地敬重与喜爱河川。

有一次跟约翰一起出航后他就想退休了，因为那天他回家后竟一个跟跄撞倒圣诞树，打翻燃烧中的蜡烛，差点烧掉屋子。"该死的圣诞老人！"罗伯叔叔大吼，他不再像这个送礼的快乐老精灵一样充满活力，只能蹒跚行走。隔天，彻底击垮他的是毁灭性的宿醉，以及来自主持圣诞弥撒的神父的严厉谴责。

在罗伯叔叔做过的所有事中，他最喜欢当"威明顿号"交通船的机师，还有就是偶尔带我这个他最疼爱的侄子一起出航。我因此见识到壮丽的美景，但也碰上不少从未经历的麻烦。

我有好几次航海的经验——包括志愿担任海岸巡防队的朗姆酒缉私员，或搭乘爷爷在鲱鱼季担任船长的"凡妮莎号"渔船。但我第一次在河川上航行，是搭乘必须付钱的公共交通船，从南港航行到开普菲尔河[1]的"威明顿号"。

我清清楚楚记得，那种坐在"威明顿号"驾驶舱里兴奋不已的感觉，听着引擎轰隆隆的声响，知道我的罗伯叔叔准会让我们保持在水面上漂浮不沉。虽然我不是船长也不是水手，但也好像贡献了一己之力般。开普菲尔河又深又宽阔，足以容纳

---

1 开普菲尔河（Cape Fear River），美国北卡罗来纳州中部及东南部河流，向南流往大西洋，南河口湾属大西洋沿岸水路的一部分，有一系列船闸和拦河坝使船只可从威明顿（Wilmington）通到费耶特维尔（Fayetteville）。

海上的大货轮，所以需要更困难的掌舵技术。我总认为，河马与鳄鱼一定会毫无疑问地挤满整条河，所以我最好奇的是甲板底下的蒸汽锅炉究竟如何让船只摆脱它们的攻击与吞食。

那次航海格外值得纪念，我因此得以深入《泰山》（*Tarzan of the Apes*）这个故事的核心。我觉得这本书可能是写给大人与小孩最棒的一本（我后来又看了一遍，还是觉得非常满意，因为书的内容并未随着时间流逝让人失去兴味）。

在我的想象中，"威明顿号"改名为"富华达号"，而我则变成约翰·克莱顿和葛瑞斯托[1]，正游过满是鳄鱼的水域，在崎岖嶙峋的非洲海岸登陆。事实上，开普菲尔河里真有些鲨鱼，并且从咸水逐渐变成淡水的湿地沼泽区也可能真有凶恶的鳄鱼埋伏其中。

当引擎发出阵阵喘息，表明即将停摆时，罗伯叔叔在那臭气冲天的机房里，一边激动咒骂，一边用脚狂踹引擎，让它恢复轰隆隆的运作。因为罗伯叔叔，所以我不必游过河马鳄鱼潜伏的水域，自投罗网跑进食人族与野兽的怀抱。这次经验让我对讨海人的第一印象建立在他那万能的双手上，他们有法子让笨机器起死回生，更能战胜水上恶劣的环境，让我一生一世都佩服得五体投地。

1　约翰·克莱顿和葛瑞斯托都是《泰山》这部小说里的角色。

那时，坐船顺流而下，一路都是迷人的好风景。但开普菲尔河的水是肮脏浑浊的黄色，水流变化无常，她在宝海岛（Baldhead）与凯士威岛（Caswell）间入海，入海口有显而易见的锯齿状河口沙洲，外国船只如果沿河而行要开到可供卸装货的威明顿港，得先在河口沙洲外关灯等待领航船引导，并从舵手室或舰桥回应领航指示。

　　河岸边常停泊着生锈腐蚀的大船，一副厌倦了大海的模样，咸水弄脏了排气管，烤漆也剥落了，高高的艉楼甲板上，生锈的金漆写着不同港口的名字，像汉堡、利物浦、布里门、安特卫普、马赛或鹿特丹。威明顿位于北大西洋航线上，沿线还有杰克逊维尔、萨凡纳和查尔斯顿。对我来说，这几个美国东岸的海港听起来跟欧洲的鹿特丹或布里门一样遥远。

　　站在坚固的"威明顿号"甲板上，知道自己的亲人操控着脚下这台运转中的笨机器是多么令人激动呀！另外那艘刚经过身旁的海洋大货轮上掌舵的双手，是来自你另一位亲人瓦克叔叔、汤米叔叔、爷爷，或年轻一辈亲戚中的任何一位——有一天，甚至有可能是我，以船长的身份带领大船航向更遥远的所在。

　　埃德加·赖斯·巴勒斯[1]在《泰山》中虚构的非洲似乎不比

---

[1] 埃德加·赖斯·巴勒斯（Edgar Rice Burrough，1875—1950），美国知名小说家，作品中最脍炙人口的是《泰山》，其冒险故事曾被拍成多部电影及影集。

肥沃的奥顿殖民地遥远，那里有长满苔藓的橡树，有雄伟的白色圆柱建筑。对小男孩来说，河川跟大海一样宽阔，滚滚黄河可能比深海更危险；河川能轻易摧毁一艘大船，让它像在大海上被海盗攻击一样无助；河川可以让傲慢的人屈服在她的召唤下，就像在海岸边被大浪卷走时一样绝望。

对有如井底之蛙的小男孩来说，那时，真觉得我、罗伯、汤米与瓦克叔叔，还有爷爷，是住在全国最刺激的一州。知名的海盗王"黑胡子"，也不及我们外海小岛上的海盗凶狠，连英国军队都知道威明顿老镇与渔人堡要塞已有抵御海盗的力量。我们还拥有传说中消失的印第安部落罗阿诺克（Roaonoke），克罗埃坦部落（Croatans）在河川的上游，上州山区坚实的保护区内则有切罗基族（Cherokees）住着。

走私船最喜欢利用我们的海岸卸货，但我们的海防队有艘厉害的缉私巡逻艇"莫多克号"，以威明顿为基地，勤奋地执行任务。宝海岛与凯士威岛也有自己的海岸巡防队，从事海滩巡逻、救生与缉私等任务。在海关大楼前，常见到被查获的走私酒砸破在地上，高级威士忌在街道上流成小河，真是可惜！我还记得有个酒鬼，忍不住用手帕浸透地上的酒拧进嘴巴里喝掉。

较远的湿地有几个郡，还有一个混合了印第安人、白人和黑人的叫"铜足"[1]的部落，跟他们在克罗埃坦兰伯顿（Lumberton）区的亲戚一样，非常善于用刀。

不远处的华肯茂（Waccamaw）小镇附近，我们有一大片称为"绿沼泽"的区域，混沌之地泥泞坎坷难以通行。在浩瀚的绿沼泽间有几个小岛，上面的居民据说最早是在法国大革命时逃出欧洲，先逃到海地再移居威明顿，最后选择在这个沼泽里定居。但因为离群索居，有些近亲通婚生下的智障人口。他们几乎每人都有个法国名字，说着跟克里奥尔语[2]不同的法国方言。在绿沼泽里，还有美洲豹、熊、鳄鱼、山猪与山猫等危险野生动物存在。

小男孩有个叔叔会驾船带他横越河川，还有其他亲戚会从很远很远的地方开船来到这里。他们和船上的伙伴说含糊不清的奇怪方言，船长送给舵手用金箔密封的瓶子，里面装着奇特的液体，或送给他们檀香盒，当作河流之旅的纪念品。这一切丰富刺激的人事物，在小男孩心底，总会被加倍放大渲染。

但基于某些难以理解的原因，这里只有很少人曾去过外地，

1　铜足（Brass Ankle）据说是黑人与印地安人的混血，主要居住在现在的南卡罗来纳州一带。当时美国白人用来称呼原住民与其他族裔混血后代各部族的名称，多半具有侮辱的意义，像是红骨族（Redbones）、红腿族（Red Legs）、铜腿族（Coppershanks）等，其中又以铜足族最常见。

2　美国印地安那州的法国后裔所说的方言。

看过密西西比河，或到过佛罗里达州的磷酸盐港——费南迪纳（Fernandina）。他们在河上抓虾、捕鱼、驾船，除此之外都待在家里。曾有个叫洛克伍德的人在河上建了艘船，一心想用它航海，但他把船设计得太大了，无法在驾驶舱里操作，在航道上也吃水过深。当地人常常用蠢蛋洛克伍德的故事，来劝告别人最好待在家里，不要跟外地人来往。

我的亲友中，有人曾离开过家，也有人跟外地人来往，但最终还是回到了"家"。"家"，是指这个总能闻到海水咸味的渔村，在这里，橡树林就是很简单地称为"树林"，只要去个邮局或杂货店，就叫"上街"，三英里外的威明顿就算外国，那里人说着不一样的语言、过着不一样的生活，常被大家当"城市佬"或"淡水鱼"嘲笑。

当我初次与罗伯叔叔一起游河、倚着导航船"奔腾号"船杆、乘坐"凡妮莎号"追逐鱼群，或在缉私艇"莫多克号"上研究廉价手枪时，一定有些东西在我身上烙下了深深的刻痕。当那座漂浮海上的灯塔，悲切地呜呜低鸣着，提醒大船远离危险的"煎锅滩"时，我们就在浅滩上跳舞，或在海上紧紧追赶蓝鱼与鲭鱼，我想，就是那些美好的回忆，让这一切就此烙印在心底了。

所以，当亨弗莱·鲍嘉在电影里猛踹"非洲女王号"引擎让它运转时，这一切与罗伯叔叔有关的回忆通通排山倒海而来。

对我来说，罗伯叔叔最后战胜的那条长河，比亨弗莱·鲍嘉征服的还要宽阔凶猛得多呢！

并且，罗伯叔叔绝对还有件事赢过亨弗莱·鲍嘉——他绝不会呆站着，眼睁睁看着凯瑟琳·赫本把所有好酒扔进河里扰乱鳄鱼。如果罗伯叔叔是"非洲女王号"的机师，赫本小姐一定会与他饮酒同欢！

第四章

爷爷付的旅费

汹涌的浪花拍打船头，看上去真像整片漫延的白色泡沫，老霍格岛船[1]迎风前进，船身强烈颠簸，船腹嘎嘎作响。刹那间船头没入浪中，尾端的螺旋桨浮出水面，在浪花中痛苦地拍击着海水。

这一夜，天色似乎比大海更漆黑，这是条通往利物浦的北航线，仰赖的是从北极圈而来的洋流，因此夜晚似乎也变得与北极一样酷寒。守夜人费力地将船锚铁链拉上，紧紧卷绑在绞盘上。他们只有两人——平凡的水手与他的实习生。每晚八点上工做到早上八点。两小时监视、两小时待命，两小时监视、

---

1 霍格岛船（Hog Islander），第一次世界大战结束时，美国宾州霍格岛地方造船厂生产的货船。它是美国第一次尝试以标准化零组件及配置大量生产的货船。

两小时待命地轮流着，每周七天刺骨的寒夜，一周接一周，没有可休息的日子。

守夜人必须全副武装，先穿上发臭的卫生裤，外加两条长裤；上身两件羊毛衫、两件厚毛衣、一件羊皮外套，再加一件雨衣；头戴编织防水毛帽，帽子上相连的耳罩可以覆盖耳朵；脚上穿两双袜子，再套上一双长及大腿的靴子。大雨滂沱而下，不但打湿他们的脸庞，更在冰冻的甲板上形成一条小河，冲上甲板木材堆时甚至激起了小小的浪花，货物得用链子紧紧绑在舱口和舱壁，再用螺丝扣牢牢固定。

这个平凡的水手每个星期的薪水总共十元，从来没有加班费。他每天得站着看海八小时，双手因常浸泡在打扫用的"速净"（Suji）[1] 肥皂水里而溃烂；夜间还得利用自己的休息时间协助大船入港，在码头上将船只四周涂上防水漆。他还负责整理下甲板置物舱里剩下的羊粪、磷酸盐、硫黄，清理蓄水池里恶心的污水。船公司常为了省时而藐视航海法规，所以就算船只入海后，他还忙着钉上舱口的条板；船在岸边系或解缆绳时，他也是船尾甲板上的一员；他在安特卫普港口被罢工示威者射中（罢工者不但有来复枪，还爬到谷仓升降梯上寻找较好的射击位置）；他吃的小面包放在有很多蟑螂出没的地方；他帮一

---

[1]　一种用来洗刷漆板的苛性碱水。——编者注

个名叫史文德生的丹麦水手长工作，水手长很讨厌他，所以他就更加讨厌水手长；他跟其他七个人住在甲板下的小隔间里，恼人的船引擎就在房间旁轰隆作响，他跟这七个人共享厕所，用蒸汽笛加热的水洗澡，还时常被迫跟人在海上辩论他有权在经济大恐慌时代里当一个大学生——这个平凡的水手走入嘈杂的人群中，从角落里那巨大的锡制咖啡壶中倒出一杯煮过头的苦咖啡，坐在喧闹不休的餐桌旁长凳上，看到"深夜的晚午餐"已经被吃个精光，只好点上一根烟。他肚子真的饿扁了，忍不住在心里咒骂着——诅咒这艘船、这群人、这片海，以及把他引入这场混乱中的冒险犯难精神。

平凡的水手是一个二十出头的年轻人。那时是 1936 年初，大学毕业后他晃荡了九个月。这个平凡的水手就是我。

喝完咖啡，我用锅炉舱的热气暖暖手，然后拿抹布与一桶"速净"走到通道上工作，刚暖好的双手又立刻冻住，手指上早先被碱水浸裂的伤口再度恶化。我努力让自己不去想这酷寒的天气与灼烧的碱水，转念思考些别的事情。我发现我总有办法在这禁止吸烟的前甲板上控制思绪，只要想想那些愉快的事情，时间就会过得比较快。大半的时间里我都想着爷爷——不是那个当船长时的爷爷，而是我自己的爷爷，六年前过世的爷爷。

"都是爷爷害我的。"我常大声说。（当他们把四个人排成一班，两人监视、两人待命时，你会很习惯大声说话。）"他害我来干这鬼差事，甚至他可能连旅费都帮我先付了部分。"

他真的以某种方式付过了。爷爷有蒸汽船跟海船执照，他曾在非洲好望角¹一带来回航行三年。爷爷激发了我对航海的兴趣，他告诉我很多跑船辛苦的情形，像船上的伙食很差啦，但船员比食物更糟糕之类的事，但我拒绝相信"航海"会是这么一件不浪漫的事。我暗暗在心里下了决定：毕业后，我一定要去航海，我要亲眼看看这个世界。

"你不会喜欢的。"爷爷曾经这么说过，"但你可能要亲身体验以后才会相信。在没真的去做之前，我想你都不会开心的。"

"喔，我的老天爷！"我一边用"速净"在洗衣板上刷洗一条裤腿（同时也洗掉了我一层手皮），心里一边想：爷爷没告诉我这些。他没有告诉我，同伴们会为了叫醒我而踹我的肚皮，也没有告诉我，我会很想用绳子勒死我的方头老板史文德生。

但爷爷最终还是拯救了我，让我不致因谋杀被绞死，因为每当这难以压抑的疯狂念头浮现时，我总是可以想些其他的事

---

1 好望角海峡（Cape of Good Hope），位于非洲西南端，西濒大西洋，东接印度洋，在苏伊士运河开通前，是欧洲通往亚洲的海上必经之地。好望角海域终年大风大浪，经常浪高 20 米，是世界上最危险的航海地点之一。

来控制思绪。我脑中总会涌现所有我们一起做过的开心事，像第一次用枪，还有圣诞节时满屋的饼干香。我想到第一次用双管枪猎鹌鹑与鹿，学着搭好一个帐篷，想到猎鸟犬如何在金雀花丛中侦察鹌鹑群；想到卡罗来纳安静的沼泽，想到秋天午后孤寂沙滩上蓝鱼的狼吞虎咽；想到悦耳的风声在舒适的小木屋外轻柔地低唱，也想到小木屋的墙板因强风与烈火而摇晃颤抖，而切片火腿正在平底锅里噼啪煎着。但我不会一次回忆这么多事，我会分配好一次只回忆一件。我会说："好，平凡人，我们今天来想些什么呢？"我会挑定一件事，然后仔仔细细从头到尾回想一遍。我猜监狱里的犯人大概也会跟我做一样的事。

有次夜晚异常寒冷，爷爷带我到路易斯安那州一个海湾猎鸭。我们跟爷爷的朋友一块儿住在一艘大船里，他们多半是当地的法国移民后裔凯郡人[1]，我以前从没看过那样儿的猎鸭场面。我们只穿一件汗衫，但就算整张脸都被晒伤，唯一担心的也只有蚊子。我们在卡罗来纳到过很多让人讨厌的猎鸭栏，但在路易斯安那沼泽里却很少遇到什么问题。只要从尾端爬进凯郡人用篙撑住的独木舟，假鸭饵就散布在你眼前。只要一点点

1　凯郡人（Cajun），是原本居住在加拿大东南方法国殖民地阿加底亚（Acadia）地区，后来移居至美国南方路易斯安那州的法国后裔，Cajun 之名即从 Acadian（阿加底亚人）音变而来。

湿气，凯郡人就可以在结实的土壤上撑篙，让独木舟前进。

我们分乘四艘独木舟，两人一组。我们，或者该说只有他们，撑着篙缓慢划向海湾，让潮水推着它前行，直到一个很像水道的地方。这个小水道通往沼泽区中宽广的水塘，曙光中，只看得到一片灰蒙蒙。

和我一道的凯郡人名叫皮尔，他把小舟划进一小块长满野芦苇的湿地，穿着靴子跳下水，把舟拖进草丛里，打横船篙卡进两侧芦苇中。然后在我们四周放些野芦苇，把人伪装隐藏起来。这里的水大约只有一根指头深，他徒步涉水，把假鸭饵扔得到处都是。我听得见池塘另一头别艘独木舟传来的声音，当他们划过淤泥，船篙被水百合根部缠住时，从静谧的水面飘来凯郡人的那些"我的老天"，还有他们在水面上抛掷假鸭饵的声响。一切安排妥当，就是全面静默，直到天边出现一抹粉红。

全世界最令人振奋的声音，就是野鸭打破清晨寂静的鼓翅声。当它们成群飞过头顶时，模糊的身影在低矮的灰色云层上留下印记，让你完全忘记纠缠不休的蚊子。倾听小水鸭在水面转身时带起的微弱哗啦声，在假鸭饵旁降落时轻拍水面的微响，还有游泳时汩汩的拨水声真是折磨人呀！一只公鸭像挑战世界般用尾巴滑过水面，它翅膀拍水的一阵乱响，几乎是这微亮天色下最让人心痒难揉的声音。

"应该是鹅吧。"我轻声对皮尔说。

"不，老兄，不是鹅。"他也轻声回我，"那是只大公长尾凫，但几乎像鹅一样大。你看，这里又飞来了几只。"

一群长尾凫飞来，低空回旋着，我举起枪，但皮尔用手臂碰碰我。"等等，还不能开枪。"他说，"它们要再飞一圈，才会停到假鸭饵里。"

皮尔是对的。它们飞走，绕了一圈，才完美地降落在水面上收拢翅膀。当一只大公凫正要收腿的那一刹那，我射中了它的脚，然后又立刻朝另一只快速爬升的长尾凫开枪。我瞄准它冲向天际的长喙后又补上了一枪！喔，我几乎不能呼吸了！小舟上半分钟内发出的三颗子弹射中的是所有鸭类中最美丽的一种，它们有黄褐色的头，身上穿着漂亮的灰色人字呢外衣，肚皮朝上，露出雪白的胸毛，此时衰弱地在浅水滩上挣扎着。皮尔对这个成绩似乎很满意，虽然他什么都没说，只点点头。他手上有枪，但并没有发射。

别的猎鸭栏中也传来啾啾枪响，一只只野鸭从空中摔落。你可以听见它们中弹的声音，还有整个猎鸭联队接二连三射击的呼哨。天色已经亮了，太阳火红地挂在天际，微风吹来，水面泛起阵阵涟漪，水百合的叶子随着这首自然界的小步舞曲优雅摆动。灰色云端上，整列整列的鸭队呼啸而过，有绿头鸭也有长尾凫，飞得更高的蓝雁排成巨大的"V"字形，掠过时还发出悲凄的哀鸣。

小水鸭飞得低低的，皮尔又碰了碰我的手臂："小水鸭飞过时，射只大点儿的。它们个头虽然不大，但拿来当早餐刚刚好，也很适合做顿美味的午餐，就用这小水鸭来加点菜吧。"当一群鼓动着绿翅膀的鸭儿低低掠过水面时，我用双管枪对准它们的颈部射去，轻轻松松就射中好几只，真的一点儿也不夸张。

皮尔笑了，露出他的金牙。"砰砰！"他说，"现在还是忘了那些小水鸭吧，只挑大只的射击就好。我们的厨师一定会很开心。"

"谁是厨师？"我问。

"厨师？"他拍了拍胸膛，"我就是厨师，厨师就是我。"

皮尔柔声呷呷呼唤，一群绿头鸭低头转身，先环伺一圈侦查一番。皮尔又叫唤了一次。它们形成一个优美的弧线从我们身后掠过，又再绕了回来，对着假鸭饵张望。我低下头，把枪举高，打开保险栓……

驾驶台上传来刺耳的哨音，一下子把我从路易斯安那抓了回来，回到这艘"日舞号"大船上装满"速净"的水桶里，此时船只正从萨凡纳[1]往北航向欧洲的港口。我飞快跑向驾驶台，

---

1 萨凡纳（Savannah），美国乔治亚州东南方的城市，是该州最古老的一个城市，19世纪初起即为美国南方重要的港口。

我的伙伴从梯子上弯腰往下看着我。

"我们要改变航线了。"他说，"快去清理通风机。"

"是，是。"我回答，然后立刻跑向通风机，这样海水湿气才不致损坏甲板底层的货物舱。货物里有羊肥料、硫黄、磷酸盐、铁钉，还有足以让德国人发动战争的废铁。大船转向，巨浪恶狠狠地撞击甲板，虽然通风机一小时前才清理过，但现在看上去还是很快就会生锈。当在湿冷天气中与卡住的通风机搏斗时，我想，在路易斯安那猎鸭与现下这种工作相比，真是美好太多了，所以我还是先保留我的回忆，等到日出前两小时，待在那迎着风、被海水无情虐待的船头上，心里只能不停骂脏话时，再继续回想吧。

船首处气温更低、风势更大，改变航向后也更为潮湿。我必须用锚链系牢自己，才不会被水冲到十英尺下的甲板，冲进木材堆中。说实话，我也不明白他们要我监视什么东西，因为这样的夜晚能见度很低，就算是"玛丽皇后号"这种大船，也要直到面前五十码[1]时才能看见。离日出还有好几小时，这是夜晚退去前最冷也最痛苦的时段，灰色的天与灰色的海合而为一，除了自己，大西洋上别无他人。

这是可以重温回忆的时候了，我让自己回到那长满芦苇的

1　码，英制长度单位，1 码约等于 91.44 厘米。——编者注

温暖的路易斯安那菲利伯特海湾。太阳出来了，蚊子四散而去，点缀着水百合的清水塘边，爷爷的枪正连续发射着。天空满是大个儿的野鸭，更高处还有几万只大雁飞过。我用手套背面抹去脸颊上一加仑[1]重的大西洋冰海水，神游到当时的路易斯安那去。

不知为何，通常我并不会把一场精彩的猎鸭与温暖的天气、舒服的环境联想在一块儿。但这次爷爷带我去路易斯安那打猎，却是我最美好的体验。我们住在一艘凯郡人的捕蚝大船上，船只停靠在堤岸边，再撑着独木舟去打猎。总共有八个人，爷爷、我，还有两个他的朋友，加上四个担任向导的凯郡人、厨师及助理枪手。

我觉得凯郡人还不错。他们本来是法国人，公元18世纪中期被英国人从阿加底亚驱逐出境（爷爷告诉我阿加底亚就是现在加拿大的新斯科舍省），他们现在还是说着法式英文，外来的人听起来会觉得很有趣。他们是很好的猎人、捕兽人、渔夫，连在沼泽地也是一把好手。穿着及臀长靴的凯郡人走在沼泽里就像走在陆地上一般的人行道一样，而我们却总陷在污泥里动弹不得。

1　加仑，容（体）积单位，分英制加仑和美制加仑。此处为美制加仑，1美制加仑约为3.79升。——编者注

和我同一艘独木舟的伙伴皮尔，个子小小的，深黄的皮肤，满头黑色浓发，有张带点狡狯的脸。他不太开枪，只有在一大群野鸭飞进假鸭饵中时，我才会听到他拉推枪栓老式猎枪砰砰作响的声音。只是在你射中三只的时间里，皮尔早用他那一拉一推式的老爷枪打死了五只，动作比我们用自动枪还快。

长尾凫飞走，绿头鸭降临。凯郡人叫绿头鸭为法国鸭，可能因为它们黄色的鸟喙、平凡的大黄脚、绿色的头和蓝紫色羽毛的翅膀与高卢人喜欢的艳丽彩色一样。虽然一群野鸭飞过，但我们对小鸭及没啥用处的鸭不太感兴趣。就算不是因为沼泽区渔猎法规的限制，我们也不想理会这些宽嘴、金眼的鸭。沼泽对管理员来说实在太深远了。而且不管怎么说，管理员也不爱跟凯郡人打交道，尤其是他们以坏脾气闻名，再加上他们住在充满瘴气的湿地与沼泽，容易在路易斯安那沼泽迷失方向的一般人根本难以应付。

那天早上，法国鸭被假鸭饵骗得团团转。有太多野鸭可以打了，所以偶有失误是可以允许的。十点钟前水塘四周已经布满死鸭，风也已经往下风岸吹了。我们通常都会损失一些野鸭——像浣熊或水貂这些窃盗者，总喜欢把沼泽地当成自己的。那天，我们就看见一只水貂蹑手蹑脚地跑出泥地，叼住一只鸭的脖子，在沼泽中消失。

皮尔指着天空中孤单单的小黑点时，几乎都到可以收工捡鸭的时候了。那小黑点凄凉地叫着,看起来似乎失去了方向。"这是只失去了妈妈的小幼雁。"皮尔轻声说,"你看着,我来当妈妈,把它叫下来。小雁的肉很嫩,不像它爸爸那么硬。"

引诱迷路小野雁是凯郡人最拿手的小把戏之一。虽然我后来又看了好几百次这种戏法,但第一次的印象总是最深刻的。皮尔叫下来的那只小野雁在空中环绕了三圈,近得几乎已经可以拿根棍子就把它敲死了,但我还是用枪处决了它。它砰然坠落,我发誓这小雁绝对没有我早些时射下的长尾凫大。

"砰砰!"皮尔又说,"我保证,煮熟它后你一定会很开心。我们这就出去捡鸭然后回船吧。"其他的独木舟也纷纷从不同的埋伏处划了出来。皮尔说:"今天已经斩获了一大群野鸭啦,下午我们去浅滩上猎野雁,我可以再教你一些招数,怎么样?"

撑篙真是非常不容易——至少对我来说是如此,在这个瘦长的黄褐色独木舟上我连站起来都很困难——但皮尔撑起船篙,稳稳当当地站好,把这艘载着小男孩、假鸭饵、枪,还有一堆死鸭的小舟沿着河口划出去,同时还得对付潮浪,却一滴汗都不用流,轻松自在。我们停在大船旁,一看手表,刚好十点半。

爷爷开玩笑地问:"这次猎鸭的感觉如何?"他不像在问我,反倒像是跟自己说话。"差点没冻死,对不对?你饿了吧?"

"我可以吃掉整整一只麝鼠。"我回答,感觉自己已经变成半个凯郡人啦。"我们中午吃什么？"爷爷对皮尔使个眼色。"嗯，我想野鸭在晚餐之前都还无法吃到。现在也只有三明治、咖啡、鸡蛋之类的东西。午餐能吃些什么得看你啦，除非你想留在船上，清理这五十只鸭的内脏。这些人处理鸭的方式其实不怎么难。教教他吧，迪帝。"这是另个凯郡人的名字，他帮爷爷划独木舟。

迪帝捡起一只鸭，用他的刀撑开野鸭的肛门，弯起一根手指插进鸭肚，猛力一拉，就把整个内脏都掏干净了。他耸耸肩，把内脏丢在一旁，用鸭子羽毛把手指擦干净。

"知道怎么做，就一点都不难啦，对不对？大部分的事都是这样的。"爷爷说，"好啦，如果你可以跟皮尔去准备主菜的话，我就去准备午餐其他的部分啦。喔，不，皮尔是厨师，他得留在船上，你跟安纳托去吧。不过，首先——迪帝，那黄色的东西哪儿去啦？"

迪帝咧开嘴笑了，赶紧跑下楼抱了半加仑浅黄色的液体回来。"那是凯郡人的柳橙酒。"爷爷说，"喝一点吧，但可别上瘾啦。这酒是他们自己酿的，喝太多脑袋可是会炸开的哟。"

迪帝用咖啡杯倒了些给我尝尝。喝起来淡淡的，所以我索性就干杯了。不明液体沿着食道一路灼烧，我的眼睛一定瞪得大大的，还开始全身冒汗。

爷爷说："我就告诉你嘛，那玩意儿很烈的。现在跟安纳托上船吧。不管你知不知道，但现在你要去钓鱼了。我还有别的活儿要做。来吧，迪帝，放下酒桶开工吧！"

安纳托和我往河湾处漂行了几百码，独木舟划到一个小溪口处，那里有张看起来像盖在溪上的又直又大的椅子。这里是人工挖掘的，宽十二英尺，在沼泽里曲折蜿蜒，看不见尽头，湍急的水流在小溪汇入河湾处拼命打旋。安纳托把船篙往下捅，几乎整根船篙都快没入水中才碰到泥土。

"你上岸吧！"他说，"来，拎着船篙跟鱼串。"他递给我一根轻巧的棍子，上面悬着钓线圈与挂着铅锤的钩子。"在这儿等着，我去找些钓饵。"他让独木舟在水上漂着，然后张开渔网，消失在河流转弯处，但我可以听见撒网的声音，一次、两次、三次。过了一会，他回来倒出渔网里的东西，只见整艘独木舟都是活蹦乱跳的小虾。他装满四分之三桶的虾子，然后递给我。

"我们要钓什么？"我问。我爬到一个横木平台上，很明显地，那是用来当座椅的。

"红鼓鱼[1]。"他说，"河湾里可以钓到最好的鱼。你只消把虾子挂上鱼钩，让它随水流漂浮，就能钓到鱼。不过也许会钓到鳟鱼，也或许什么都没有。我大概一个小时后回来，听见没？"

1　鼓鱼（drum），石首鱼科的英文俗名，因为鱼鳔磨擦会发出声音，故名鼓鱼。

然后他就划着独木舟到河转弯处那里去了。

我把饵挂上鱼钩，甩出鱼线，舒舒服服地坐上木板，两脚架在平台四周粗糙的栏杆上，仰头对太阳微笑，一手伸进口袋摸出一包烟。我已经抽了一年烟啦——我是说合法的——但不知为何，我在鸭栏里就绝不会抽烟。刚刚点上一根烟，突然有阵光影撞上了我的小虾，我猜，这家伙正往密西西比河游去。胡乱拉扯了一阵——我可不想搞砸了我们的午餐——我快又用力地把它拉起，是一只大红鼓鱼，三或四磅[1]重，紧紧被鱼钩钩住，在平台下使劲挣扎着。

我没带鱼网或鱼叉，所以爬下平台的横木阶梯，左手拉住紧绷着鱼线的钓竿，手臂勾住横木支撑自己的身体。我让鱼游到可以用鱼钩戳到的地方，顺利将它拉出水面。再爬回平台把它挂在鱼串上，然后放回水中，它看起来似乎开心了不少。

阳光变得非常炽烈，所以我把上衣给脱了。几乎让人感到肩膀上的雀斑爆裂，那是以前旧水泡结疤后变成的棕色斑点。鼻子跟额头已经晒红。我又在鱼钩上挂了一只虾，一次又一次重复钓着鱼。大约一小时后，安纳托回来了，那时鱼串上已经挂了六七只大红鼓鱼在游动，当然，我也错失了相当的数量。

安纳托说："这当午餐已绰绰有余了。走吧，我们回船上。

---

1 磅，英美制重量单位，1 磅约等于 0.45 千克。——编者注

还有很多其他东西可吃呢。如果皮尔不把米煮烂的话，今天我们就有什锦饭可以吃啰，不然至少我们还有鱼呢。"

我爬下平台，把鱼串放进船里，大红鼓鱼在安纳托的战利品上面啪啦啦地跳着。安纳托的渔获是一大堆淡水螯虾，一堆大虾，还有两大堆蛤蜊。

我们回到大船把鱼清理干净，爷爷已在船上了。他坐在客舱顶上剥鲜蚝，生蚝堆成一座山，到他下巴那么高。

"哇，收获真是丰富呀！"他叼着烟斗微笑，"快拿起钳子，尝几口生蚝吧。"

"噢，不！"迪帝的声音从船尾传来，他在那里清理野鸭内脏，"我们的确有很多生蚝，但都是别人的生蚝，你不会认为这些是野生的吧，哼？偷吃这些蚝很不好喔，会让你坐牢耶。"

"被绞死也甘愿啦！"爷爷说得很开心，"来，小鬼，吃一打这些不合法的玩意儿吧，这可以让你撑到用餐时间，不然还得等好一阵子才有得吃呢。我们要准备食材了。皮尔现在只用那些米乱搞了一道，然后喝掉了一夸脱[1]他们的黄色柳橙毒药。"

刚出水的蚝肉洗净后生吃，不用胡椒、盐或酱汁就好吃得不得了。河湾里一定有几十亿万只养殖生蚝，因为沿路两旁都是压碎的壳，船只停靠处更有一大堆褪色的蚝壳，看起来像一

1　夸脱（quart），英美制体（容）积单位，1 夸脱约等于 1.14 升。——编者注

座座的白色小山。

"你来，试试这些蛤蜊。"安纳托说，他在我的锡盘里倒了一打肥鼓鼓的蛤蜊，深黄色的肉球镶上一圈紫色边，"我觉得比生蚝棒多了。多加点盐，知道吗？"

的确，蛤蜊吃起来比生蚝更对味。我们各忙各的，我清理所有的鱼只，也帮忙清完野鸭内脏。安纳托把他大部分的蛤蜊倒在爷爷面前那堆逐渐变少的生蚝上，然后开始准备干贝。有人把准备好的生鲜送去料理，很快地，甲板上开始传来阵阵香气，非常醉人的香气……

天色已经全亮，大浪打来，海水几乎覆盖住整个船身，甲板上的木材松脱，上面全都是水。船桥上的钟敲了八响，我也轻敲回去。"天色亮了，长官！"根本不用这样喊叫，因为夜航灯跟桅顶灯都已完全熄灭了，实习生从驾驶室的梯子跟跄地走下来。我敲完钟，看看手表，然后走过那些松脱、系不住的木材，爬上驾驶舱旁的梯子，越过中央的甲板，回到温暖的锅炉舱旁。

我脱掉身上湿透的衣物，走向船尾喧闹的人群想吃点早餐。桌上有没发透的小面包、炸腌肉，还有恐怖的炒蛋，但至少咖啡是新煮的。只是不管我们吃什么，都不合我胃口——自从在阳光普照的路易斯安那菲力伯特海湾那里，吃过美味的午餐之后。我惹上船长晚午餐的那个麻烦，并不全然是我的错。我是有错，因为我真的是小偷，但我想爷爷也有错，因为他实在不该带我去路易斯安那猎鸭，而那八声晨钟也不该打断我的回忆，让我来吃这顿糟糕的早餐。史密提是"日舞号"上的二厨，一个魁梧的黑人，任何东西他都可以煮熟，但就像老吉他民谣唱的："豆子很硬肉很肥，喔，老天，我实在吃不下去。"这同样可以用来描述早餐的炒蛋，因为它们看上去就像从射死最后一只渡渡鸟[1]的老枪管里提炼出来的。

这就是我在船上工作的那些日子里，很典型的一天。我根本无法让自己睡在船尾舱下的牛仔床单上，因为当冻坏了的可怜水手努力让老旧的"日舞号"在航道上保持前进时，驾驶舱引擎会发出极大的噪音。我只得起床午餐——我们有咖喱，但可能是用船上的老鼠肉做的，晚餐更糟。这三顿饭我都得看着水手长史文德生嘬着嘴抽烟，烟雾上升飘过他斜睨的双眼。当船长与大副二副们都在海滩上饿肚子时，他继续徒劳无功地工作着——忙着招募大学生担任水手。

那天晚上，我又回到船头望着漆黑的夜，全身又湿又冻。休息时身体才刚暖和一点，我就觉得饿了。晚午餐吃得不够饱，

1　渡渡鸟(Dodo bird)，西印度洋毛里求斯岛上的一种鸟类，不会飞，重可达12公斤，在15世纪欧洲人登上该岛后，两百年之内就全被捕杀灭绝。

粗硬的冷面包、湿冷的意大利香肠、像木乃伊一样干硬的熏香肠，还有连老鼠都不想吃的奶酪。但更糟的是，现在除了面包屑，什么都不剩，因为能干的水手们已经把它们吃光了。我的肚子呜呜痛哭，心里一直想着路易斯安那的午餐，这让我不可避免地想起了长官的晚午餐。

我猜想船长应该待在他的房间里，所以我蹑手蹑脚地来到食物储藏室，打开了冰柜。我灵魂与胃袋所追寻的美味就在那里，我热切地吃着——两手抓满了食物。当我听到熟悉的脚步声时，这顿偷吃的飨宴正进行到用过滤式银壶所煮的新鲜咖啡。船长气炸了，不管是出于直觉还是因为挨饿，他冲向储藏室。我揍了他一拳，他飞出门外，摔在一个小胡子旁，然后为了很愚蠢的理由，我拿着咖啡壶冲了出去。一场追逐就这么开始了，比起启斯东警察[1]或是里兹兄弟[2]也好不到哪里去。

我手里还握着那个咖啡壶。穿着拖鞋的船长看了一眼被洗劫过的冰箱——门还开着呢，咖啡壶被偷走了，但壶的支架还好端端留在那里。他大声喊叫，声音就像爱尔兰女妖预告死亡的呼喊一样，跟在我后头冲了出去。我们俩在下船舱兜着圈

---

1 启斯东警察（Keystone Cops），1914 年到 1920 年代初美国默片中搞笑幽默的蠢警察，他们总是在追捕犯人的过程中犯错，不是缠在晒衣绳上，就是和自己人相撞，令看的人捧腹大笑。
2 里兹兄弟（Ritz brothers），1930 年代美国的喜剧演员。

子跑来跑去，从船首到船尾，从船尾到船头，船长不时被绊倒，一面大声咒骂，一面吹哨要求支援，听起来就像印第安阿帕奇族占领了要塞，要把敌人的头皮一块一块剥下来。

我很年轻，步伐又稳健，对我来说，船舱就像自己的手指一样熟悉，逃起来根本轻而易举，但对船长来说，因为他总是待在指挥室里，所以在这儿就像超越障碍训练场一样举步维艰。他先是摔倒在货舱，腿上的疼痛让他大声哀号，又在潮湿的甲板上滑倒，撞到舱板，接着在梯子上一脚踩空，但他还是继续用力吹哨呼叫支援。好吧，他找到帮手了。他对着失职的大副发飙，对膳食部门、甲板工作人员还有黑人船员们发怒，当然还有我。我撑得真够久，先是扔掉他的咖啡壶，以免被抓到证据，之后混进睡眼惺忪的人群中，用他们当作保护。我让自己忙着其他的事，像清理通风口，胡乱在舱板上涂抹"速净"。当船长召集所有人想揪出小偷时，你可能看到金丝雀的羽毛从我唇上飞走。

船上总共超过三十个人，想在三十多人中揪出偷了晚午餐的凶手是很困难的，除非你有洗胃器。很幸运地，"日舞号"上并没有洗胃器，虽然如果船长下令船上木匠紧急制造一个食物探测器放在船底污水泵中的话，我很有可能会被怀疑。船长大声咆哮，发誓如果小偷被他逮到的话，一定会送去警局，而且，靠岸后他也不会发钱给小偷，不会再让他上船。最后船长终于没声音啦，他再一次用嘶哑的嗓子诅咒小偷，发誓一定会报复，然后才全身疲软地叫大家解散。大家都回去睡觉，而我又回到船首监视海面，报告要撞上海豚了，或大声回报长官夜航灯与桅顶灯都还正常亮着。

在这场闹剧之后，我有点没法专心回想菲力伯特海湾的午餐，因为我被船长美味的食物喂得很饱，而且这是我在这艘从萨凡纳出发的"日舞号"老船上，第一次也是唯一的一次，战胜了神圣的船长。

我在风中对无限遥远的爷爷大声嚷着："这下你可满意了吧，你可能会害我被吊死在船桁端上，这下你知道让我品尝路易斯安那食物的下场了吧。"

那天在海湾里，我们清理完野鸭、生蚝、鱼、虾和干贝等新鲜食材后，这一早上的收获被送进船上的厨房里，皮尔正是那里的主厨。虽然我吃了一堆生蚝与蛤蜊，但肚子里还有很多空间留给皮尔锅里煮的东西——他正煮着丰盛的大餐，铁锅大到足以放进整只猪。

那是加巴拉亚什锦饭 [1]——或者叫皮拉夫、佩罗、皮罗、派拉，随便你怎么叫，总之主要成分就是饭跟红椒。在饭里加

---

[1] 加巴拉亚什锦饭（Jambalaya），美国路易斯安那州法国后裔和西班牙后裔的食物，用一个大铁锅把米饭和所有的食材煮在一起，类似西班牙海鲜饭。

了虾、生蚝、蛤蜊、淡水螯虾、猪肉香肠、鱼肉厚片、鸡高汤，所有东西一起煮，煮到它们融合成一道美妙的佳肴。皮尔已经先用番红花把米煮成黄色，海鲜汤汁与鸡汤完美结合，让米粒在汤汁收干后，依然保有足够的湿度，大片大片的鱼肉与干贝不但没有失去它们的原味，还成了米饭上的金砖。

用来搭配的是一大块外皮坚硬的法国面包，以及一加仑自酿红酒。我们煮了一大壶路易斯安那菊苣咖啡，很浓的咖啡，没法一口气喝完。即使老人家本来就预估我这个年轻人可以跟大蟒蛇吃得一样多，但我还是无法回忆我到底吃下了多少食物。我捧着一大盆食物，浸润在阳光下，听着沼泽里的鸟鸣，看鱼儿在波光粼粼的水面上跳跃，嗅着一大堆腐败蚝壳与沼泽泥地的香味。

皮尔带着高卢人的骄傲看着大家吃光他的杰作——虽然还是现出了一点儿羞怯。他大声宣布："那只是中午点心罢了。去睡个午觉，然后猎野雁。我呢，就不去了，我要留在船上好好做顿晚餐，猎野雁的人已够多啦。"

爷爷说他要去舱里小睡四十分钟，大家都觉得这真是个好主意。我留在甲板上，躺在船舱顶上呼呼大睡。三点左右，爷爷从舱里探出头来告诉我，如果想射到野雁，最好还是多带些二号和四号子弹再出发。

"我已经射中过一只野雁了。"我说，"用猎鸭的弹药就射到了。"

"你射的不过是刚生的幼雁。"爷爷说,"我说的是真正成熟的成雁,包括加拿大野雁。你不会想用六号小子弹搞砸的。猎鹿子弹对真正的野雁一点儿都不嫌大,它们才能夺走领头公雁的力量。"

凯郡人开始打包准备出发,包括把一大包芦苇塞进一艘船身很宽、吃水很浅的小船里。小船和救生艇差不多大,略宽些,附一个小引擎,一直漂在我们的大船后面。

安纳托说:"猎雁不用划独木舟。只消用这小船沿着海湾走,然后停在长堤上跨过烂泥就行了,我们要从大草原边上开枪。"

我们沿着海湾行驶了十几英里,满天都是野雁,它们一整群一整群栖息在有水的柔软草地上,那里一棵树也没有,凯郡人称之为大草原,类似沼泽地,但长满了整片青绿色的草。隔段距离就能看见正在觅食的野雁,有些是蓝色的,但大部分都是白的,看起来很像它们的羽毛颜色会随年龄改变。过一会儿,一群排成"V"字形、体形更大的灰色野雁加入,它们是加拿大野雁。我在船里找了半天也没看见假饵,终于鼓起勇气问个明白。

迪帝笑了,他说:"这些是聪明的野雁呀,它们爱读书呢。我们只消用废报纸,卷成一条丢在草原上,野雁就会飞下来读新闻,这时就可以射死它们啦,砰砰!"

我看了看爷爷。"你记得我们上次做假鸭饵时，你说它们看起来不像鸭子吗？"爷爷说，"当时我告诉你，你看可能不像，但在野鸭看来可就像啦。一样的道理，把报纸卷起来，像柱子一样插在雁群前面，对天空飞翔的野雁来说，看起来就像是群觅食中的野雁。只要方法用对，笨瓜头老公雁就会领着它那一群飞来啦。"

引擎轰隆响着，我们又往前航行了一段路，海湾两旁全是野雁，边挥动翅膀边发出嘈杂无比的鸣叫声，满天几千几百只野雁的噪音真是不可思议。

迪帝终于驾着小船找到了一个好地方，引擎熄火，船篙撑到一块潮湿的草皮，宣布地面够硬，可以让我们在上面行走了。他把船篙深深插进草地里，系艇索绕在船篙上，然后让小船顺潮水往前漂，直到搁浅在岸上。

迪帝说："好啦，可以猎雁了。"我们下了船，每人都背上自己的枪支，带了几盒子弹。我看看爷爷，他在双管猎枪的右边放入四号弹，左边放入二号弹，我也照着做。也许等会儿就搞不清楚哪边放了什么，但至少我开始时是对的。

成群野雁聚集在遥远的草地上，看起来像风刮起的雪堆。雁群懒散盘旋，腹部降落地面，歪着头进食。两个凯郡人安纳托跟法兰可斯一圈圈叠起芦苇，略略修补这个之前就用过的猎雁栏。猎雁栏里一条长长的厚木板架在锯木架上。

安纳托说："最好不要直接坐在这大草地上，屁股都弄湿啦！草地看起来干，但下面可有一大堆水哩。"这是我第一回注意到小腿以下都泥泞不堪。只要用力踩地，水就从污泥底下渗出，整片草地都是这样。

当安纳托跟法兰可斯修补猎雁栏时，迪帝带着报纸出去。他用报纸折了些看起来像雁的东西——有些翅膀朝上，报纸卷曲像伸长的脖子扫瞄着天空，也有些像弯下脖子在烂泥地上觅食。我想，从天上往下看，尤其对野雁来说，它们看起来真像是觅食的雁。

安纳托说："这些假饵很不错，但还不算最好的。只要射中几只野雁，快跑出去，把死雁插在木棍上，就成了引诱活雁最好的饵啦。大雁一定会成群结队地飞来！"

迪帝安排好报纸，看了看四周，似乎很满意的样子，然后快跑回到雁栏。我们成排坐在十六英尺长的木板上，每人面前都有一盒打开的子弹。

"谁来当野雁？"迪帝问道，旋即又说"就是你啦，法兰可斯，把野雁叫来吧。"

法兰可斯不屑用雁哨呼叫。他两手圈在嘴前，欺哄诱骗，吸引一大群白色野雁的注意。它们盘旋了三圈，没发现猎雁栏与假饵，安心地飞下地来想吃点晚餐。依照惯例，我选了一只最大、最老、最强壮、灰斑最多的公雁下手。我眼睛紧紧盯住，给了它两枪，但它只看了我一眼，就迅速飞到其他地方去了。我重新上膛时听见其他人射中的野雁重重摔落湿地的声音。一只受伤的雁想逃跑，努力起身抖动着头，我补上一枪解除它的痛苦，心想："总是得在这猎雁团里有点贡献。"

死雁躺了一地。爷爷翘了翘胡子，说他一箭双雕，一张自鸣得意的脸。七个猎人射死六只雁，如果爷爷射中两只，我一只也没射中，表示剩下的五人里射中了四只，那一定还有另一个猎人也没射中，我算了一下，心里好过了一点。

法兰可斯又开始模仿野雁咕噜噜的低鸣，没多久另一群雁飞来。我又犯了一样的错误，让双管枪同时朝雁群发射，这次只打落了一大堆羽毛，四周被射中的野雁嘭嘭用力摔落，总共十四只，除了我，大家都有进步。

迪帝举起手："现在我们有真雁当饵了。安纳托，帮忙一下吧。"

他们迅速跑出雁栏，蹲低身体，把十四个报纸折的假饵换成十四只死雁。分岔的木棍架住雁颈，翅膀用木板撑住或弯折，有些脖子弯曲，有些伸长，看上去更像觅食的野雁群，天上的大雁更无法分辨死活。

回到雁栏，迪帝眯眼看向地平线，一群排成"V"字形的鸟朝我们这边飞来，远远看上去就更大更黑。"那可是加拿大人喔。"迪帝用法文说。"这法国品种比你棒。"他对法兰可斯说，

"我来叫叫这些加拿大来的法国亲戚吧！"

他稍微改了点音色，然后开始对它们说话。这些法裔加拿大雁听到呼唤暂停了一会，领头的公雁低头看了一眼地面，好像很满意，决定低飞降落。这些加拿大野雁——体形硕大，灰色的身躯，黑色的头，颈子上有一圈白色——一边猛烈盘旋，一边慢慢降低高度，然后垂直降落，就像一整连飞机大队。当它们落地的时候，我匆忙从一个枪管射出四号子弹，然后又慌张地从另一个枪管射出二号子弹。

老天，这次我不想再失手了。我依然锁定一只大公雁，当子弹射中它时，几乎都飞到我枪管前面啦，突然间，它停止、抖动、坠落。一看到它坠落，我立刻转向它的另一位男性友人，它正慌张地想攀高升空呢。我用枪紧紧跟着这只大雁，引领它有点过远了，只得赶快向头颈部射出所有子弹。它像颗大石头般重重摔落，虽然我的枪管并没有真的冒烟开花，但我觉得有！这些都是我的雁。其他人有蓝色的雁、白色的雁，但只有我是整袋公雁，整袋蓝色的野雁。专家都是这样，只猎加拿大野雁！

爷爷看着我咧嘴笑了。他耸耸肩喃喃自语："它们死定了。"接着我就看见满是死雁的地上又加了两只加拿大母雁，正好躺在我的公雁旁。

爷爷说："我只是个业余猎人啦，不是什么英雄。孩子，我们射够了，捡一捡准备回去吧。"

我想我们射的雁真的够多了，多到我们每个人都得走上两趟才能将它们搬上小船。迪帝不害臊地说："看起来真像是我们制造了一场暴风雪，只有一两点脏污的雪花。"

我的大公雁重达十四磅，这真是一只很大的公雁……

从再一次值完班和一样恐怖的早餐到现在，大概又过了十几分钟，当我又一次坐在桌前时，我的思绪又回到皮尔的晚餐上。当我们载着满船野雁胜利归来时，厨房里已经香味四溢啦。

我们大吃剖半的烤蚝，带点红色的淡水螯虾浓汤；掺有雪利酒的浓稠汤汁中，有很多很多整只的螯虾。我们大啖和培根一起烤的小野鸭，像小鸡一样小小的，用手指就可以轻易扯断。每人都有一整只长尾凫，肚子里还塞了红萝卜、洋葱、马铃薯、苹果、鼠尾草一块儿烤熟。还有法国面包跟莴苣沙拉，淋上用小虾、雪利酒和奶油做酱汁的红马哈鱼当小菜——天知道皮尔从哪里弄来奶油的，大概他抢劫了一只牛吧！我们最后还喝了点咖啡。

皮尔宣布："明天我们要吃烤野雁，还有我的拿手绝活——新鲜雁肝。"

德国汉堡也有很好的烤野雁，可能也可以买到很好的野雁肝肠，只要钱够多，也能尝到从法国斯特拉斯堡来的肥鹅肝饼。当我们靠岸时，船长已经忘记有人偷吃晚午餐的事件，付了我们所有人薪水。因为路易斯安那的回忆一直萦绕在心头，我上岸后用一星期的薪水吃了一顿大餐。

那时我领悟到，就算战争的发生不可避免，德国也一定会战败。因为他们根本不懂皮尔的野雁啊！

第五章

海边小屋

好吧，我一直没和你说过那年春天发生的事。那年我跟爷爷决定重建被飓风侵袭过几次的钓鱼小木屋。这小屋其实不值一提——仅仅是钓鱼时使用的小屋罢了。那是一个体积为 $4×4×2$ 立方米的小屋，屋顶用涂上焦油的防水纸铺成，墙壁是不太平整、有无数刮痕的木板。每个人都使用过它，把它搞得一塌糊涂，所以即使天气晴朗时，里面看起来还是像刚被龙卷风扫过一样。

爷爷常常抱怨："这就是对每个来这里的人——像是汤姆、迪克、哈瑞——都很友善带来的麻烦。他们可是会把免费马骑到死的那种人。"这个地方通常看起来像流浪汉的窝巢——有老旧的锡罐、咖啡粉、胡椒，生锈的器材到处乱扔，又脏又烂的床垫，连灯罩都被烟熏成了黑色。

最近的几场飓风终于决定了它的命运。小屋从外面看起来，就像被强风摧残过的鸟巢——屋顶的防水纸板裂成了碎片，墙板垮在一旁，门外积起了高高的沙堆。

爷爷说："我们把还能用的东西捡起来，然后烧掉它吧。它闻起来跟乌龟穴一样臭。从这些稻草束看来，最后几个人并不是用它来钓鱼的。我们搬到另外一边去，重新盖一个合适的小木屋，之后得上锁，贴上一个私人财产的标志，让海防队的人巡逻时顺便看管一下。我真不想这样做，但现在看来，如果想保有一个永久的舒适小屋，只好自私一点了。二十年前，甚至是十年前，你可以就让门开着，把粮食都放在柜子里。有人会进来，但只会用他们需要的东西，也会保持空间干净，之后你还会发现他们把用掉的东西又都补了回来哩。"

"看来，时代真是很不一样了。这就是为什么你到我这把年纪时，就不会再有那种猎人或渔夫共享的东西啦。所有物品都会标明所有人，加上锁，这些规定是为了保护农夫，他们实在厌倦透了有人随便宰杀他们饲养的猪，或不小心烧掉他们的牧场，还有在他们的私人土地上乱丢锡罐跟垃圾。"爷爷继续说，"我很意外最后这群人竟然没烧掉这个地方，或索性彻底毁了它，这样还算帮了大忙呢。"

爷爷一边大步走来走去，一边喃喃咒骂着。爷爷真的是那种一定会把垃圾烧掉、厨余埋掉的人，他会把场地清理得比他使用前更好更干净。我想我一定受到了影响,因为即使到今天,我只要看见一堆空啤酒瓶或肮脏的纸团,就会火冒三丈。

　　海滩上我们极目所见,都散布着飓风留下的残骸。风从后方的加勒比海吹来,钻进树丛的缝隙中,经过哈特勒斯角[1],一路往北吹去,凡是没被牢牢固定住的东西都会被狂风卷走。海滩上散落的东西大部分都是垃圾,但还是有不少可以回收利用的。我们通常称哈特勒斯角跟马头镇[2]附近地区为"伤心之家",那里曾有海盗专靠打捞失事货船上的物品维生。船只失事,有时是人为的,有时则纯属意外。爷爷说马头岛的名字来自原住民一个可爱的坏习惯,他们在暴风雨来临时,会在马脖子上挂一盏灯,然后牵着马在海滩上走来走去。在风雨中痛苦挣扎的船只就会误把这马脖子上的灯当成港口信号灯,奋力破浪前行,然后就触礁失事了。等到风平浪静后,这些故意制造船难的人才划着小船出去,像秃鹰般,狠心地把失事船只的物品打捞得一干二净。那是很久以前的事了,但这个故事就这么流传了下来。

　　这里的沙子很硬,所以我们可以把底盘很高的老福特车开

1　哈特勒斯角(Cape Hatteras),美国北卡罗来纳州外滩群岛哈特勒斯岛上狭长、弯曲的沙洲形成的岬角,长113公里。浅滩外的暗流对大西洋航行一直构成威胁。
2　马头镇(Nags Head)是位于北卡罗来纳州东部的一个小镇。

到沙滩上来。我们开着车在沙滩上寻找可用的建材。找到的东西可多了，小块的木材、涂了焦油的木桩，应该是一些渔民的小码头被风吹剩下的，还有一大堆可以当屋顶的材料：厚板、梁柱、横杆，以及天知道我们用不用得到的东西，像楼梯层板、破损的桌椅，甚至还有一个老旧的马桶坐垫。

大部分东西都不太完整，但也足够让我们开始动工了。爷爷的车尾有一捆麻绳，我们很快挑出所需的材料，然后一样一样、一块一块地运到盖新房子的地点，这时老福特已经轰隆作响，一副快断气的样子了。我从来没见过这种老福特车，它不停咔啦咔啦作响，车身晃动得很厉害，发出的噪音像咖啡磨豆机一样吵，但是却可以开着它到一整群马匹都到不了的地方。

我们整个周末都在新地点周围按照建造顺序组装跟堆砌材料。新地点选在沙滩上第一排沙丘的后方，附近长满了海燕麦草，是个适合当作永久地的好位置。

爷爷说："就盖在这儿吧，这里有点像沙丘间的小凹谷，可以避开风的吹袭，也不用担心暴风雨带来的大浪，我们先打几个桩架起来。"

"为什么要架在桩上？"我问，"看起来好像是把它架在空中，这样不是更容易被风吹翻吗？尽量紧靠着地面岂不是更好？"

爷爷说："我虽然不是工程师，但我知道在风大的海岸上盖房子的道理。大风最容易破坏的就是紧紧钉在基盘上的东西，风会把它整个连根拔起，一块儿吹走。我通常不大批评《圣经》，但那个关于一个人用石头盖房子和一个人用沙盖房子的故事，不适用在卡罗来纳的海滩上。原理其实很简单。你知道为什么通常大树会被风吹断，但是柔软的小树却得以幸存吗？柔软的小树干随强风摆动，但坚硬的大树或是砌好的砖墙却想办法站得更稳，然后反击回去，结果前者最后还是好端端的，后者却彻底垮掉了。

还有另一个要把房子架在高桩上的原因。这可以让风有很多空间从底下钻过去，再大的力量也会因此改道通过。房子在强风来袭时会有一点摇晃、一点弯曲，但是风会从四周、上面、底下通过。木板钉的屋顶可能被吹走几片，但却不可能在暴风雨过后来这里时发现整个屋顶都被风吹跑啦。"

我说：“听起来还蛮有道理的。"

“还有一件你不会注意到的事。从我们的角度来看，它可以让你更省事，你知道我的意思吗？"他想要我继续问下去。

“不知道。"我说。

“嗯，让我告诉你吧。在钓鱼或打猎时，有一半，甚至是一半以上的事，在房子底下做比在房子里面做更好。船可以拖到这个地方修理或上漆。烈日高照时，屋子底下比较凉快。你也可以在这里整理钓具、修补渔网，清理钓到的鱼而不会把屋子里弄得一团乱。可以存放鱼竿、船跟船桨，也可以把狗绑在屋子底下。东海岸跟太平洋岸的渔夫们，在屋子底下的时间比待在屋子里的多多了呢。"

"但离开的时候不能只把船跟器材就这样丢着呀，东西要怎么才不会被偷走呢？"我问。

爷爷笑了："简单——这太容易了。我们要做一片格子栅栏，每个方格大概六平方英寸[1]，绕着木桩围住，再装上一个很重的格子门锁住。我发现，如果一个人想就近使用别人的东西时，发现他需要破坏门跟锁，就会多考虑一下。这附近没这么多坏人啦，只是有很多粗心的人，东西如果不上锁，随意放置，就会乱用。但敲坏别人的锁，或拆掉周围的栅栏，这可是破坏、私闯，甚至是抢劫的罪呢，这样就够吓阻很多夜盗者啦！"

"好吧。"我说，"这说得通，你说服我啦。但那让风从屋子底下吹过，好分散力量的功能就没啦。"

"风会从格子栅栏的洞眼里钻过去呀。栅栏也是有弹性的，就算风吹坏了一两根框架又有什么关系呢？很容易就可以修补的。这样一来，你拥有的其实不只是一间房子，而是两间。一间是可供炎热时工作的阴凉之处，一间是在寒冷或刮风下雨时可用来煮饭睡觉的地方，非常温暖舒适。而这些都在同一个地

---

1 平方英寸，英制面积单位，1平方英寸约为6.45平方厘米。——编者注

方呀！"

我不知道爷爷从哪里得来这些点子的，除了他年轻的时候去过很多地方，还有他总把鼻子埋在那些重到举不起来的书里。但我必须承认，大部分他自学的道理，都有相当的实用性，而且最后也都证明了它们行得通。

暑假刚过一个多星期，所以我们可以整天盖房子。我们带了一个小帐篷到岛上，还有一些煮饭的器材和渔网、鱼竿之类的工具，就住在镇外。这时正当大海龟的产卵期，如果在月夜的海滩上行走，想弄点早餐吃的新鲜海龟蛋，真是一点也不困难，只要沿着母海龟上岸产卵时留在潮湿沙上的足迹就可以了。小溪里鱼虾多到吃不完，偶尔，泥坑里还会出现小鼓鱼、蓝鱼或吃沙蚕的弗吉尼亚鲈。在大沙洲外，往北的海上才有较大的鱼虾，我们有时也出海钓鱼。此外还有烟熏火腿、鲑鱼、沙丁鱼罐头和一些蔬菜罐头，吃得相当不错。

喔，我的老天，我们一直工作，不停工作。爷爷花言巧语了半天，让人送来一大堆我们在海滩上找不到的必需品，包括：屋顶用的杉木板、用作格子栅栏的耐重木条、涂在木桩上的焦油、屋内的家具等等。你会以为我们在盖什么印度的泰姬陵，但爷爷说："我敢说，我们花的时间一定比他们盖金字塔的时间少多了。"

我们把桩脚打得很深，先挖了个洞，然后倒进一点水泥，在沙上固定底部，然后在桩上盖一个平台当作房屋的地板。我们有些不错的松木条做阶梯，爷爷把它们刨得又平又亮。爷爷说，他的脚不必光脚踩到木刺就已经够痛了。

我们竖起六英尺高的墙，向海的那一面留了一扇大窗户，两侧墙面都留了像船上方形舷窗一样的窗口。我们架上一根木梁，然后铺上杉木板，把屋顶钉得比梁柱高约一英尺。爷爷撕开一个破烂的弹簧床垫，抽掉里面的填充物，然后推到梁柱与屋顶中间卡住，他说这样可以隔热，小屋里会比较凉快。

我们把室内空间分成两部分，一部分是厨房加客厅，另一部分爷爷称为"后备球员练习室"，也就是卧房啦。爷爷很不喜欢在同一个地方睡觉跟工作。

他做了一个折叠餐桌——我觉得这个很炫——钉在墙上，要用时放平，不用时就收起来，可以节省很多空间。他沿墙架了一排储藏物品的柜子，存放像罐头食品、咖啡、糖、盐、胡椒、芥末、番茄酱这类露营用的东西。又钉了一个储藏盒，专门放置容易腐烂的食物，盒子左右两边绑了线，刚好可以从舷窗那里挂在屋外吹风。我们安装了一座有两口炉盘的炉灶，倒进油，炉灶够热后底部火焰会上上下下地跳动，整个房间都会变得很暖和。一会儿后，爷爷拿来两张竹编摇椅，还有一对厨房用椅——毫无疑问是从奶奶那儿偷来的。他在房间里做了很多置物柜，用来收拾杯盘、锅子等，然后钉了一个跟屋子一样高的书架。我们把防风灯挂在梁柱上，这就是厨房加餐厅了。

卧室比较简单，包括四张床——两面墙各有一张双层铺。下铺床底下各有两个储物柜收衣服，在房间另一端，有一根横木可以用来挂衣架。小屋里没有自来水，但爷爷在厨房里装了一个有排水管的水槽，可以用来洗碗跟洗脸。

几乎用了整个夏天，我们才把这个简陋的小屋盖起来，做好门跟窗，以及屋子底下的格子栅栏。我们在往树丛方向大约两百码的地方，挖了一小口井，又放了一个用绳子拉的老式水泵来舀水，虽然是咸水，但还是很方便。爷爷又做了一个小小的蓄水池，用屋顶边缘的排水管引水到池里——他认为我们能收集到足够的雨水当饮用水。我们最后一个任务，是到树丛里挖两个很深的洞，装上防臭弯管当成马桶。当我们把席尔斯百货的五金目录册挂到钉子上的时候，总算是完工了。

爷爷把床垫丢上双层床，把杯子挂上挂钩，把盘子放上盘架后，说：“小屋虽然不怎么好看，却很坚固，可以应付各种天候，但更重要的是，它是我们的。任何亲自动手做的东西，都比找别人帮忙做的更有意义。”

我摸摸被太阳晒红的鼻子，手掌上的水泡都已经变成老茧了。在我的眼光看来，这是我见过的最美丽的钓鱼小屋，每样东西都整整齐齐，呈现出大家所谓布里斯托时尚风格。在爷爷过世以前，我们在这个小屋子里共度了数不尽的欢乐时光。

距离我们搭盖小屋的日子，已经过了几乎三十年了，从那时候算起，已有过很多次飓风侵袭——艾莉丝、意森、海伦……我已数不清究竟有过多少个飓风。但我可以打赌，除非有人故意拆了它，否则最美好的部分一定依旧竖立在那儿。很显然，还没有任何一个飓风可以让它鞠躬下台。

第六章

不怕迷路

我跟爷爷坐在沙滩上，海水在脚边轻拍，我们的面前是用浮木生的火，即使这时正是温暖的八月底，烤起火来还是觉得非常舒服，而且凝视美丽的火焰也让人心情愉悦。你知道那些浮木被咸咸的海水浸泡后烧起来像什么吗？魔幻般的淡蓝色火焰在木头上舞动，就像酒精灯燃烧时那样。有时候你甚至看不清火焰燃烧，因为在夜空下，蓝光显得非常微弱。

一大群中型的蓝鱼在火焰旁的浅水中游动，看起来像整片银白，旁边还有几只很大的小鼓鱼。一群未长大的东北部鱼种（要到九月才会变成成鱼）一阵喧哗，把别的鱼也引到了泥沼中，它们在那儿尽情吃着小鱼跟沙蚤。我们开心地欣赏着这些觅食的鱼群，一直要到涨潮它们才会匆匆忙忙地游离。一轮小小的明月从地平线上缓缓升起，海水随时都有可能开始退潮，我们想在退潮时钓一小时鱼再收拾东西，回到一英里外海滩上的小屋里。

"真希望我们带了手推车来。"爷爷说，一边在钓具箱里翻找着他的抗海蛇药水。找到后拔开瓶塞，滴了几滴在胡子附近。"你等下一定会很累，因为得把所有鱼都搬回小屋去。我会帮你忙，但是我太老又太衰弱了，而且也不想像个鱼贩一样抬着一堆鱼走来走去，所以如果你必须走上两趟，也不要觉得意外喔。"

他"哼"的一声笑笑自己开的玩笑。我可笑不出来，我知道他一定会帮我把鱼扛回小屋去，但我怀疑是谁要做后续的工作。像称重或是清理内脏这类的事，我相信这绝不会是由那个留着胡子，还从工具箱里拿出"抗海蛇药水"的人来做。

我们静静坐了一会儿，等候潮汐的变化。爷爷点起他的烟斗，为了避免被月亮逼疯，他还喝了一口"抗月亮药水"，然后突然丢了一个问题给我："你长大以后想做什么？你已经过了想当警察、消防员或是牛仔的年龄啦，你最想做什么呢？"

"不知道。"我说，"赚钱，我想要有很多钱。"

"你还蛮诚实的嘛！"爷爷说，用烟斗管磨磨下巴，"我不会看不起你的愿望，但你要怎么样才能有钱呢？"

"总有办法的，我不知道，但自然会找到方法的。我绝对不会去偷窃，如果这是你的担忧，大可以放心。"

"我才不担心你去偷钱哩，你当不了一个好小偷的。你太喜欢跟别人讲自己的事，小偷都把事情放心里的，他们才不那么常开口。但是小偷应该也不会开心，因为只要他花偷来的钱，或者大吹大擂，就会立刻被别人发现。最后律师拿走所有的钱，他只能蹲在监牢里挖墙洞。你有了钱要干吗？"他不客气地问我。

"我现在还不太知道，但很多我想做的事情都需要花钱。"

"像些什么事？"

"嗯，旅行呀，这是其中之一。我想亲眼看看书上读过的地方，还有那些你告诉过我的事。我想去非洲和印度打猎。我想买车、买猎枪、买好衣服跟房子。如果我有小孩的话，想送他们去念大学，我希望不虞匮乏，这通通都要靠钱解决。"

"没错，这话没错。"爷爷说，"但还是有别的办法，让你不用担心钱就可以变得富有。我还不知道你以后会不会有钱呢，但你以后如果真有了很多钱，就会发现自己只会担心如何守住那些钱，完全无暇做真正想做的事。你认识什么有钱人吗？"

"没有直接认识的，但曾看到过一些。那些人时常开着豪华游艇。"

"见鬼的游艇！"爷爷不屑地嘲笑着，"他们从中午就开始喝酒，忙着处理第三段婚姻，一天到晚只晓得担心华尔街的情势，即使打扮得像高级官员，戴船长帽搭乘豪华游艇，却甚至不晓得要如何把船从码头开到检疫站去。他们不过就只会在清澈的水面上开个一英里罢了！"

"好吧，但那些拥有棉花田的人呢？他们也很有钱呀。"

"没错，他们是很有钱。我就是跟他们其中一位一起长大的。以前我们年轻时会一起钓鱼或打猎，那时他还很穷。他对鱼竿或猎枪的狂热程度比你还严重，但我打赌自从他有了钱以后，已经有四十年没开过一枪，或把一个鱼饵放在钩上了。他甚至不住在农场里，因为没有时间。有回我在城里看见他，走过去打了声招呼，问他什么时候我们再去他的农场猎猎那些大火鸡呀。他眼睛一亮，但马上又直直地朝下盯着人行道。'奈德，我很想这样做，但我好像从来就没时间。你记得有一回，我们……'他说着说着看了看手表，'喔，老天，我有个总经理会议在等着。'还没说完就急忙离去，看起来真像后面有只猎犬在追他。我根本没机会听到他究竟想起了什么。你还认识其他有钱人吗？"

"没有。"我说。我开始沮丧了起来。

"我觉得你大错特错了。"爷爷轻声说，"你已经认识了两个有钱人，就是你跟我，我们现在就很有钱了，比那些见鬼的游艇主人和棉花田主人都有钱。你真是太富有了，我也是。"

"怎样才叫作富有？"

爷爷愉快地说："富有不是指追着你没有的东西跑，富有是指有时间做你想做的事，是有威士忌可以喝，有食物足够吃，头上有屋顶遮着，有根钓竿，有一把猎枪，还有一块钱可以买一盒子弹。富有是不欠任何人钱，并且不预支你没有的财富。"

"那还是需要钱呀！"我不服气地说，"至少需要一点点钱。"

爷爷开心地说：" 真是见鬼了，任何有腿有手的人都能赚点钱！你想想汤姆跟彼得，他们在鲱鱼季钓鱼，冬天到了就酿酒，用陷阱捕捉野生动物，有空就去打打猎，大都只喝自己酿的酒，但靠卖鱼跟猎物，偶尔当当向导赚钱。他们靠猎枪过活，食物储藏间里总有满满的野味——虽然很多是不合法的——还有很多别人搞丢的猪。太太们则种点蔬菜，芥蓝菜种得还真不错，喝碗玉米粥也花不了多少钱。他们的后院里有一大群猎犬，而且也有时间可以训练它们。我说他们就蛮富有的了，你觉得呢？"

"你这样讲当然没错，但是他们永远去不了非洲，也买不起大车。"

"他们甚至不想离开自己住的郡哩！"爷爷说。

"但重点是，他们不想去非洲是因为他们没有适合猎狮子的枪。他们不想要大车是因为大车开不进沼泽。他们有所有他们想要的东西，包括坚强的内心与站着睡觉的本事。很多有钱人宁愿花几百万交换一个强盗的内脏让他们可以吃一大堆猪肉跟芥蓝菜，让他们可以和吃玉米的人一起玩乐，然后跟一群猎犬一起在院子里睡上十小时。你知道如果我生在不同的时代，我想做什么吗？"

"不知道，做什么？"

"类似古时候的汤姆跟彼得。有点像是大家说的拓荒者[1]，像刘易斯跟克拉克[2]，或稍晚的基特·卡森[3]与吉姆·柏瑞哲[4]，或那些蓄着老山羊胡的人。这些人探索并开发了密西西比河以西的大陆，有很多文献讨论过他们的事迹。老天，他们才是领袖级的人物，当初他们认为如果能从苏族部落活着回来，就是很幸运的事了，但他们在溪畔捕捉海狸，爬过白人翻越不了的

1　拓荒者（Mountain Man），或译山区人、山里人，指美国拓荒史上最先为了猎取毛皮而前往北美洛基山脉西部的探险者。

2　梅里韦瑟·刘易斯（Meriwether Lewis，1774—1809）和威廉·克拉克（William Clark，1770—1838），美国拓荒史上最著名的西部探险家，于1804至1806年率队西行，穿越路易斯安那到达西太平洋地区，沿途记录了许多动、植物及印地安人的资料。他们的队伍是第一支抵达美国大陆西岸的白人探险队，此行也被称为"西部发现之旅"。

3　基特·卡森（Kit Carson，1809—1868），美国重要西部拓荒者，活跃于1820年代以后。

4　吉姆·柏瑞哲（Jim Bridger，1804—1881），美国最早的一批拓荒者之一，他的足迹遍及加拿大边界、密苏里河流域科罗拉多——新墨西哥边界、爱达荷和犹他等广阔地区，一般认为他是到达大盐湖的第一个白人，也是第一个探测黄石地区天然喷泉及景色的人。他与印地安人的关系一向很好，曾娶过三个印地安妻子，也主张不可对印地安人采取高压政策。他的事迹已收录在美国历史名人堂之中，并有多处山脉及森林以他命名。

高山，航行过白人前所未见的河川。他们是比商人萨布利特[1]还厉害的人物，他们领队开拓了一条通往西部的道路，虽然也在本是原住民生活的地区留了下许多白骨，但他们发现了俄勒冈州与加州。

"他们都是有钱人——但不是有钱在他们的貂皮外套上，他们回到东部的文明世界后因赌博跟酗酒挥霍掉了所有财富——而是有钱在他们的自给自足。他们看不起后来驾着圆顶敞篷马车来的商人或是城市人，因为拓荒者是自成一族的。你有兴趣听听这些故事吗？"

我只是点点头，爷爷又梦呓似的讲述着。他描绘的方式很生动，让我很容易就能想象。

爷爷坐在蓝色火焰前继续说："拓荒者应该是最能自给自足的一群人。在丹尼尔·布恩[2]让肯塔基来复枪变成一个传奇之后，他们大部分都用小口径的长筒来复枪，枪上有一个打火的火帽，而不是打火石。

"这些家伙把印第安人会的东西都学来，并且做重要的改

1　威廉·萨布利特（William Sublette，1799—1845），美国拓荒时代知名的探险家兼毛皮交易商。早期的美洲拓荒，多半是依赖这些以毛皮交易及设陷阱为业的拓荒者开拓出来的。

2　丹尼尔·布恩（Daniel Boone，1734—1820），美国西部拓荒史中的先驱之一，曾徒步穿越阿巴拉契亚山脉，发现了现今为肯塔基州的大片林地。

良。他们可以像印第安人一样扔掷斧头或小刀，甚至做得更好。他们采行印第安人的作风，骑马不用马鞍，只靠一个编织线圈套在马的下颚控制方向。他们穿皮裤、留长发，还在野牛躲藏的洞穴里过冬，自己生火与缝制皮革，不管是他们的外观还是气味，都跟印第安人一模一样。

"如果他们和当地部族关系良好的话，也有些人会娶妻——适合的克劳族、黑脚族、肖松尼族或其他族人——这些胖胖的、褐色皮肤的小女人会煮饭、缝制短靴、软化鹿皮来做衣服，还会挖掘海狸或水牛避冬的洞穴，在寒冷的夜晚与他们同寝温暖他们的身躯，即便这些女士有时身上有些跳蚤。那时候男人娶印第安妻子并不觉得羞耻——这是后来那些穿棉、毛、亚麻织品而不穿鹿皮、自以为文明的东部人想出来的。但是有些更粗野的拓荒者认为，一个有妻室并和印第安人生下混血小孩的男人，有点软弱跟娘娘腔。

"这些孤单的男人都往西部及西北部去，说好听点是去寻找水牛跟海狸，但其实只是想随意流浪，不被任何法律规定束缚。这些家伙，一心想在清晨时分在白人从未到过的地方醒来，然后在平原上望着视线所及的那几百万只水牛，再划小船沿溪而下，从每个精心搭设的陷阱里揪出一只只落网的海狸。

"当狩猎成果丰硕时，他们靠肉食维生，但除了水牛的背峰、牛舌、肋排，还有他们称作血肠[1]的东西，他们不吃太多新鲜肉，其他部位都留给野狼吃，或者如果有妻子在身边，就会做些薄薄的肉干——她们会在肉干中加入一些干燥过的梅子，这样冬天就可以依靠这些过活，天冷时还能挂在树上风干贮存。通常他们出门游荡并不需要准备太多东西，水牛肉干可以生火加热食用，肉干吃完了可以找些根菜类植物或草原松鼠、熊、山羊及任何可以用枪射死的动物来吃，这包括马匹和印第安犬。就算没有根菜类、野莓或松鼠，他们还是可以用鹿皮代替，有很多人最后吃掉了自己备用的皮靴。

　　"只要人可以站立、骑马或生火的地方，都可以称之为家。他们不用缴税，平时看不见任何一个白人，也不需要遵守法律，一点钱都不用花。如果他们的枪坏了，可以用牛角或木头削成弓箭，可以从猎装上取下皮革为弓上弦，可以用敲碎的打火石把箭头磨利。他们只有两种敌人——印第安人跟天气。印第安人可以剥掉他们的头皮，而天气可以先让他们挨饿再让他们受冻。但他们从来不会迷路，因为他们根本不在乎人在哪里，他们总是在探险，所以不会有迷路的困扰。

　　"他们是肮脏龌龊、不怀好意、自私刻薄、反社会的人，

1　血肠（boudin），一种用碎肉、血、脂肪及其他成分灌成的香肠，是路易斯安那州法裔人士的典型菜肴。

甚至有时候残暴不堪、无药可救，必须接受些文明教育。他们只要来到交易的驿站，就会用捕海狸换来的钱买点浓烈的威士忌，有妻子的人就买点饰品给她们。

"他们赌博，打架时刀棍齐飞，饮酒狂欢时一不小心就把对方给杀了。有人情绪高涨时，会发出狂吼让自己像野蛮的黑熊，吞噬其他不管会走、会爬还是会飞的双脚及四脚动物。

"但当他们回到平原上或是高山里时，他们拥有整片天空、森林与水源。他们是上帝所创造的最自由、最独立的生物，从这点看来，他们可真是富有哇！"

爷爷停顿了下来，望着大海。已经开始退潮了，月亮高高挂在天上。月光下，可以看见潮水退去后留下的一片褐色沙滩。

"我有点忘形了。"爷爷有点不好意思地说，"我可能会是个糟糕的拓荒者，碰到的第一个壮硕的凯欧瓦人就可以把我的头皮当成战利品。但能想想这些事情也不错，尤其当你一辈子也不可能亲身经历的时候。那就是为什么要有书的原因呀！人可以从过去的事情中变得富有，读书可以让你跟德瑞克司令[1]一起抵抗西班牙舰队，或是跟吉姆·柏瑞哲一起对付印第安人。海水退了，我们开始钓鱼吧！"

---

1 德瑞克（Drake, Sir Francis，1540—1596），16 世纪著名的英国舰队指挥官，曾率领英国舰队打败西班牙无敌舰队。

我们走到水边，踩进冰凉的海水里，走到深及大腿处站好，然后把钓线抛了出去。我们同时有鱼上钩，从鱼竿弯曲的弧度看来，上钩的都是好鱼。我们赶紧往后退，卷起鱼线，鱼钩那一端，愤怒的蓝鱼正努力挣扎着想脱逃。爷爷这时转过头问我："你长大后还想变有钱吗？"

　　"我想。"我顽固地回答，"如果我有钱，最起码就可以雇人来搬运跟清理鱼获。"

　　我们奋力把鱼往海滩上拉，一如往昔，爷爷的鱼总是比我的大。基于这一点，至少他可以当个还不错的拓荒者。

第七章

膨胀的谎话

有一天，当我努力解释自己逃学的原因时，爷爷这样和我说："我最不能容忍的就是骗子了。他们就像农场里偷蛋的狗一样讨厌，只要一离开视线就不值得信任。"

"是的，爷爷。"我说。我的谎言爷爷轻而易举就戳破了。

爷爷嚼了嚼他的胡子，又说："但是，事情总有些例外。"

"是的，爷爷。"我满怀希望地说。

"即使是值得信赖的猎人或渔夫，我还是连五分钱都不会托给他。"爷爷继续说，"一个不骗人的猎人，或不扭曲事实的渔夫，反而可能在牲口交易时耍点小花招，或者因超支丧失抵押权，也可能从零钱盒里偷拿邮票。他会偷马匹，也可能用脚踹狗。他也可能有张又小、又紧、又尖酸的嘴，把钱装在小零钱包里看得牢牢的。"

他点起烟斗，然后问了我一个问题："你上次钓到的那只鼓鱼有多重？"

"三十五磅。"我说。

爷爷带着胜利的微笑。他说："我后来偷偷又量了一次，是三十二磅重。你看，你自然而然就会说谎，我觉得这件事令人敬佩。如果是我，我会说四十磅。你还年轻，不知道一个廉价的小谎言，跟一个强有力又夸张的好谎言，差别在哪里。如果你得说谎，就说个好听的谎。我有跟你讲过爱尔伍德、克贝特和一只母鹿的故事吗？

"爱尔伍德跟克贝特是住在绿沼泽区的两兄弟，就像我的朋友汤姆跟彼得那些人一样，以酿造跟贩售私酒而闻名，即使奥斯陆郡的渔猎法规并不允许私酿酒。他们有一间储藏室，一整年都有满满的肉，里面还有个不常见的小屠宰场。法律规定一年只能猎两只鹿，但有一年圣诞节前我问爱尔伍德今年猎了多少鹿，他搔搔头回答我：'我十月时买了一盒子弹，里面有二十五颗，我现在还剩两颗，这样说来我一定射了二十三只鹿。喔不！该死，我忘了，我有次花了两颗子弹才射死一只鹿。'"

爷爷继续说："有一次跟这些男孩一起在沃卡莫¹附近打猎，我在等着射鹿的空档中听到了枪响。毫无疑问，那是爱尔伍德

1　沃卡莫（Waccamaw），位于北卡罗来纳州和南卡罗来纳州交界附近的湖泊区。

的，他是那附近唯一有单管点 32 口径来复枪的人。我听到枪响后就赶紧走过去，想帮他剥鹿皮和清理内脏，这差不多得走上个半英里远。但当我走近时，听到有人讲话的声音，是一个渔猎管理员在跟爱尔伍德说话。

"管理员说：'爱尔伍德，你射死了这只母鹿。'

"'什么母鹿？'爱尔伍德回答。

"'这只母鹿呀，我走过来的时候，你才把它拖进树丛里用东西掩盖住。'

"'我从来没射过母鹿。'

"'你一定射了。'管理员说，'它的脖子里有颗子弹，而且那支架在脚架上的枪是点 32 口径来复枪。这只鹿在这，子弹在这，你在这，而你是这附近唯一有点 32 口径来复枪的家伙，并且猎鹿时总是瞄准鹿脖子。所以我说你射了这只母鹿，爱尔伍德。'

"爱尔伍德放另一颗子弹到来复枪里，然后扣了一下扳机，发出咔啦的一响。他说：'管理员，任何一个说我射死母鹿的人一定是只偷蛋的狗，我若在森林里看见偷蛋的狗，都一定会把它射死。'

"管理员看看爱尔伍德，又看看枪，然后再看看死鹿。他慢慢地后退，然后清清喉咙说：'我想你没有射死母鹿，但今天天气真不错，不是吗？'你知道爱尔伍德的灰眼珠看起来很

冷漠，他直直地盯着管理员好一会儿，终于回答：'天气真好！管理员，祝你有美好的一天。'

"管理员说：'祝你有美好的一天。'然后他消失在树林中。爱尔伍德拿出他的小刀开始清理鹿的内脏。"

爷爷对我说："这就是我说的，我绝不允许的谎言，因为爱尔伍德一开始就错了，他用武力支撑他的谎言。这就是你读过的各种战争的由来。一个家伙说了个谎，如果被拆穿，他就要开枪，让你屈服在他的威吓下。这里面还有另一个教训：虚张声势一点用都没有，除非你敢真的开枪。我相信爱尔伍德是有可能真的杀了那个管理员的，因为他的脾气真的很火爆。"

爷爷拿起塞成一团的烟叶，削下一些薄片在手上。他倒出烟渣，然后把烟草薄片小心地塞进烟斗里点燃。

"谈起说实话，我还真有件事可以说说。"爷爷暧昧地说。

"很多狡猾鬼逃避说实话用的是这些方式：比如不开口说任何话，或找点推脱之辞，或说个善意的小谎言。这种谎言叫外交手腕，世界各地很多政治人物或外交人员都这样运用。在家里就简单点，我的意思是，如果你妈妈问我你有没有逃学，事实上我知道你有，但我只会说：'我不知道，我最近很少看见他。'这会让你在家里少点麻烦。如果我多嘴地主动告诉你妈妈你逃学，那我就变成了个爱管闲事的老人，但我还是很有技巧地说了实话，让我免于负责，还依然保持高贵。你知道这中间的不同了吗？"

"我知道了。"我说，"这是失去一个星期的零用钱，跟一掌打在屁股上的不同。"

"我觉得你挨这下打也不委屈。"爷爷说。

"我知道你从哪里学来这句话的。"我有点骄傲地说，"那是《汤姆·索亚历险记》里波丽阿姨跟汤姆说的话。汤姆不觉得自己有错，阿姨就说：'我觉得你挨这下打也不委屈。'"

爷爷惊奇地看着我。他摇摇头："真不敢相信教育已经发挥了影响力啦，这是个征兆，已经显现出来啦。我讲到哪里啦？"

"不同的表达方法。"我说。

爷爷说："好吧，现在我们来讲讲有运动家精神的骗子。他不是真骗子，他有点像艺术家，比如画家。摄影师跟画家的区别在于，摄影师是使用器材精确掌握事物原本的面貌，如果鼻子上有颗瘤，照相机会记录下这个瘤，但画家只描绘印象——他自己的印象，或对他来说物体看起来像什么。如果画家画一个他很爱的女人，或者为了钱而画，哪怕这女人的鼻子上有颗瘤或长了很多雀斑，也没有法律规定画家要忠实记录下她的瘤或雀斑。他可以耍点艺术家的手段，因为绘画在诚实上不值钱，跟说话一样。"

爷爷打个呵欠搔了搔痒，又继续说："有很多好事儿，都是关于打猎或钓鱼的。你可以只看到小刀柄就记起什么时候日出，露水可以保持多久，露营地是什么样儿，食物吃起来如何，猎犬叫起来是什么声音，何时日落，何时月升，猫头鹰怎么叫，这一切的声音、景象、味道跟感觉。当你钓到鳟鱼、捕到鲈鱼、射中鹿或一枪射下两只鸟儿，那是胜利的一刻。但别的事儿说起来就扫兴了。当鸟儿装进袋里，鱼躺在篓子里，鹿的内脏清干净挂在树上，冒险就结束了。有点儿伤心不是吗？因为所有的期待都消失了，结果已经出炉，活动就落幕了。这就到了谎话出现的时候。

"说它是谎话也不对，它不是，真的。你需要诚实的'布'才能刺绣。没有布，也没法刺绣。你坐在炉火前回忆，然后欺骗自己，那头鹿有十八个斑点而不是十二个，你射了三十只鸭子不是十五只，你只用了实际上一半的子弹，而且钓到的每条鱼都重得足以列入世界纪录。"

"这是非常健康的事情。当你长大，就不会再相信童话故事了，但每个男人也只不过是有一把老骨头、秃头、房屋贷款跟消化不良的小男孩。他还是需要逗自己开心，而这些渔猎回忆中夸张的想象，只不过是衰老的小男孩讲给自己听的奇幻冒险故事，用来驱赶心中的妖魔鬼怪。没有这些故事润饰的人生，就只剩下早上起床，晚上睡觉，一整天摇摇欲坠，担忧没钱缴账单了。"他轻声地说，"当你老了以后，就了解我在说什么了。"

我问爷爷："这种情况会从什么时候开始，又到什么时候结束呢？何时不会再需要夸张的故事？"

爷爷回答："有人可能会变本加厉。我认识很多懒虫，他们自以为什么事都没做错，而且一点也不懒惰，只是这个世界亏欠了他们。我也知道一些酒鬼，他们喝了太多酒整天醉醺醺的，却埋怨这个世界是怎么了，为什么老板看不起他们，老婆不喜欢他们。这就到了不能再说谎的时候啦。

"但是一点点的自我催眠有助消化，能帮助睡眠，还能增进对话乐趣。若有人告诉自己，如果狗儿那天有健康的好鼻子，风向对的方向吹，或若他跟对了足迹，猎物袋里就应当有丰硕的战利品之类的事，这并不会伤害一个人。渐渐地，他会相信当初事情真的就是这样而开心，那么，是自我催眠或谎言就不重要了。一切都是事实，因为你每天都这样想，自然就把它变成了事实。"

当然，我现在知道爷爷是对的了，大部分都是对的。我参加过战争，也写了很多不错的作品。我在世界各地旅行、钓鱼和打猎。我发现我并不试图扯大谎，但都会稍加润饰。真实的故事很少平铺直叙记录下来就能显得完美，都需要这里添点东西、那里加点装饰才能完美。

我最近在非洲射中了一只豹。我对自己说："这真是了不起的成绩啊！"我认识最厉害的六个白人猎人，为了猎到一只好豹，都至少花了两三年的时间才终于如愿。豹子通常白天都不出现的，我其实是凭好运而不是实力让它白天从树林里现身，之后精准地射中它的肩膀，这让我欢欣鼓舞地庆祝了足足一个星期呢！

在我心里，那只豹已经变成了一个传奇。我在心里做了为了诱捕它根本没做的事——几乎就做了，只要我当时想得到方法的话。这只豹已经多长了一英尺长，而且多重了三十磅。我们最多只追踪它一百码，但这段距离变成了半英尺，其他的困难点，像补放诱饵猪，甚至树林里的蜜蜂，都已经被我飞快地加以夸大了。

我的朋友在最近的非洲狩猎之旅中，在非常离奇的情况下射中了另一只豹，一只很大的母豹。当时这只豹像在猎食般大声咆哮、快速移动，但他却准确地射中了它。从那天起，我已经听了五十遍这个故事。（是我夸大了，事实上应该是二十二次。）但是故事随他讲述的次数不停改变。现在他说这只是公豹而不是母豹，尺寸、吼声、凶残的程度都放大了两倍。有一天我们一起到肯尼亚首都内罗毕的一个动物标本店，看见一只体形和中型老虎一样大的公豹。

"我敢说我的豹比这还大一点，你觉得呢？"朋友真心地说。

"我觉得你的豹要大多了。"我也真心地说，捏造的罪要加一等。

思绪再回到爷爷的身上。当我还是个小男孩的时候，有次我跟他说，如果可能的话，想去非洲打猎。

"我真希望能活着亲眼看见。"爷爷说，"但很可能是看不到了。不过我现在就可以跟你打个赌：等你到了谈论跟回忆这件事的时候，所有的狮子都会跟大象一样大，所有的大象都跟房子一样大，当晚上上床睡觉时，你会计算着所发出的弹药，然后发现连一发子弹都没有浪费掉。"

奇怪的是，爷爷说的还真对。有一天我用点318口径猎枪射中了一只北美水牛和站在它身后的另一只。不，还是我用的是点300口径的马格南步枪？这么风光的事在非洲传奇猎人哈利·席比[1]身上曾经发生过吗？

1　哈利·席比（Harry Selby, 1925—），他是持续狩猎生涯最久，德行最受人尊敬的白人职业猎人。1945年第一次到非洲狩猎。自此，每年不曾间断，直到2000年因膝关节手术失败才放弃到非洲狩猎。鲁瓦克的第一次非洲探险就是由他带领，也曾带领海明威的非洲之行。他的故事在鲁瓦克笔下成为一则传奇。

第八章

男孩与小刀

每一次我看报纸，读到有个青少年做了什么，又有另一个青少年做了什么，还有些更疯狂的年轻小鬼纯为了好玩就射杀或痛殴别人的新闻时，我的心就仿佛纠结在一起，更让我回想起年轻时认识的同伴。当年，"青少年"一词单纯就是指十二到二十岁的孩子，但现在，"青少年"好像变成跟麻烦与犯罪自然联想在一起的词汇了。

现在一听到"青少年"这个词，我就几乎立刻联想到弹簧刀、小手枪、帮派、造反、暴力、心理障碍等等。我们对某些青少年案例的过度强调忽略了一个不争的事实，就是还有上千万个穿着牛仔裤、和朋友一起玩乐的好孩子，了解很多大自然的事，懂得升火、驾驶汽艇或是抓鱼。

爷爷曾和我谈论过什么是青少年，他说他们正值气血方刚的年龄，除非把他们的精力耗尽，不然就会爆炸。他说："问题就在怎么把他们旺盛的精力，从打破玻璃或偷窃车辆这些祸害，转移到正当的活动上。"讲到转移目标，爷爷实在是位大师，他知道怎么让一个青少年可以不必捣蛋、不找麻烦，却弄到精疲力竭地回家。

我想今天，甚或是三十年之前，就应该把对危险武器（包括刀子与手枪）的兴趣与知识，在公开而安全周密的监督下拿出来讨论，这才是吓阻错误使用的最健康正确的好方法。也许不适用于某些大城市的社会结构，但这些地方政府也从来没这样好好思考过。

当我还是六岁小男孩时就拥有属于自己的刀子。爷爷说："刀是工具，也是危险的东西。带着它时要收好，不能露在外面。切东西时要朝自己的反方向切。保持刀刃锐利，因为一把钝刀无法发挥应有的功用，注意，切削时刀口一定要朝外。"

三十五年后，我的左手拇指上留有两道明显的疤痕。在那两道伤口之后，我得到了教训，从此不再有机会留下疤痕。

我们都带着刀——从只值二十五毛钱的廉价折叠小刀到真正危险锋利的刀子——为剥除动物毛皮或清理渔获，钓具箱里还有些特制的锯齿状、用来刮鱼鳞的刀。当再长大些后，我们会骄傲地在腰间挂上带刀鞘的刀，当作一种拓荒者的象征。我宁可不穿裤子出门，也不能不带把小刀。

在那个武器用途并不复杂的年代，刀子只用来削东西、劈竹条做箭、修理钓丝上的鱼钩、开罐头、剪指甲（也不是很常这样用啦）等等，以我为例，有一回我还用刀在我的脚上进行了一个伤口紧急手术。所以几乎可以断言，如果询问一个野外活动专家，在野外哪样东西一定是他最后才会放弃的，答案一定是刀子。

除开射击，只要有片锋利的刃，没有什么事是不能完成的，你甚至可以做出一把不错的刀子代替品。南非的布尔人[1]为取得兽皮、兽肉、兽脂杀死斑马或其他野生动物的方法，是骑马追赶这些动物，用刀刺进它们背脊隆起的部位，危险的是所骑的马可能会一脚踩进大坑里。

用刀可以制作弓箭，也可以用刀打造独木舟，或盖一个栖身之所——只要用刀砍断小树，然后把衣服或树皮裁成条状，再把树枝条和叶子绑在一起就行了——不管是用松枝还是棕榈叶皆可。

我认为石头磨成的刀是人类史上第一个重要的工具。只要砍断小树，把表面削到光滑，然后把石刀绑在尾端就成了武器，

1　布尔人（Boer），居住在南非境内的荷兰、法国及德国白人移民后裔形成的混合民族。Boer 一词来自荷兰文，是农民的意思。但现在多已用 Afrikaner（阿非利卡人）一词代替 Boer（布尔人）。

可以直直地扔出去。这样看来，这就好像是石器时代的手枪。

当我在新几内亚时，一位现代"石器时代"的绅士——他以前是食人族——送给我一柄很好的斧头。斧刃部分是用绿岩做的，锋利得足以砍倒树木，劈开敌人头骨，刺杀野猪，或盖上一栋房子。斧柄顶端有个弧形，像很大的"T"字，是用一株硬木的树根或树枝做成的。绿岩的斧刃是由一位勇士利用河边沙石跟湍急的水流磨制成的，它和"T"字形的横木绑在一起，正好可以和垂直的部分达到平衡。这两部分用棕榈树皮编织的草绳紧紧绑着，形成平行花纹似的装饰。这位在1930年代中期才得到发现的现代石器时代人，完全靠这把斧头维生。

我要说的重点是，这把斧头是用刀子做成的。

就我所知，最伟大的现代弓箭手是新几内亚高地上的酷酷酷酷（Kuku-kuku）族。他们用黑棕榈树做五英尺长的弓，箭上不装羽毛、没有刻凹痕，甚至没有箭头——只用火烧硬。他们可能只因为听到一句脏话就置人于死地。当他们因某个理由而开战时，场面真是令人毛骨悚然。我就亲眼看过一个小黑人在第一个人还没跌落地面之前，就已经连续推倒了四个人，动作之快，令人目瞪口呆。

我有一根新几内亚的矛和一面用树根做成的盾。那面盾可以挡下子弹，除非子弹恰巧正中中心才有可能失误，那根矛可以整个刺穿人体脆弱的部分。长矛甚至没有尖头，只是一根用火烘烤过的硬木。我还见过用烘过的藤条做成的小刀，可以完美地切割任何东西。

我还是要强调，不管用木头还是石头做的刀，都可以拿来制作各种武器或工具。

所以我了解刀子这个东西，那是用来当一扇门把野狼挡在外面保护自己，而不是拿来为着好玩而行刺陌生人。在我记忆中，小时候我们也会像一般孩童一样打架，但从来没人用刀去攻击别人。我对枪支一样心存敬意。我们大概在六岁时开始使用压缩式空气枪，等到七八岁时就开始使用点22口径的单管枪，到了八九岁时，就用大猎枪了。我之前应该就已提过武器维护跟使用的方法，爷爷曾借一根结实强韧的木条让我留下极为深刻的印象。有段很短的时日，我们虽尊敬这些危险的武器，但也会把这强大的武力用在玩乐上。我想起这辈子被揍得最惨的一次，就是被爷爷抓到我跟表弟们玩"牛仔与印第安人"游戏时，用空气枪彼此对射，我的屁股因此痛了好几天，那当然不是ＢＢ弹造成的。

"尊敬会让你死亡的东西"，这个观念一直深深扎根在我们脑海里。每年夏天，许多内陆居民到海边戏水，总有人被海水冲走、溺水受伤或死亡，因为海边潮汐及主岛屿区内两个海湾里的海浪是非常恐怖的。这里没有所谓暗流，但海浪从大海流进海湾后，听令湾内的风与潮汐涨退，总会让那些自作聪明又不敢承认自己胆小的人们死于非命。

我的家族好几代以来都以讨海为生。爷爷给我的最深刻的印象，就是当我还是个只会捏着鼻子用两脚跳进水里的小孩时，就很慎重地告诉我，"海"这个宽阔的蓝色大玩意儿会"杀人"，所以你得每分每秒都保持高度警惕。

"要恐惧它。"爷爷说，"大海可是比你所能看见的大得多了，比你想象的顽固 N 倍，狡猾 N 倍。"

也许我说的还不够清楚，我真正想说的是，那些在我青少年时期可以合法拥有的致命武器，现在都变成"坏孩子"暗中私藏的东西。信任会让人有荣誉感，我的亲友们以前周六到郊外野餐时都会带着几乎足以征服这个国家的武力——来复枪、猎枪、刀子、童军斧头，但他们不会被当成危及社区或伤害无辜的恐怖分子。

毫无疑问，我们当时未受到小儿心理医师、电视及革新教育制度的影响。因为我们整天都待在外面，所以也很少被父母监督，只要找到借口，我们都尽量不去参加主日课程。我们认识的人也都很粗俗——像水手、流氓等，而且我们大部分都来自中下或下层阶级的家庭。

但我们为什么都没有人坐牢呢？我承认我曾经侵入人家的西瓜田，而且很小就学会嚼烟草，我还有一次用照明灯猎鹿，差点给自己带来了大麻烦。但如果你还记得我跟我的伙伴们身上配着恐怖的致命武器，这些事情想起来实在是微不足道的罪行。如果提到种族问题，上帝知道这里带武器的有色人种也够多的。

我们从来不一大群人一起出去，通常三或四个同龄的男孩会一起钓鱼或打猎，当再长大一点、精力比较旺盛之后，我们也一起约会，但我们从来不互殴。我认识私酿与贩售烈酒的人，但他们也从没教过我污秽肮脏和败俗的事，老天知道，我们的青春期还正值经济大恐慌时代呢。

这些道德感不是刻意装出来的。我认识一群现在的孩子，行为举止和外表都很普通，就和我们差不多。他们是有些状况需要帮助才能度过这个阶段，但他们都是很乖巧的孩子，不会随便为了好玩就杀人。

……这一切都让我回想到一件事。有年暑假，他们在芝加哥戏院前捕捉约翰·迪林杰 [1]，人们竟然在这高犯罪率地区为这位"勇敢的罗宾汉"大声欢呼，为那个红衣女士 [2] 及一大堆没有道理的事情欢呼。你会以为这个恶棍是大卫·克洛科特和

1　约翰·迪林杰（John Dillinger，1903—1934），美国知名的银行抢匪，有多次越狱的纪录。

2　与当时ＦＢＩ干员合作设下陷阱逮捕迪林杰的妓女萨吉（Anna Sage），迪林杰落网时萨吉身着橘红色洋装。

麦可·芬柯[1]的合体，加上与同时代的其他罪犯——佛洛德男孩、马巴克及他们的党羽[2]——结合在一起就变成了高贵的丹尼尔·布恩，在堡垒里对抗入侵的印第安人。

我不太记得这堆乱七八糟的事了。但某个关于爷爷和我的记忆还是很鲜明——某次我做错事时他给我的教训。我不太记得到底犯了什么错，但爷爷眯起眼，瞧不起地看着我。

他说："你以为你是谁呀？罗伊·比恩法官？佩科斯西部法律[3]？还是你自己定有自己的法律？"

"谁？什么？我没有。"我说。

"你对自己民族传统的漠视真是太可悲了。"爷爷说着，看起来更轻视我了，"我不期望你听过裘昆·慕瑞塔[4]或比利小子[5]

---

1 大卫·克洛科特（Davy Crockett, 1786—1836）、麦可·芬柯（Mike Fink, ?—1823），皆为美国19世纪的西部拓荒英雄。

2 佛洛德男孩（Pretty Boy Floyd）、马巴克（Ma Barker），这些人都和迪林杰一样，是美国20世纪二三十年代著名的罪犯，在经济大恐慌的时代，他们因为身为"政府的敌人"而备受媒体与民众关注。

3 罗伊·比恩法官（Roy Bean, 1825—1903），美国西部拓荒时代一个颇具争议性的地方执法人士。他称自己是佩科斯西部法律（The Law West of the Pecos），传说他是在自己的沙龙里面执法。

4 裘昆·慕瑞塔（Joaquin Murieta, 1829—1853），他是1850年代加州的半传奇性人物，被称为是墨西哥人或智利人的罗宾汉。

5 比利小子（Billy the Kid, 1859—1881），美国著名枪手，西部传奇人物，因枪法快又凶悍而著名。21岁时被警长加勒特（Pat Garrett）射杀。

甚或杰西·詹姆士[1]。"

"我听过杰西·詹姆士。"我回答,"他是个无法无天的家伙,劫富济贫,但最后是懦弱胆怯的风气制止了他。"

"噢,我的老天。"爷爷说,皱皱眉头,"懦弱胆怯的风气?你知道懦弱这个词是什么意思吗?"

我说:"不知道,我只是在哪里读过。"

"你圣诞节不是收到了一本字典吗?"爷爷冷冷地说,"现在你得好好听训了。"

我只得乖乖坐下来,熬过这个漫长的冬天。

"我叫你罗伊·比恩是因为有个该死的法官叫那个名字。当时西部还很荒凉,有人想利用无知的地痞流氓建造铁路。那时有很多蓄意谋杀和伤害事件,人们说:'在佩科斯河以西就没有法律了。'这时有一个叫罗伊·比恩的无赖,他是个神枪手、牛仔和酒馆主人、酒鬼,在德州兰特里(Langtry)开了一家店,那家店以莉莉·兰特里[2]为名,叫作"泽西莉莉(Jersey Lily)"。罗伊接受委派负责维护和平,他在自己的酒馆里开了

---

1 杰西·詹姆士(Jesse James,1847—1882),美国19世纪最著名、最具传奇色彩的大盗,出身于密苏里州,有人说他是劫富济贫,有人把他视为破坏社会秩序的乱源。他的故事曾多次被搬上银幕,电影《刺杀杰西》(The Assassination of Jesse James)就是他的传记。
2 莉莉·兰特里(Lillie Longtry,1853—1929),英国知名女演员,后入籍美国,以美貌闻名,人称"泽西百合"(Jersey Lily)。

个法庭，并且宣布他代表佩科斯河以西的法律。从某种角度看来的确如此，因为他会在同一个地方审问你、处罚你，最后再把你吊死。他自己立法，但从来没有公平正义可言。"

"这个恶棍在我小时候是个英雄。"爷爷从胡子眼里哼了一声，接着说，"我们美国人是很奇怪的民族。一个人自己定了法律规章，大家就把他当英雄。就像比利小子，一个恶心的獠牙鼠辈，他从背后射死自己的母亲，甚至还不算个好杀手，最后在二十一岁时被警长加勒特射杀，现在有人竟然还给他写了首歌。"

"还有那个加州土匪慕瑞塔。他从1835年到现在都还是很有名，那个最后被杀死砍下头到市集示众的人甚至还不能确定到底是不是真的慕瑞塔，因为大约还有五个人也叫裘昆——每个都是游手好闲的偷牛贼，只会暗箭伤人的浑蛋，他们只是逮住了一个他们制伏得了的墨西哥人，名字看起来跟裘昆一样罢了。

"你可以从这些土匪英雄的故事中了解一件事。人们期望他们友善、慷慨、帅气、开心，有绅士风度，对女人跟小孩很好，但最后他们都因为违法沦落为罪犯，被贬入社会底层。我不知道这些人为什么会成为传奇，那些诚实高贵、遵守法律的人，反而没有资格被称颂流传。"

"那罗宾汉呢？"我大着胆子开口问，"我读了好多关于他的书，讲他如何劫富济贫的故事。"

"无聊！"爷爷说，"从来就没有一个拦路抢劫的人，会赏给盲乞丐一文钱。这位罗宾汉先生，他给自己找的第一个麻烦就是随意入侵人家的私宅，既然是个贼，那还有什么好说的呢，如果你老是把手伸进人家皮夹里去，就会给自己惹上很大的麻烦啦！他那讨人喜欢的个性是随着时光推移，人们自己加油添醋，靠想象创造出来的。"

"你怎么能确定这些事？"

"我是不能。"爷爷说，"但我会思考。如果一个人把自己看得比整个社会还大，刚开始也许还能保持正常，但慢慢地，就会变成一只住在洞穴里的老鼠。等有人认真思考过这个逻辑，英雄崇拜的迷思自然就会打破了。"

"但过去一百年来，一定有什么人是你很欣赏的。"我说。因为我想如果爷爷对罗伊·比恩、比利小子或罗宾汉一直生气，就会忘了我犯的错。

爷爷笑了："我是喜欢几个好家伙。先说说吉姆·鲍伊[1]。

1　吉姆·鲍伊（James Jim Bowie，1796—1836），19 世纪美国重要的拓荒者、军人，在德州独立战争中扮演了重要的角色，最后死于阿拉莫守卫战。

他是个野蛮人，但并不无法无天。他在阿拉莫守卫战[1]中死去，像所有死守堡垒的勇士一样，死时手中还握着自己制作的刀。你一定在历史课本里念过这个事件，像桑塔·安纳将军、围城等故事对吗？"

"对，我们是有一篇课文讲这件事。"

"很好，不过课本里没写多少关于鲍伊的事，真是该死。从各方面看来，他都是一个冷静、说话温和的绅士，也是一个真正的野外冒险家。他出身名门，却在乡野里长大。他曾为了好玩在路易斯安那州骑鳄鱼，在加尔维斯敦[2]岛与海盗拉菲特[3]进行奴隶交易。他是安德鲁·杰克逊[4]管辖下的陆军上校，能与野生动物竞逐，用长枪征服它们。他是黑暗中伟大的决斗者，使用的武器是自己发明的刀子。他可能是对抗印第安人中最伟大的勇士。有一次，一群印第安高曼奇族人埋伏好准备杀他，

---

1 阿拉莫（Alamo）是位于现今德州圣安东尼奥附近一座由传教站扩建而成的要塞。1836 年得克萨斯因蓄奴问题宣布从墨西哥独立，成立得克萨斯共和国，墨西哥将军暨独裁者桑塔·安纳（Santa Anna，1794—1876）率 7000 人前来镇压，并包围这座由美国拓荒者固守的要塞。经过 13 天牺牲惨重的攻城战，墨西哥军终于占领了阿拉莫，所有男性抵抗者全被处死。

2 加尔维斯敦（Galveston），美国德州东部的一个城市，邻近休斯敦和路易斯安那州，水域面积广大。

3 海盗拉菲特（Jean Lafitte，1776—1826），19 世纪活跃于墨西哥湾海域的海盗。

4 安德鲁·杰克逊（Andrew Jackson，1767—1845），美国第七任总统。出身南卡，但大部分时间都居住在田纳西州，早年曾任军职，对印地安人的作风强硬，有"印地安人杀手"之称。

他跟十个人一起杀死对方十五人，让三十几个人受伤，而白人中只有一人死亡，三人受伤，书里的记载是说一百六十几个印第安人对付十一个白人。鲍伊在阿拉莫守卫战时就已经生病，墨西哥人在他逃亡的路上成群结队围堵他，终于把他抓住。

"我没听过任何像吉姆·鲍伊一样厉害的人。他娶圣安东尼奥最美丽的女子为妻，是个西班牙女人，当墨西哥还占有德州时，他的妻子是副州长的女儿。他逃家后被阿帕奇族收养，阿帕奇族在商业驿站从事大量银器交易，鲍伊也对西班牙宝藏保持高度的敏锐。

"他很努力做个好印第安人。他是个神枪手，杀死很多北美水牛，对付了很多里班的敌人。他在酋长与族人眼中很有地位，所以他们最后终于给他看了他们的宝藏。印第安人给鲍伊看的宝藏，到底是丰富的黄金矿藏，还是一大片的天然大理石矿脉，历史学家在这点上始终不曾达成共识。但他们的确给他看了某些东西，让他深深着迷，所以鲍伊终其一生都在寻找遗失的圣萨巴（San Saba）矿藏。

"有人认为他找到了，但没有时间开采，或他在等待适当时机开采。但后来德州独立战争爆发，吉姆·鲍伊和其他人都死在阿拉莫守卫战里。即使到今天，德州圣栋（Santone）附近的人，还是认为他死时已经知道圣萨巴宝藏的下落，不管是金矿还是大理石矿，而且他们也还在继续寻找这遗失的矿脉。"

"你的吉姆·鲍伊先生听起来跟那些你瞧不起的家伙一样粗野、不修边幅。"我说，"我是说，他也是个杀手，一个奴隶，一个真正的粗汉子。"

爷爷说："这可是有很大不同。鲍伊是个绅士，而且所有关于他的传奇都是考证过的事实，不是多愁善感、崇拜不法分子的后人夸大编撰出来的，像那个醉汉牛仔杀死了六个印第安人，让自己变成一个坏蛋榜样的那种故事。比利小子与詹姆士一类的人物，在为自己添加光环前，都是谋杀犯或土匪强盗。有很多关于旧时代与这些莽夫的故事都是谎言，掩盖了那个时代的真正面目，让事情听起来好像所有人都得穿着靴子死去，所有人都得是大天使。其实在那个时候，他们也不过就是不学无术的莽夫，有着怯懦卑鄙的性格。"

"如果他们真的这么不值一提的话，要如何解释现代人对他们的英雄式崇拜呢？"

爷爷说："孩子，有个名叫梭罗的人曾评论过，男人总是自暴自弃。一般男人会让自己的生活在家庭与工作间左右为难，如果昨天妻子才刚发过牢骚，即使一个土匪做的蠢事今天听起来也会觉得很浪漫。但这些莽夫看上去很可能相当普通、肮脏，搞不好还满身虱子。如果他跟你住在同一个社区里，他们喝醉的时候你只想闪得远远的，希望他们最好搬到别的地方去。"

我顽固地说："不管怎样，我还是希望可以生活在那个时代。"

爷爷说："我敢说，你一定会是詹姆士或是比利小子手下的第一个遇害者，因为你有奉公守法的老实个性，还有你开枪的动作一定比他们慢很多。"

这个时候，一个女性的声音从傍晚的微风中传来，听起来格外响亮。

"那是奶奶叫我们去吃晚餐啦，罗伊·比恩法官。"爷爷说，"我还要说件事。如果你奶奶生在那个时代，那儿就会有佩科斯西部法律啦，而且她们不会以你的名字发展出传奇故事。她会让一切和睦相处，连一颗子弹都不必发射。"

第九章

先苦后乐

那是个南方寒冷的日子，冷风使劲打在墙板上，掀起屋顶一片片绿色的木头屋瓦。强风侵袭着这个小镇，连房子都有点微微摇动，木兰花絮如雪片般在风中飞舞。爷爷把他的摇椅再拉近炉火一点，寒风从烟囱呼啸窜入，壁炉里的灰烬像迷你龙卷风似的盘旋着。爷爷耸了耸肩，假装他在发抖。他穿了件老旧的灰毛衣，领子高到下巴颏儿，包住了整个脖子。

爷爷说："想完全抓住我的心其实很简单。我并不特别喜欢什么，除了热烘烘的炉火、暖乎乎的床，还有能喂饱我的安静女人。前两样很容易就可以获得，但我一直还在寻找第三样的组成部分——我指的是'安静'啦。"

"我喜欢的东西多少有点儿粗陋，像一个洞穴，舒服又温暖的洞穴。即使刮风下雪，躲在洞穴里也很安全。熊是非常聪明的动物，它知道冬天要躲进洞穴，等春天繁花盛开时再出来活动。"爷爷"啪"的一声，朝吱吱作响的火焰里吐了口痰，烟囱好像又摇动了一下。

他说："你听听这风声，明天之前它就能让这房子少掉好几片木板，除了该死的笨蛋或饥饿的因纽特人，没有人会在这种天气出门。你今晚最好早点上床，孩子，不然明天我们这些该死的笨蛋出去猎鸭的时间可能就太迟了。"他笑了，又吐了口痰。"明天早上，闹钟吵醒你的时候，试着把自己当成饥饿的因纽特人，这比当个笨蛋更有道理。"

这就是爷爷——充满了矛盾。他前一分钟还在称赞炉火的温暖，一回头又立刻像恶魔一样把你扔进恐怖的天气里。这种鬼天气，可是连皮里[1]都想放弃他的研究呢。

爷爷喜爱的话题很多，其中之一就是讲猎人和渔夫排斥舒适安逸的生活，喜爱拥抱痛苦，悲惨更能让他们觉得快乐。他们就像那些老笑话里一直用榔头敲自己脑袋的绅士，因为停止敲击后会让他们觉得很舒服。爷爷把猎鸭人跟登山客并列为最该死的笨蛋，他说他不曾爬过山，也不想爬，因为他从未在那些高高的云海里遗失什么东西。

---

1 罗伯特·皮里（Robert E. Peary，1856—1920），美国北极探险家，1909 年抵达北极，一般认为他是第一个率领探险队到北极的人。

爷爷的烟斗上结了一层霜，连胡须也冻住了，他抖掉霜，鼻子跟樱桃一般红。木材熊熊燃烧着，狗儿在火焰的映照下看起来只像是个白点，分辨不出轮廓，这时的爷爷看起来跟鸟儿一样快乐。

"真是可爱的一天，不是吗？"他说，抖落外套上的积雪，在炉火前暖暖他那冻裂的双手，"所有的征兆都显示，明天会更美好。"

奶奶并不同意老伴的话："不要把雪水滴到我的地毯上。美好什么呀？想得肺炎吗？快把湿外套挂到后阳台去。"

爷爷笑笑："猎鸭人就会觉得是个美好的日子啦，我还没见过比这更适合猎鸭的日子呢。寒风吹散竹筏，冰雪让大池塘结冻，野鸭飞得低低的，寻找没完全结冻的小壶穴。它们会被所有没风的地方引诱。如果我是靠打猎维生，工作一早上就够我赚的啦，只消悄悄走近没结冻的地方，让野鸭在十毫米口径或是其他武器的枪口下乱飞，轻轻松松就可以杀死好几百只。"

爷爷对这个主意似乎又不太认同。他说："还好我不是看到什么都想射的猎人，我也没有十毫米口径的猎枪。但我还是要占点天气的便宜，用我的推拉式老猎枪，从边儿上选择性地射击。明天我就只猎北美灰背鸭、一些长尾凫跟加拿大野雁。你要跟我一起去吗？还是因为现在还不到四月，你就只想坐在这里发抖，之后再觉得后悔莫及？"

爷爷总是认为，对某些人来说很恰当的天候，对另一个人可能是毒药。他说："对付天气唯一的办法，就是懂得它适合做些什么，然后好好利用。不抱怨，只关注它可利用的地方，然后准备就绪。城市人的问题就是，天气寒冷时容易冻僵，天气变热时容易烦躁，因为他们一年四季穿衣服的方式都一样。因纽特人知道天气会变冷，所以用煮熟的海象或鲸鱼脂肪保暖，建造合适的房子，只在必须外出猎海豹时才介入漫长漆黑的寒冬。非洲土人知道一整年都很炎热，所以用香蕉叶遮盖裸露的身体，并在棕榈树下寻找庇荫处。

"有时大雪会在错误的季节降临，懂得穿上法兰绒卫生裤保暖的人会高喊万岁跑出去驾雪橇，但坚持穿着夏天内衣裤的人就只能哭泣，抱怨为什么天气的主宰者背叛了他。如果能够适时调整，就没有什么天气是绝对不好的，只是有些天气真的比其他时候好而已，就像没有真正的丑女人，只是有些女人比较漂亮罢了。"

我以前也看过爷爷用烟斗指人的动作，他完全没有要影射奶奶的意思。

"要几点起床？"我问，"像以前一样，天亮之前吗？"

"我们不用太早起。"这狡猾的老家伙笑了笑。"早上七点以前天都是黑的，在这种寒风中，野鸭一整天都会飞来飞去。如果你能在六点半之前吃完早餐，我们就有很充裕的时间可以准备啦。记得要穿暖一点，孩子，多穿一点，还有，在咖啡煮好前，就不用急着叫我起床啦。我要穿着卫生裤睡觉，这样就可以把温暖留在身上。"

爷爷教了我一件事：保暖应该要从里到外，而不是从外到里。要从吃一顿热腾腾的早餐开始——火腿、鸡蛋、吐司、热咖啡——然后用长卫生裤把早餐的热量包住，接着是一件毛衣，再加上几件法兰绒上衣、两双袜子，外面再套上羊毛长裤，然后是及臀长靴，用来挡风跟防水。最后再穿上防水外套，戴上可以盖住耳朵的帽子，这样就不需要穿熊皮大衣啦。一旦内部的热量开始发酵，就算是在寒风中也会流汗的。

"我知道听起来是有点娘娘腔，"当我们正要解决最后一点吐司跟鸡蛋的时候爷爷说，"但是好的物质享受，可以让你狩猎时有比较好的表现。去拿我们秋天在海滩上用的那个煤油暖炉，我要去拿咖啡壶。"

他走向用来装咖啡的暖水瓶，但我觉得里面装的不是咖啡。听起来不像咖啡，感觉是比咖啡淡的液体，很可能是装了某人卖的维生素饮品，在那个时候，这可是高度违法的行为。但不管怎样，这一切对一个小男孩来说都太特别了。

根据风向与天候，我们有两三个地方可以选作猎鸭栏，但在这个寒风刺骨的早晨，只有选一个比较近的地方。我撑船前行，手指虽戴着手套但还是冻得僵硬，鼻水流下来滴到围巾上。

天色灰暗，沼泽区冷风寒冽，这种天候是只有咸水沼泽才有的。昨天白天还流水潺潺的小水道，现在已经结了一层冰，我勉强将小船划进水道，努力破冰前行，船底的龙骨发出了嘎嘎的爆裂声。我们划过整个都结了冰的小水道，但划进池塘里时，发现这里只有边缘处结了冰。我们靠近猎鸭栏的位置时，一大群一大群绿头鸭匆忙起飞，发出暴躁的叫喊。船推进猎鸭栏后的凹陷处，轮到气急败坏的小水鸭，一边猛力冲闯一边嘎嘎乱叫，它们始终飞得低低的。平时爷爷总是小心翼翼地摆放鸭饵，但今天他只把大约一打假鸭饵随意乱扔在水面上。

他和蔼地说："今天，就算只是几个锡罐或牛奶瓶，看起来也像鸭饵。孩子，把煤油暖炉点起来吧，然后把热水瓶给我——是另外一个热水瓶。"

我发誓，那天我们就算随便用旧扫帚或弹弓，都能轻易达到法定的猎鸭数量，感觉就像那些野鸭们，自己想冲进猎鸭栏里取暖般。你知道，加拿大野雁平常可是很谨慎的鸟类呢！我们在两队雁群中就猎足了一天的限量，甚至不用麻烦换成猎雁子弹，因为它们实在飞得太近了。

狂啸的风让天空布满了行程受阻的鸟群，它们都在找地方栖身。那些爷爷常常使用的老诡计，甚至是我现在已具备的小伎俩，根本派不上用场。因此，我们变得非常挑剔，我决定只射北美大野鸭，爷爷只猎长尾凫。我们对绿头鸭嗤之以鼻——

因为接近季末，我们猜想它们会去吃鱼——所以我们站起来，嘘走前来寻觅小小栖身地的小水鸭、金眼鸭、阔嘴鸟和秋沙鸭。

时光飞逝，我发誓我们只用了一小时，连热水壶里装的都只消化了四分之一呢，船上的猎物就已经堆到船舷了。那次之后，我只再看过这种景象一次，那是我跟老友乔伊去马里兰猎鸭时——乔伊是华盛顿摔角比赛的宣传人员——我们大胆地在东海岸暴风雪中猎鸭，老天爷给我们的野鸭比雪花还多。

最后，我和爷爷熄掉了煤油炉，开开心心地划船回到温暖的家。雪又开始下了，但风稍微小了些，天空满是低低飞掠的野鸭，如果有人胆敢猎取超过法定限制的数量，这满天的野鸭够他犯下一百年的牢狱之灾了。我们把船拖到屋檐下，把一堆堆的猎物和猎枪扛在肩上，爷爷有点讽刺地朝灰黑色的天空笑了笑。

"你奶奶一定不买这个账。"他说，"但我想这是我一生中见过最美丽的一天啦。你有意见吗？"

"没有。"我说，"我无话可说，你可以称它是'晴空万里的一日'[1]。"

我不滑雪，因为我宁愿得肺炎也不想摔坏我的背，但我现

---

1 原文是 Bluebird day（蓝鸟日），意指美丽的冬日，通常是指刚下过雪，天空晴朗无云的宜人气候。

在可以明了，就算大雪阻断了城市交通，一定还是有些人会觉得这真是个美好的一天，他可以在脚上绑好装备，从山坡俯冲而下，直滑到雪融处。

当我越来越老，去过越来越多的地方打猎后，我越能够了解，对于"受苦"这件事，爷爷的认知真是太正确了。知名战地记者派尔[1]有次写到，他曾因重病待在饭店房间里，那时他相信自己比任何一个曾在饭店休养的人病得都更严重。很多苦行者穿着钢毛做成的卫生衣爬山，并不停用鞭条抽打自己，我发誓我比这些苦行者到过更恐怖、更热、更冷、更让人头昏眼花、更多蚊虫叮咬、让人更容易中暑、缺氧，或更不明事理，简而言之就是更让人不愉快的地方，从事过各种奇奇怪怪的室外运动。

我以前连过一个六英寸[2]深的小溪上的独木桥都会头晕，但是现在呢，把我所有猎过的东西堆在一起，似乎足以堆成圣母峰外的一座小山。有一次我去猎松鸡，我认定松鸡的栖息地一定是在低地泥塘里——或者是沼泽里——到最后却发现，苏格兰松鸡的栖息地是在山顶上，这就像玩扑克牌抽牌时拿到最

1　恩尼·派尔（Ernie Pyle, 1900—1945），二战时美国著名的战地记者，曾参与美军登陆硫黄岛的战役，后来在冲绳附近的岛屿死于日军的炮火，曾获 1944 年的普利策奖。
2　英寸，英制长度计量单位，1 英寸约等于 2.54 厘米。——编者注

大张牌一样。

我把猎象当成一种艺术，这是因为我认为在平地上就能找到它们。没错，你的确可以在平地上找到它们，但却得先爬到肯尼亚山上，然后再走上个一百英里的路程，才会发现你追踪了半天的那个大脚印的主人只剩一根劣质的象牙。

在狩猎的过程中，似乎没有任何一种愉悦不是来自极大的痛苦。你一定是先苦后乐。

不久前，我到阿拉斯加猎棕熊，整个过程中我似乎光用腹部不停地在灌木丛中爬行，并努力把从不细看的山峦当作如画般的美景，这样我才能够一直坐在雨中，一点儿也不舒服地任由蚊子叮咬。我是听说过阿拉斯加的蚊子很厉害，但不相信它们可以拉动四个马达——喔，它们真的可以！

我最后终于猎到了一只熊。在它几乎就要攻击到我的头部时，我射中了它的心脏，但它竟然有足够的肾上腺素，可以从我面前逃走，往山上跑了六十码后才倒地而死，死前还发出像失控的谢尔曼坦克一样恐怖的怒吼。后来我想想，一千磅重的熊突然冲出来威胁我和向导，可能是个很蠢的死法。道理很简单：

"鲁瓦克出了什么事？"

"喔，他被一只熊攻击头部而死。大家总是说他的下场会不太好。"

但不管是谁，在说这个卑鄙的评论时，都不需要考虑这个事实：为了要能让熊顺利攻击你的头部，你必须先在浅水中划一公里多的船，呼吸鲑鱼死尸腐烂的气味，然后在长满青苔、滑溜溜的石头上再爬行个两公里，感受你靴子踩扁脚下鲑鱼肥肉那种恶心的感觉，最后才只能到达目的地的山脚下。然后为了要找到熊，还得在九英尺高的茂盛丛林中攀爬上山。

远远看上去，熊不是熊，只是掉在破烂黄地毯上的一个黑色蛴螬，一下子就不见了。这种情况并不值得开枪，所以你必须找到方法，先战胜养育小熊的母熊。每一只母熊都可以把一匹马从肩上用力甩出去，快速飞过一英里远。但大公熊都聚集在山上，吃着蓝莓玩扑克。

只有猎人才能了解，痛苦的艺术不在用正确的"处方"对付了四盎司小野兽或七头大象，而在于当初是怎么来的，现在还得怎么回去。这就像是只有渔夫才能了解海浪很难往同一个方向规律地移动，如果你顺流而下，终究还得想办法再逆流而上。从兔子到老虎，从鹌鹑到北美水牛，从鲈鱼到金枪鱼，通通没有"白吃的午餐"。

动物只有一个最简单的原则：除了清晨与夜晚，它们多半不会活动太频繁，这表示你必须在最黑最冷的日出前夕离开帐篷，然后在更黑更冷的夜晚，一边咒骂，一边全身酸痛，踏着疲惫蹒跚的步子走回来。除此之外，还全身都是伤：被带刺的植物扎伤、被石头撞成淤青、被蚊虫咬伤，外加脚踝无力、嘴唇干裂，还流着鼻水——而且，从来没有在你去到的第一个地方，就能顺利找到猎物的。

我不知道我在肯尼亚跟坦噶尼喀[1]、北卡罗来纳跟德州等地开了多长漫天尘埃的公路，拯救了多少抛锚的车辆，在泥泞中挣扎了多少次，用坏了多少个汽车轮轴，被多少虫子叮咬，被多少植物刺伤，历经了多少日晒雨淋的日子，多少次无尽的等待，更别说干裂的嘴唇与长满水泡的双脚所加深的痛苦。但当我看着墙上高贵的标本，不管是白尾鹿，还是一块精美的动物皮毛，我都不记得那些痛苦，只记得带着战利品回到营地时，那胜利的号角声跟炉火前的冰马天尼。

但我的的确确记得，在长达二十多公里追逐大象的旅程中，我双脚传来的锥心疼痛。那时我们必须穿越最高最茂密的草丛，非常近地经过丑陋的犀牛群身边（我希望我可以再也不用看见任何一只），千辛万苦才能回到火车的通铺上，舒适地平躺下来。我边走边想："现在，我们到家了。"但虐待狂约翰·苏顿笑着说："应该说，我们快到家了。只要再走七公里。"我做到了，老天爷知道我是怎么做到的，但从那时起，我就再也威胁不了大象的安全了。

1　坦噶尼喀（Tanganyika）是非洲东部国家坦桑尼亚的一个部分。

我所知道的最会自我惩罚的猎人就是百万富翁，他们一次又一次打猎，直到开腻了枪，直到这辈子再也不想射击为止。他们只是想去看看，想去受苦受难。有个人才刚从历时几个月的旅程回来，那是神话般的猎象之旅，每头象都有重达一百五十磅以上的象牙。我怀疑他在这趟旅程中，到底有没有真的射杀比松鸡更大的动物，因为他对纯为了听见枪响而杀生这件事根本没有兴趣。但他一个星期至少花上一千美元，就为了能让双脚在深陷的泥沙中行走，为了穿越会割伤人的棕榈树林追踪可能的象踪，最后也只换得每日每日希望落空的挫败感，还有经历许多回程时所遭受的痛苦。

什么原因让他们想这么做？为什么要这么麻烦呢？这不纯然是好奇心使然而已，因为我心里马上就可以浮现出一个人，他至少已经去非洲狩猎过八次。

结论一定还是得回到爷爷的理论上：如果没有经过痛苦，就不会得到快乐。痛苦的时候，你会澄静下来清洗自己身上那些来自文明规范的繁文缛节。那些让人虚有其表的东西，像表面上涂的一层过度肮脏的假象，你真正需要的是一个刮板或是小型火焰器。你刮掉它们、擦掉它们，让它们远离，你的头脑就会变得异常清楚，感官也会异常敏锐。而当你长满水泡、口干舌燥地返家，全身疲惫得甚至感觉不到饥饿，也没有力气梳洗的时候，外表虚伪的假象已经消失得无影无踪。你已经观察到真正的美丽，克服了辛苦挫折，重新建立起对生命的热情，还有享受以诚实的辛劳换回的巨大成就感。

我记得有一次，在早秋淡淡的初雪之下，我带了一个典型的城市佬到康涅狄格州进行一趟愉快的狩猎旅程，他本来并不喜欢狗，一点都不懂猎枪跟渔猎的事。在温暖的小木屋里，我们的伙伴关系真是棒透了，食物也很美味，连猎犬也有很好的表现，找到了一大群鸟。我们在火红的秋天森林中，拥抱了足以称之为完美的一天。等我们回到小木屋时，心脏快速跳动，威士忌正香醇，我们带着一大袋的鸟儿与回忆，回到炉火温暖的召唤下。

这位朋友坚决声称，他在健身俱乐部的训练，绝对不像我们在下雪山丘里的跋涉，能轻易解决他的胃胀气。最后，为了向猎犬证明自己，他或多或少靠运气射中了一些雄雉鸡，并且坚持要自己把猎物辛苦扛回住处。之后他立刻就打电话给所有的熟人，那些人身在各处，包括欧洲与墨西哥。他告诉他们他是如何英勇地制服了满天乱飞的鸟儿，讲电话的时候，心情还很激动呢。

最后他终于坐了下来，心情也平静了些。"这些活动到底有多久啦？"他问道，"我过去这一生都在哪里呀？"

我不知道。也许是在某处，比第一个穴居野人第一次打死长毛象，用它来充饥跟做衣服，然后不得不把它的图案画在墙上更久以前的某处。某种发生在饥饿与痛苦过后的满足感,与来自人与动物、人与鸟类、人与死亡这些美感冲突的基本元素间的某样东西,把打猎变成了一种艺术。这种艺术包括感恩与自我牺牲,包括折磨猎人的身体以自我满足,最后可能还伴随着一种实质的回馈——可以用来装扮野人太太头发的饰品,或是一个可以当作天然犁刀的象牙。

在恐怖辛苦的劳动结束后,有一把心火,燃烧掉内在的冷漠。然后这个大人可以好好坐下来告诉野人小孩,爸爸今天用他的矛做了些什么不错的事。

我猜爷爷会说,那是一种可以回到穴居时代的艺术形式,但我想要的只是:在树林里工作了一个长日后,野人太太安静准时地为我送上一碗恐龙汤或是一个雷龙汉堡,那么,一切辛苦就都值得了。

第十章

八月的圣诞袜

爷爷曾说："该死的圣诞节是个讨人厌的日子，而且总是会下雨。但准备过节这档事却比一大群混乱的猴子更加有趣。"我有一个德州朋友也说："最好玩的部分不是在准备好了之后，而是在准备的过程中。"

八月对其他地方来说，也许不过就是个单纯的八月，但在英格兰却不只是这样。很多老掉牙的文章都会说什么八月的树叶最为茂盛，或八月的微风最是慵懒，你可以把这些文章通通扔掉，因为在英格兰的八月，很多人就像一把磨利的刀，比那些打闪电游击战的人更加忙碌。

八月中有个特别的一天，被大家直接称为"第十二天"，就这么简单而已。不过没有人会问："什么东西的第十二天？"因为每个人都知道，"第十二天"指的是苏格兰松鸡季开锣的日子。从前一年猎松鸡季结束的秋天起，那些看起来肤色健康，但其实只是喝酒喝红了脸的绅士们，就满心期待着这一天的到来：从粗呢灯笼裤袋里把福尔摩斯猎鹿帽拿出来，从阁楼里把帆布绑腿鞋与方形皮制弹药筒找出来，把射击用的家伙擦得闪闪发亮，还要从铺有绒毛衬里的盒子里取出适合的波戴、葛林纳、丘吉尔牌子弹，仔仔细细检查一番，看看上面是不是长了斑渍。这些人忽视整个世界，只想知道石楠植物生长的状况、松鸡孵化的数量、石英矿藏是否丰富，还有纳瑟[1]会不会跟所有俄国人一起被打入地狱。我蛮喜欢这个想法的。

这些回忆又重新涌现，或许是因为我想到有一次我在猎鹌鹑季开始前，把手臂弄伤了。还有一次为了前往非洲狩猎，我足足准备了十八个月，但就在动身之前，我进厨房帮忙妈妈，却不小心弄伤了手指，这使得我在刚到非洲的前两天，必须在身体状况并不完美的情况下，射猎大象跟犀牛，让原本已逐渐恢复健康的右手第二根指头，又再次皮开肉绽，像在烤肉炉上烤过头的香肠一样。

对一个有着奇怪思考逻辑的小男孩来讲，八月是一个大月，

---

1 纳瑟（Gamal Abdel Nasser, 1918—1970），埃及军官、首相，后来成为埃及总统。在开罗上小学时就曾参加过多次反英示威，后来毕业于埃及皇家军事学院。他带领埃及自由军发动革命，推翻帝制，成立埃及共和国，是 1950 至 1970 年代阿拉伯世界最重要的领导人之一。

因为八月要准备九月的到来。九月到了，十月很快就会来，十月会是个考验，但只要熬过了就能进入最好的十一月。在那之后，是一转眼就溜不见的十二月跟一月，接着你只需要用橡皮擦把二月跟三月擦掉，美好的钓鱼季节跟学校春假就在转角处啦！

盛夏八月，把我折磨得难受死了。我对夏天的厌烦，就像是一个人吃了太多黏腻腻的甜点后，渴望尝尝硬火腿跟玉米粥这种乡村食物，想闻闻木柴燃烧的味道，再感受一下海风轻拂的身心顺畅；或是想折断柿子树枝丫，看着草地变黄，拨开树叶寻找松鼠的踪影。八月的夏天，就像一位美丽的女士放纵自己吃下很多甜食，最后腰间开始臃肿肥胖一样。

喔，老天，真是受够那些花儿了。让我们听听猎犬在松树林中叫出的欢畅吧。

爷爷说，如果你把生命囚禁在"准备的过程"中，就永远不会感受到"结果"出现时的失望。这听起来有点悲观，但却是正确无误的——如果你能接受诗人对这粗糙、令人痛苦的现实的批判。眼里的星星从来都不真实，但有时却比现实的一点点砂砾要来得令人愉快。

其实不用再等太久，就到蓝鱼游近海岸的日子了，只要九月里刮一场够大的北风，就可以把它们带来。所以你最好赶快到阁楼或壁橱里，瞧瞧有什么钓具放在里面。藏匿钓鱼器材的秘密基地里，总有出人意料之外的恶魔入侵。他们会让鱼线缠成一团，会搞丢浮标、弄弯钓竿，并让卷线器腐坏。八月没有其他的价值，但它至少还是个很好的月份，用来赶走冬天里那群弄坏钓具的顽皮小妖精。

那个属于松鼠、沼泽鸡跟鸽子的季节一眨眼就来到你身边，但狗儿们的表现却极度散漫。猎鸟跟猎鸭的狗或许还能再偷懒一段时日，不过一到此时最好赶快让大型猎犬振作起来，把杂种狗、追松鼠跟兔子的猎犬训练好，它们一整个夏天什么事也没做，成天睡觉，吃得身材完全走样。

想想看，我还真不知道有什么生物像狗儿一样，只要一不做事，就立刻变得毫无用处。全世界最厉害的指示犬、品种最优良的赛特犬、最尽心尽力的猎狐犬、最可靠的乞沙比克拾猎犬，在松懈几个月以后，通通都变成了大笨蛋。它们也许就像突然赚了一大笔钱的作家，好一阵子都不需要写作，结果最后却失去了这个用来赚钱的本领。等你终于把它们从昏睡中唤醒，它们会看着你，好像你要叫它们去抢劫银行或是登陆月球一样。

爷爷以前总爱说："你知道吗？我不知道有谁是真心喜欢他们自己的工作的。我认识很多人，他们总说喜欢自己的工作，但是我不相信，看看这些狗儿就知道了。赛特犬是为了追踪鹌鹑，拾猎犬是为了捡拾野鸭，杂种小犬是为了追逐松鼠与跳跃的野兔，但是真该死，它们没有一个人对自己的工作满意。猎鸟犬想追兔子，没用的狗却想当猎犬。拾猎犬只想坐在猎鸭栏里发抖，用它们棕黄色的眼珠无辜地望着你，好像被送进冰雪的伊丽莎[1]可怜的脸蛋。每一个人或每一只狗，背后都需要人家踢着去做该做的事情。

八月的准备任务之一，就是带狗儿到森林里，好好治疗它们的懒惰、叛逆，导正它们心里认为全世界都亏欠自己的观念。用一根木棍随侍在后，听起来好像有点儿残酷，但是一根小木棍比全世界所有传教士加起来的说服力还惊人，它能让一只懒惰的狗，很快地重新对自己的工作产生兴趣。

你真的必须重新了解，鹌鹑不像夜莺那样，是用它们的歌声振奋世界，当人、狗和枪，需要一份稳固的收入的时候，只要五盎司的炸药，它们很快就能派上用场。我的论点可能很有娱乐性，但我保证，你可以训练一群鹌鹑使它们举止得宜，同时你也可以教育初生的小狗，并告诉老狗，它们不是刚从里维耶拉谈判回来的丘吉尔首相。你也能训练北美鹌鹑让它们习惯在特定的时间待在特定的地点，而且总有一些鹌鹑会用小木枝留下记号，告诉你它们过午要去别的地方。

1　伊丽莎（Eliza）是 19 世纪著名小说《汤姆叔叔的小屋》(*Uncle Tom's Cabin*) 中一个逃跑女黑奴的名字，因为主人决定卖掉她的儿子，所以她决定带着儿子逃往北方冰天雪地的俄亥俄。

喔，八月是很忙碌的，很大部分的时间都用在等待令人昏昏欲睡的炎热散去，让人心旷神怡的凉风到来。感觉上，九月似乎永远不会到来，同一个时候，你必须跟大家一起塞爆海滩或挤满公车，因为有个错误的观念说他们是在"度假"。八月是外地人的时间，包括那些晒黑的、有粉红雀斑的人，那些你不认识也不想认识的人。外地人从很远的地方跑来，占据了本地的所有设施与公共场所。

　　炎热的天气笼罩，脚底下的柏油路都融化了，空气很潮湿，光是渴望干爽舒适秋天到来的念头，都足以让人痛苦万分。狗儿的舌头懒洋洋地垂下，热得气喘吁吁。大海忠心耿耿地反射璀璨的阳光，不像你那愤怒的老朋友，在海滩上横冲直撞，诉说他心中压抑的怒气；海鸥热切地呼喊，向你保证潮浪一定会带来胖嘟嘟的蓝鱼与肥滋滋的银色石斑。

　　我还记得，所有苍蝇蚊子都会赶在八月里跑进屋子来，大概是知道即将置它们于死地的冬天快到了，所以得赶在死亡之前，用力吸尽所有的血。你只能一边搔着蚊子叮咬的部位，一边安慰自己劳工节[1]一到就会刮起北风，所有的蚊子都会死去，我们又可以出门呼吸新鲜空气了。

1　每年9月的第一个星期一是美国劳工节，它是夏天最后一个长周末大假的一部分，全国民众可以连续休息三天。——编者注

八月真的是圣诞前夕的夜晚。在夜晚，我看不到冒着热气、交通拥挤的街道，没有在知了的叫声中昏迷，也没有听见北美夜鹰的低叹。木兰花丛上的鹩哥天天唱着同一首歌，索然无味，我真希望它能够乖乖闭上嘴——它听起来太像夏天的声音了，我宁可听到火鸡难听的咯咯乱叫。

真正让我听得一清二楚的声音是沼泽鸡愤怒的呱呱大叫，它笨拙地在沼泽草地上拍打着翅膀，草地几乎被月圆与东北风引起的涨潮掩盖了。我听到野鸭急促的拍翅声，它们才刚从加拿大飞来呢。月圆前，雁群装点了夜空，雁鸣震动了黑夜。我一听见猎浣熊犬身上的铃声从树林里传来，嘴里就忍不住开始流口水，因为当你听见猎犬的声音，就表示猎野猪的季节要到了，而沾着糖霜的南瓜与饱满的鲜蚝很快就可以大块大块地送进嘴里。

鹌鹑在夏天的啼叫声会突然改变，之前当零散的鹌鹑在傍晚团圆时，总是发出典型的"吧——咕、吧——吧——咕"，但现在却变成寂寞的"呼——嘻、呼——嘻"。我把手掌弯起来紧贴在耳后，仔细聆听被树枝摧折声所掩盖的白尾鹿的呼吸声——它的脖子因为发情而鼓胀，它的目光搜寻着方圆二十英里内的美女。

八月、八月，还是八月！金色的九月在哪里呢？那是美好时光的开端啊！那个树叶转红变黄，松木变暗，香料味弥漫的好日子到底在哪里呢？九月呀，你在哪里？你清理着猎枪，闻到枪管里的枪油味，却不能使用它，那种感觉多让人失望泄气。很可能你已经不记得那种泄气的感觉，或者你也已不记得等待十一月鹌鹑季开始前的日子有多漫长。时间拖着脚步慢慢前进，这样的日子，对一个小男孩儿来说，仿佛永远不会结束。然而能够猎鹌鹑的三个月却是一转眼就消失不见，那个时候总感觉才刚起床天就黑了，一个星期就像翻个跟斗一样一下就消失了，或像手风琴一样一压就变短了。这不只是小男孩才会有的感觉，好几百年后我第一次去非洲狩猎，我发誓我才刚到那里就结束了——几乎结束了！

但从某方面来说，八月也可以是最好的月份。她带着秋天将至的承诺，秋天来临时那扣人心弦的兴奋就在不远的地方。当浓浓的秋意覆盖大地时，你至少已经历了熟悉的、甜蜜的等待。就算之后秋天的星期六会下雨，就算鸭群太平静，就算猎犬的鼻子变热，但这些事都还没发生。你在八月经历的是黄金季节的等待，到时野鸭会被假饵骗得团团转，在合法的狩猎期结束前，雁群总是会飞来觅食，没有猎犬会因为闻不到气味而找不到鹌鹑。

到了十一月，不管你是要用一支一千元的波蒂枪猎松鸡，还是只想带着邮购买来的点22口径猎枪，吹口哨叫你的黄色杂种狗去寻找鹌鹑窝，有件事情一定要记得：不管那天发生了什么事，不管是好事或坏事，你已经在八月时预付了那一天的费用。八月像是所有月份的伴娘，一个永远当不了新娘的伴娘。

第十一章

告别残酷的世界

　　我的义子，也是我老友的儿子马克·罗伯特，家住肯尼亚的利穆鲁[1]，他在院子里搭了一个小帐篷，在小狗屋子的旁边。马克现在六岁了，他在帐篷里放了他的空气枪、煮饭的道具，还有他的守护神。但是到现在他都不敢在帐篷里过夜，即使妈妈就在听得见的距离内，还有他的小狗山姆（德国达克斯猎犬与长耳猎犬的混种）做伴——它能吓阻肉食动物靠近。

　　"你从来不想在草丛里的帐篷中独自过夜吗？"我问小吐温。我叫他小吐温，因为他爸爸帮他取的名字是马克，这应该很合理吧。

　　"不想。"小马克·吐温说。

1　利穆鲁（Limuru），非洲肯尼亚距首都内罗毕西北方约 50 公里的小镇。

"为什么？"我问他。

"我太害怕了。"小马克说。他是个很坦诚的小男孩。

我很欣赏小孩子的诚实，而且这个珍贵少见的好德性，让我想起了有一回我在北卡罗来纳南港一棵木兰树下扎营的经验，那时候因为大人吵得让我受不了，所以我决定让自己放放假。我的帐篷跟小马克的差不多，就搭在房子旁边。

我想，那时候应该是因为我跟家人的想法不太一样，所以我决定逃跑，去过跟海盗或土匪一样的生活。我是一个激进的六岁小孩，当时爱尔兰自治运动当红。世界整个儿就是个错误，所以你可以称呼我巴涅尔[1]。

"再见了，残酷的世界。"我说完后，启程开始了我的新人生。

我必须说，当我宣布我的决定时，爷爷很委婉地反对我。"你确定你要放弃我们，跑去跟印第安人一起生活吗？"他温和地说，"我是说，我们并不是不愿意改进缺点，让你可以至少跟我们一起生活到六年级。"爷爷总是有那些狡猾的手段，但这次比平常还狡猾，所以让我更生气了。

"我走了，你一定会后悔的。"我说，"不会有人在这里帮

---

1 查尔斯·巴涅尔（Charles Parnell, 1846—1891），知名爱尔兰民族主义者，19世纪末爱尔兰自治运动的领导人。他曾担任爱尔兰土地同盟的主席，在著名的凤凰公园暗杀事件中，被怀疑包庇恐怖分子，两年后证实这项指控是遭人作假，但他的政治生涯中，似乎一直重复着遭人背叛及指控的命运。

忙生火、供你差使、清理鲜鱼了。你会非常后悔的。"

爷爷叹了一口气。"这正是我所担心的。"爷爷说,"如果我没有你在身边"——他指了指奶奶还有其他的大人——"他们就会叫我做你做的事。也许我应该跟你一起逃跑。"

"不行,爷爷。"我很坚定地说。我认为,即使我的年纪很小,离家出走这种事还是要一个人独自完成的,不然就不算完成了。

"不行。"我说。那时候我还不认识狄更斯先生和他笔下的人物西德尼·卡顿 [1],他的名言"我现在做的远比我所做过的一切都美好",还没有进入我脑中成为可使用的词汇,但是我的想法就已经是那样了。

"我要走了。"我说,又骄傲又惶恐。

"好吧,再见啦。"爷爷说,口气听起来满是牵挂,"你带了所有要用的东西了吗?带了火柴吗?砍木材的小斧头?可以猎鸟的来复枪?你最好带点鸡蛋跟培根,在你真正离群索居前可以果果腹。要小心有蛇喔,如果你不幸被它咬了,试着把伤口割开一个十字,然后绑上止血带,洒上一些火药,把火点着。如果可以找到人帮你把毒汁吸出来,就一定要这样做。一个人在野外被蛇咬是最麻烦的,因为通常被咬的部位,都没办法自己用嘴吸到毒汁。"

1　狄更斯作品《双城记》中的男主角。

爷爷点起烟斗，看看地下又看看我。"你不会觉得舒服的。"爷爷说，"我小时候也离家出走过一次，当然，现在没有什么印第安人了，只有罗宾森郡还有一些和善的印第安人，但以前，这一带有很多红皮肤的人呢，若是有人碰到他们还可以毫发无伤地回家几乎是神迹。我认识一个朋友，印第安人削下了他的头皮，让他很早就秃了头，得买假发来遮住他的耻辱。"

"现在这里没有印第安人了，只有一些铜足族人[1]，"我说，"但他们也不是真正的印第安人。"

"没错。"爷爷说，"但是你还是要小心野猪、野猫这类动物，美洲豹偶尔也会出没。那支空气来复枪对付知更鸟绰绰有余，还有上次你射死的那种鸫哥，把奶奶气得要死的那次——但这种ＢＢ枪很难对付野猪。还有如果你被迫要吃野生植物维生，我建议你要小心有毒的菌类跟野莓，这连我也搞不清楚要怎么分辨。那些你看起来很像白莓的东西，很可能是完全不同于平常的植物。"

"你在尝试恐吓我。"我说，"我要走了，再见。"

"你不介意握握手吧？"爷爷说，把手伸了出来，"我们很可能这一辈子都不会再见了呢。"

我觉得自己很尊贵，握了握他的手，转身离开前往野外的

1　参见页26，注1。

帐篷。我认为去帐篷是种远行，我整理好我的装备，背起我的帆布背包，在日落前出发。

"爷爷再见。"我说，压抑住我的眼泪。老实说，我上当了，除了离家出走，我没有别的退路。你知道一个人在帐篷里有多孤单吗？即使只是在后院里，但当夜晚降临时，除了待在帐篷里，哪儿也不能去，世界全展现在你眼前，而你却没有一个确切的目的地。

是的，就是孤独吧。房子大概就在三十码以外，但对我来说有一百万英里那么远，因为我的自尊把房子从视线里移走了。屋子里有灯光有笑声，但我这个被放逐的人，不被允许一同分享灯火与欢笑。我困在帐篷里，整个被寂寞包围。

夜晚的嘈杂声响起。精力旺盛的鹦哥喧闹着，虫子撞击着帐篷，嗡嗡作响，青蛙呱呱高唱，北美夜鹰奏着悲伤的交响乐，吱嘎吱嘎、轰隆轰隆、噼里啪啦的声音响个不停，还有步伐声悄悄贴近，猫头鹰咕咕啼着，远处传来猎犬的长嚎，意味着有人即将死去。被孤单与恐惧笼罩的小男孩开始唱起悲伤的歌，抵挡夜晚这个恶魔的侵袭，直到他可以回到狐镇的家中。

而我呢？我有严重的封闭空间恐惧症，伴随着害怕与些许的罪恶感。我受困在帐篷内，海岸在远远的地方。我不知道该怎么到海岸那里去，但我知道绝对不会是在这有着各种声响的半夜里，另外还有很多鸟儿、虫子和野兽都会对我不利。

我是不可以离开帐篷的，虽然我刚刚才听到的沙沙响声一定是来自大毒蛇、青蛇或是响尾蛇，但我有男人的自尊，一旦你离家出走，就只能离开家了。我从帐篷的边缘往外偷看，房子看起来格外明亮华丽。在房子里才有生命，我会在帐篷里像石头一样冰冷地死去。

"生个火吧！"我大声说。但是我发现我得去房子里抢劫木柴，那是一个开启犯罪生涯的烂方法，而且帐篷内也没有烟囱。

不管怎么说，生火会有点太热了，即使火焰可以帮忙驱离这些蚊子——它们现在正开始一群群攻入我的帐篷里。

我也觉得饿了。我真后悔没理会爷爷的建议，没有带点鸡蛋跟培根来。这个季节没有野菜可以吃。我们在院子里种的无花果、葡萄、胡桃，现在都还没有结果呢！

蚊子真是非常地讨厌，我的肚子咕噜咕噜地唱着歌，帐篷里只有无尽的孤寂。文明世界就在三十码外的屋子里，但我太骄傲了，不愿意妥协。猫头鹰啼得更大声了，夜鹰也唱起了挽歌，该死的狗儿还在不停地哭嚎。

草地上传来轻轻的脚步声。"你在里面还好吗？"爷爷轻声说，"有没有需要我帮忙的地方？"

"我很好。"我回答道，"不用担心。"我一定是带着鼻音说话的。

爷爷说："好吧，我算是个代表，我要帮你爸爸、妈妈跟奶奶来跟你谈谈。他们认为也许两边都有错，如果你清楚自己的立场，我们也许可以想办法好好谈判一下。"

爷爷说："如果你不介意的话，我们希望你可以表达你的意见，告诉我们你认为什么事情是对的，什么是错的。我们晚餐有苹果派，丢掉最后一片似乎很可惜。你认为你可以停战，回到屋里来，然后我们明天早上吃完火腿跟玉米粥后再来讨论吗？"

即使只有六岁，我也一点都不笨。我知道我有机会就该让步。我从帐篷里探出头来。我那松了一大口气的灵魂只想大哭一场，但我还是让我的声音保持冷淡平静。

"我愿意跟你们谈谈。"我说，其实我只想跳到爷爷身上，紧紧抱住爷爷的脖子，痛快地放声大哭，但我不知道老绅士那时已经把我从钩子上放下来，将我的自尊原封不动地还给我了。

这就是为什么我很高兴我的小男孩马克·罗伯特很坦白地承认他害怕自己在利穆鲁的帐篷里度过一晚，因为这样他就不用像我一样，在早餐会议前独自经历一个恐怖的夜晚。当房子里温暖的火焰就在不远处时，再也没有比独自待在帐篷里更孤单的事了，除非刚好有个马戏团可以让你加入，不然，我再也不建议随便离家出走。

现在已经很少有马戏团可以随时让你参加了，所以离家出走根本一点也不可行，尤其是离开的晚上家里还有苹果派可以吃。

想到我在帐篷里经历了我这一生中第一次的恐惧之旅，让我又突然想到了我第二次的逃亡。我已经记不清楚为了什么，但我像一只生气的母鸡一样对某事大发雷霆，大概是学校的事，或是对我的父母生气吧，但也有可能是对天气不满。那时我正在读《哈克贝利·费恩历险记》，主角跟奴隶吉姆一起沿河逃跑，这个故事对一个心有怨恨的年轻人来说是多么鼓舞人心，我因此而激动了起来，热切地想要逃家。

"什么事情让你这么心烦呀？"爷爷问，"你看起来像一团即将下起滂沱大雨的乌云。"

"是这样没错。"我说，"我想我还是离家出走吧，这里没有人了解我。"

爷爷点起了烟斗，转了转眼珠。"那真是最让人遗憾的事。"爷爷说，"我了解你的感受。如果不是因为我又老又犯风湿痛，我也想跟你一起逃家。你奶奶……"他无奈地耸耸肩，"但我太老啦，而且已经在我的世界里烂醉了。我认为，你不应该把离家这件事看得太随便，真正的逃亡者会把身后的桥烧掉，以示永不回头的决心。"

我低声咕哝着，说了些除爷爷外，我不在乎再也见不到熟人之类的话，但我猜我那样说只是因为礼貌。

"离家出走要做好准备，更别说那些预防措施了。以前的印第安人总会在马尾巴上绑上一根树枝，以便他们迁移时，可以抹去他们的脚印。任何一个流浪者都会建议你行囊尽量简便，但你还是要带齐一个人在夜晚的树林里会用到的东西。我想，在你要永远离开家之前，我们最好先来练习一下。你要带走你的枪吗？"

"我想最好带着，我得在野外求生。最好再带一点钓鱼线跟鱼钩。"

爷爷看看我，他说："你年纪还不是很大，即使是二十厘米的小枪，对你来说也非常沉。还是你计划像哈克贝利·费恩那样，偷一艘木筏，在船上待一阵子？小船没有办法把你带到比威明顿更远的地方，除非你有办法利用退潮出航，通过那些沙洲，到达查尔斯顿的海边。"

"我要用走的。"我回答，顽固而坚定，"你不用为我操心。"

"我没有。"爷爷说，"我只是不想看见你因为装备不够完善，而被其他流浪者嘲笑。当然，你还需要两条毯子、一把斧头、一把小刀、一个水壶、一个小平底锅、一个咖啡壶、一些口粮，还有一点胡椒跟盐巴，让你可以在野外过生活。你有任何想法吗？知道你要往哪里去吗？"

"没有。"——我比以前更顽固了。"也许是西边吧，也许是加拿大。我不知道，我也不在乎。"

"好吧，如果是加拿大的话，你可能需要带不止两条毯子呢，唔，至少要六条！加拿大很冷的。你打算跟因纽特人一起住，还是在印第安人部落当个捕兽人？或者你想当个牛仔？那你就要往西部去了。"

爷爷没有露出任何一丝微笑，但我可以看得出来他又在要激将法的老把戏，这让我更生气了。"我会去某个地方，可以吗？"我说，"如果到时候我不太忙的话，我会写封信告诉你我在哪里落脚。"

"在北极附近通讯不太方便。"老家伙说，"但如果你有办法驯服一只北美麋鹿，然后骑着它去最近的邮局的话，我会很高兴可以收到一张白桦树皮做成的明信片。现在我们最好来帮你准备好全套装备，因为不知道你到底要出去多久，事实上，你可能永远不会回来了。"

"首先，我们要列一张清单，我来看看有没有办法帮你把所有需要的东西准备好，以便你快点出发上路。我还可以再多做一点呢，等你要出发时，我可以开着老福特送你一程，这可以用来掩护你，别人不会知道你要逃家了，在你逃得远远的之前，他们只会以为我们就像以往一样一起去打猎或钓鱼了。"爷爷望着天又说，"你知道的，我会很想念你。虽然你也会犯错，但你实在是一个钓鱼跟打猎的好伙伴。我得在附近活动好一阵子，才能再找到另一个好男孩了。"

我假装没听见，因为这些话让我很伤心，我只是装作无所谓。

"好吧。"爷爷说，"没有比现在更适合逃家的时机了。下午就嫌太晚了，明天又有可能会下雨或是下雪。你得把握这个机会。你现在赶快去收东西吧，别忘了把你的毯子卷起来绑紧才塞得进背包里。你还需要一条结实的皮带，才能挂上你的斧头、小刀、水壶、小锅子。这些东西不用包裹得很好，不然会太大一包。当然啰，你还得背着你的枪，还有干净的内衣裤，还有一点儿腌猪肉、面粉、糖、盐跟咖啡。你不能没有这些基本的食物就上路，不能没准备好就出发。快去准备吧！"

唉，好吧，我的眼眶都湿了。我当时体重大约九十磅，枪重六磅，爷爷把装了衣物跟毯子的背包挂在我的背上，把弹药包捆在我身上，然后把东西挂在第一次世界大战时用的腰带上，加起来我一定超过了两百磅。虽然是冬天，但那天天气还算热，爷爷还是让我穿上了我的厚呢料外套，因为他说你永远也没法掌握何时会突然变冷。当你一个人在森林里，没有人可以照顾你的时候，得个肺炎连黑脚族的勇士也很难处理呢！

"因为肺炎的缘故，我们的军队比过去失去了更多的印第安士兵。"他一边说，一边流着汗，丁零当啷地帮我把所有东西搬到老福特车上。"看来大部分的印第安人都因肺部虚弱而受苦。当大雪纷飞，猎不到水牛时，肺炎、白喉真是恐怖呀，更别提饥饿了。如果我是你——在你大致决定这一生要做什么时——我会去墨西哥这种地方，因为在那里，你总是可以用各种爬虫动物当食物，只要阿兹提克人不把你杀了献给他们的神，你就可以安睡一整夜。"

当他讲述着这些苦难时，连一次眨眼也没有，冷漠严苛得就像传道士一样。大部分的时候，他只要眨眨眼，就会有惊喜，但这次没有，没有眨眼，什么都没有。

他得帮助我爬上车，那个时候的车子底盘很高，小男孩的腿又短又胖，并且此时这个男孩并不像个小男孩，反倒像个移动的五金行。我坐下时身上的东西发出各种声响，除了我的脸跟脚，全身都被装备所遮盖，不知怎的，我觉得我实在不太像《皮袜子故事集》[1] 里的英雄。

爷爷发动了老福特，我在车里气喘吁吁，老福特也气喘吁吁。在我们前进的路途中，爷爷滔滔不绝地说着话。他指了指右边的玉米田，田边挺立着一棵松树，然后叹了口气。

"我们跟狗儿们在那里度过很多美好的时光，不是吗？"他像是在跟自己说话，"当猎鹌鹑的季节开始时，我一定会很

1　《皮袜子故事集》(*Leatherstocking Tale*)，由美国作家库柏（James Fenimore Cooper）所著的一系列以欧洲移民、美国原住民等民族题材为主的冒险小说。

想念你，我甚至可能不想去打猎了。一个人打猎一点也不好玩，但不管我之前说过什么，我想我已经太老了，没力气再去找一个好男孩做伴。我想我只能放弃打猎了。我老了，不能一个人在树林里，如果我跌进坑里或是摔断了腿，没人能跑去找人帮忙。一个人在树林里是非常孤单的，尤其是如果你惹上了什么麻烦，唉……"他的声音逐渐变小。

我们大概开了五英里，然后他把老福特停在一条小溪旁。"你知道你现在在哪里吧？这里有很充沛的水源，我跟霍华德先生第一次带你去猎鹿的营地就在那边，不超过一英里就到了。我想关于露营的事，我已经教过你很多啦，不要在莎草丛附近生火，还要为其他人留下干净的营地，但他们可没你那么幸运，可以离家出走。"

他下了车，打开车门，协助我下了车。我身上的东西实在太重了，根本撑不住也站不稳。他拍了拍我的背。

"再见啦，孩子。"爷爷说，"祝你好运。有空的时候，写封信给我，只要我没死，都会一直在这里。不用担心我及其他人，我们会过得好好的。"

他又拍了一下我的背，然后回到车上，把车开出马路旁边一点，以便有足够的空间掉头，回转后，直直地开回了镇上。天色突然暗了，我可以看见爷爷把车灯打开，尾灯看起来像是恶魔的红眼睛。

天已经黑了，我站在路的中间，望着尾灯逐渐消失。我曾经孤单过，但却从来没有这么孤单。我怀疑爷爷是不是故意忘记叫我要带手电筒，因为突然间天色漆黑得像在头上盖了条黑毛毯，什么也看不见，没有月亮，我根本找不到营地。在这样的情况下，带着爷爷绑在我身上的装备要穿过草丛，根本就是不可能的任务。

我相信，这是第一次，我了解到世界有多大，月亮原来会缺席，孤单的人有多孤单，更别提永远有多远了——这是一个一直困扰着我的问题。

除了尽力解决我自己找来的麻烦，没有什么别的事可做。我离开主要道路，走了几百码远，找到了一小块光秃秃的空地，把身上一百磅重的行李卸下来，诅咒自己跟爷爷，竟然忘了准备手电筒。我点了几根火柴，在地上摸到几颗松果，燃起了小火。在微弱的火光中，我捡到几根枯枝，还找到了一棵大松树，让我可以削下一点树皮点火，终于，火焰大一点了，让我可以看得见周围，可以再多捡一些大一点的枯木，然后，我想，我交到了人类的第一个朋友——火。

我拿起我的小斧头，在四周寻找长些的小松树苗，砍下足够铺成床垫的枝叶，然后用一张毯子铺在松枝上，四角用石头压住，再拿出另一张毯子来盖。至少，我有火，还有可以睡觉的地方。

突然，一阵胃痉挛提醒了我，我还没有吃东西。行李里有大约半磅的肉，需要处理过才能吃。我把熏猪肉放进小平底锅里煎，看见肉的油脂流了出来，心里觉得很惋惜，我用力嚼着肥肉，安抚那咕噜咕噜叫着的胃。

星星已经升起了，我躺在床上，松枝并不如记忆中有弹性，好几根粗硬的木头顶着我的背。猫头鹰哀鸣着，在没有同伴的情况下，这一大堆夜晚的噪音听起来真是恐怖极了。

露水滴了下来，毯子不够暖，我的脸也都湿了。火焰闪烁不定，让我产生了很多毛骨悚然的幻想。我是个大男孩了，我大到足以用枪了，我大到足以离家出走，到西部或是加拿大去了，但我还没有大到不会哭泣。我一边哭，一边努力睡去。天刚破晓，一台老爷车轰隆隆的声响把我从噩梦中吵醒。

几分钟以后，我听见草丛间传来的脚步声，穿插着几声咒骂。是爷爷，他站在我身边，低头看着这个孤独的小男孩。

"我本来没有要回来的。"他说，"但是昨晚我帮忙你下车的时候，弄掉了我最心爱的烟斗。你看见了吗？"

"没有。"我回答，从我那一点也不舒服的床上爬起来，"但是如果你需要，我可以帮你找。"

"好吧。"爷爷说，"现在还有一点黑，你的手电筒在哪里？"

"我们——我，忘了带了。"我说。

爷爷说："唉，用我的好了。下一次你逃家的时候，一定要确定你带齐了装备。"

当然他没有搞丢烟斗，他也没有坚持要我把所有装备自己背回去。

"我跟你奶奶说你跟其他男孩子一起去露营了。"爷爷说，"如果我是你，我会把嘴巴闭得紧紧的。"

"是的，爷爷。"我说。

这是我第一次把这件事说出来。但既然他们都已经过世了，现在说出来也没什么关系了吧。

第十二章

下雨的星期六

大雨倾盆而下，敲打在玻璃窗上，疾风呼啸摇晃着整个房屋，门板咯咯作响，窗户也因此用力颤抖着。风从烟囱窜了进来，扬起了灰烬，壁炉里烧出的烟缕，弯弯曲曲地飘散在房里，脚下更升起了一阵阵寒意。

"又是星期六。"我对爷爷说，"为什么每逢星期六就下雨？"

我的声音听起来十分苦涩。高高在上的老天爷又背叛了我。今天是星期六，猎鸟的季节在本周内就要开始了，我早已去过爸爸工作的批发店，买了许多子弹，现在，我的心都飞到乡间去了。大豆如银丝般光滑的豆荚，毫无生气地垂挂在茎梗上，黑眼豌豆被冰霜彻底击溃，还有可口饱满的花生，原本长在潮湿的红土上，现在无助地躺了满地，鸟儿们在休耕的土地上享受着意外的盛宴。

如果不是这场雨——这场可恶的倾盆大雨——我现在应该在森林里才对。只要把狗儿放出去，我就可以在那里捡拾到满手的板栗，还有塞了满嘴的白莓。猎鹌鹑的季节已经开始了，猎鸽子的季节还没结束，秋天的采收已经完成，鸟儿出没的地点都很固定。你只需向弗兰克挥挥手，向山迪吹个口哨，或是向山姆点点头，马上就可以知道在哪儿可以寻获鸟儿。都是这场雨！我还要等多久才可以跑出去向他抱怨？

我向爷爷说："我整个星期都在上学，星期一到星期五，每天都到学校学些没有人在说的拉丁文，还有我永远都搞不懂的代数，又得读愚蠢的乔叟——听人跑来说'四月时分，甜蜜的阵雨飘落'，然后爱玛老师威胁要把我的英文挂掉，瑞秋老师抱怨我对十字军东征的伊斯兰教徒缺乏兴趣。整个星期太阳都金光闪烁，星期五天空晴朗无云，夕阳艳红美丽，所以我准备了满口袋的子弹跟三只猎犬，但看看现在，下雨了！'甜蜜的阵雨飘落'，真是老套，总是在我放假的时候下雨！"

"来！来！"爷爷说，"冷静点，你又不是诺亚，也还不需要个方舟。以前下过雨，以后也会下雨。你要我怎么做呢？叫老天爷不要再下雨了，好让这位地球上的小宝贝可以去猎鸟？我还以为你已经长大了呢。"

"哼，这不公平呀，我不在乎整个星期一到星期五，或者星期天也下雨，即使下雪降霜也无所谓。但是星期六是我唯一放假的日子，星期六就是不应该下雨的啦！"

　　爷爷睡眼惺忪地看着我，用指头揉揉鼻子，对我说："孩子，等你跟我一样老的时候，你就知道，星期六总是会下雨的。这是生命中的悲剧，星期六是为下雨而生的，就像工作是因为有事要做，哭泣之后才会有欢笑一样。相信我，从现在起，到你死去时，几乎总是有星期六会下雨。相信我，就连诺亚也没辙，他那时还有上帝跟一大堆动物的支援呢！当他松开鸽子的……"

　　我还是很生气，我应该在其他任何什么地方，这样才能专心聆听爷爷的老哲理，光是听到"鸽子"这个词都让我像滚水一样沸腾。我想到玉米都还在田里，还有那些大豆、花生、黑眼豌豆，以及那些我不能去猎的鸽子，都让我不想接受这根爷爷递过来的和平橄榄枝。大雨还是滂沱而下，我忍不住想：还有多久才会到下个星期六呀？

　　爷爷喜欢看我暴躁的样子，他还喜欢故意让我持续暴躁，他有一大堆用来激怒我的论调，还会装模作样，用娘娘腔的声音跟我说话。

　　他几乎像在唱歌一样地说："记住啦，四月雨带来五月花。这雨不是为我下的，是为紫罗兰下的。雨不会随便乱下，它是为了紫罗兰、黄水仙，也许还有喇叭花下的！"然后他窃笑了一下，我猜是"喇叭花"这词让他觉得很好笑。接着他说："好吧，让你开心点吧，告诉你，我跟你一样讨厌下雨，因为我还有你不能体会的关节痛。但如果你觉得你已经大到可以称呼自己是男人了，你最好记住一件事情：怨恨你无能为力的事情，一点用处也没有。这世上有很多事，是没法照你心意进行的。有些事情，像潮汐、风、雨，就算你想破头，也没有办法控制它们。等你年老以后，有个观念应该可以帮得上你的忙，记住，如果你没办法打败它，就加入它吧——至少别试着挣扎。"

我不会说，某天当我被困死在炉火边时，突然就对这样的天意不再抓狂，不再嚷嚷猎鸟的事。我就像小狗一样焦虑，爷爷建议我去看书，我也看了，但就是没办法专心，即使我看的书是一位叫塞卢斯 [1] 的人写的，他是一个博学多闻的猎人。

星期天也没好到哪里去。我在日出后带着狗儿们出去，当然我没有带枪（星期天是不准用枪的日子），却发现了我应该在昨天发现的鹌鹑，还惊动了一大群鸽子，它们足以填满过去或未来的诺亚方舟。我保证接下来一周，只要是上学的日子，天天都会阳光普照！但显然有人为我讨价还价了一番，所以周六的大雨延续到了周日。而且雨下得实在太大了，所以我也不用进城去上主日学。

---

1 塞卢斯（Frederick C. Selous, 1851—1971），英国的猎人与探险家。对于非洲经历的书写，增进了世人对罗德西亚（津巴布韦共和国的旧称）的了解。

"你可以把它当成奖金。"爷爷说，"这样你明白事情都会有最好的结果了吧！"

我本来同意爷爷的话。在这天以前，我的血液里流的都是对万物的贪念。我到这个我猎过浣熊的小屋来，打算帮自己做个记号，像在树上刻了"我在此杀了熊"的布恩[1]一样。我真羡慕那些不用去学校学习怎么拼"kill"跟"bear"，却可以天天打猎的人。至少，我认为，他比乔叟的诗句"甜美的四月阵雨，渗进焦干的树根"拼错的字少多了。乔叟说："流畅地沁入每条叶脉，赐予花朵新生的力量。"[2]我打赌布恩只是喝多了浓烈的甜酒，才跑到外面去找野熊的。

无论如何我还是顺利从正规教育中全身而退了，并且跑去做其他的事情，虽然有些人说，连我自己也不明白是怎么做到的。直到很多很多年后的某一天，我在东非的坦噶尼喀，和法兰克·包曼先生在野外的硬石路上被大雨困住了，才想起了下雨的星期六、诺亚方舟还有坎特伯里故事等。相信我，在北卡罗来纳的布朗斯威克郡因雨受困是一回事，在黑暗的非洲大陆

1　丹尼尔·布恩（Daniel Boone，1734—1820），美国历史上重要的拓荒者，他在美国很多地方都留下了记号，最著名的就是在现今田纳西州的树上刻下了"D. Boon Cilled a. Bar（即 killed a bear，"杀了熊"之意）on tree in the year 1760"，参见页 74，注 2。
2　这些诗句全出自英国作家乔叟的《坎特伯雷故事集》。

被雨困住又是另一回事。

法兰克·包曼是一个职业猎人，是个脾气有点暴躁的绅士，来自澳洲，他在那里打了一阵子猎，之后跑到非洲来工作。他懂得人不能做超越自己本身能力的事的道理，但他还是不太同意这个说法。在非洲斯瓦希里语[1]叫作"shauri a Mungu"，意思就是上帝的旨意，法兰克很喜欢与人争论这一点。

法兰克跟我跑到坦噶尼喀一个叫作新几达的地方去打猎，我们想射猎大羚羊，一种公认比鹌鹑或鸽子大的动物。我们有几种不同但一样破烂的交通工具：吉普车，它终究还是因为一场自己酿成的悲剧而遭解聘；一辆很大的英国卡车，每次发动，我都觉得它几乎就要起火燃烧。

经过上帝巧妙的安排，我射中了一只羚角又大又漂亮的家伙，同一时间，有片乌云飘来，提醒我们，如果不打算在新几达附近度过雨季，最好就是收拾收拾，尽快离开这个鬼地方。根据一些人的说法，如果整个非洲大陆是一片大肉排，我们要去的地方，只不过一小块皮距离那么远罢了。

在到达我们的应许之地前有一些障碍。一个是直上山头的滑溜溜的黏土坡，如果爬不上这个坡，就得不到入山的许可。

1　斯瓦西里语（Swahili）是非洲东南岸广泛使用的一种语言，尤其是肯尼亚及坦桑尼亚的官方语言。

就算得到许可，也顺利爬了上去，你还得再爬下来，山脚下是一片沙漠等着你。这片沙漠覆盖了一整层的黑棉土与火山灰，而你那快乐的车轮轴可是正好深陷其中。整个塞伦盖蒂[1]只有六十五英里宽，但是我听说有个东非最厉害的猎人，花了不愉快的整整三个星期，纯粹只是在这里一次次地陷入泥沼中动弹不得，气得抓狂跳脚。

这种酸雨季就是你的致命大敌。更特别的是，你可以看见这个敌人躲在巨大的乌云中，在你身后火速地追赶着。如果你的车不幸爆胎，或引擎熄火，这片乌云就会那么刚好停在你头上，让卡车四周的土壤全部变成黏答答的烂泥，然后一眨眼，就那么该死的一眨眼，你只能无助地陷落其中，仿佛有人把你的车轮偷走了一样。

在这里可供生火的木材真是少之又少。此时你孤立无援，更凄惨的是，你现在不能射击，不管是为了自我防御，或是为了找食物，都不可以射击，因为这里是国家公园。这个野生猎食者的天堂里没有你的位置。你不可以射击，就算饿死也不行。六十只狮子就在远方，埋着头尽情享用着它们的黑色猎物，对你的诚实完全嗤之以鼻。那个强碱性的湖在口干舌燥的人眼中也是极尽讽刺。

---

1 塞伦盖蒂（Serengeti），位于非洲坦桑尼亚北部。

毫无疑问，最后一个山丘出现在你身后时，你才刚刚从黏答答的红土坡那里滑下来，滑到更为黏稠的黑棉土上，迎面而来的却是这片乌云，盘旋着、纠缠着，比刚刚更阴险，还有什么更大的威胁？大雨？老天！曾经在北卡罗来纳布朗斯威克郡被星期六的大雨困住的人，根本不懂什么叫"大雨"。

我跟包曼老兄算是很幸运的，是真的很幸运。我们倒退着从山坡上滑下来，卡车在原地转了几圈，在大雨倾泻而下之前，成功穿越了塞伦盖蒂。我可以原谅包曼对我的不满，因为如果不是我执意多待一天猎珠鸡，我们就可以早点从新几达离开，那么一切就会顺利很多；但是包曼还是一定会对一件事实咆哮，那就是因为卡车不停地熄火，我们得不停地派人回去拿汽车零件。包曼不停地咒骂基普西吉族的驾驶，因为在暴风雨紧追我们的时候，他还毫无根据地使用过分夸大的情报，像是在海拔三千六百多米的高处，在卡车引擎错误的一边丢掷沙子。

在非洲，与大雨竞逐，是一件让人心不甘情不愿外加毫无反馈的举动。穿越沙漠时，曾一度觉得我们就快走完了，但又会突然出现指示，让我们知道还有很长的路要走，在觉得即将到达之时，可又会发现其实还早得很呢！

我们做到了！我们顺利赶到了一条叫作格鲁梅蒂河[1]的河

1　格鲁梅蒂河（Grummetti），坦桑尼亚北部的一条河流，向东流入维多利亚湖。

边时，雨水开始滴落，一滴落在眼前，一滴又落在身后。我们差点就过不了河，河水一下子暴涨了起来，身后的主流暴涨，眼前的支流也暴涨。诺亚老兄呀，你把方舟最后停泊在亚拉腊山时，绝对不可能比我跟法兰克更孤立无援。惊险又幸运的是，在豪雨来袭前，当地人奋力搭好了帐篷，还在四周挖好了排水道。更幸运的，"shauri a Mungu"，我的手指按下了扳机，意外杀死了一只黑斑羚作为我们的食粮。当我扣扳机的时候，雨已经下得很急了，汽车挡风玻璃上的雨刷快速摆动，我根本没有办法瞄准清楚。

我们捡起这只倒霉的牲畜，很费力地在泥地上把它拖回我们的营地。没有什么东西比真真实实的火更重要了，木材湿透，大雨倾盆，向两旁流泄。毛姆[1]曾写过一部叫《雨》的作品，历经一个星期的豪雨之后，我告诉你，我可以写一整个系列的实境小说，叫作"雨"。

但包曼老兄跟我还是度过了很愉快的时光，我们也没有射杀彼此。厨师生起了一点微弱得可怜却足够使用的火，料理新

1　毛姆（Somerset Maugham，1874—1965），20世纪最重要的英国小说家及剧作家之一，1874年出生于法国巴黎。著有《人性的枷锁》（*Of Human Bondage*）、《刀锋》（*The Razor's Edge*）等书。

鲜的黑斑羚给我们吃，直到羚肉吃光，他才用非洲大斧劈开了罐头——我觉得盐腌过的鹿鞭也不是真的那么难以下咽。我又多学了六七个斯瓦希里语的单字，并且用生锈的打字机写了点东西——总有一天我一定得写下的东西，就算晴空万里也得写的东西。收音机不能用了，但也根本没人在意。

包曼那时才刚从北澳洲猎鳄回来，我没多久前也才去西班牙猎鸭和印度猎老虎，我们就这样在帐篷里坐了一个星期，吹嘘彼此的经历。

大雨打在帐篷上，就像巨人用他的手掌击打着一般。当雨水像小溪一样沿着帐篷流下，遇到地面的水流溅起时，你可以听见巨大的滴水声。（我还可以告诉你更多关于非洲下雨的事。在肯尼亚北边境的鲁加，雨季时，我见过大树掉落的枝叶在河床堤岸上堆起来足足有三十或四十英尺高，整个北边省境从伊西奥洛[1]到埃塞俄比亚，通通禁止进入。）

大雨终于停了，太阳露出笑容，河水退却，我们又可以发动车子了，我竟然感到有点遗憾和不舍。我跟法兰克都学到了怎么控制脾气，也都学到了"不要跟'政府'抗争"。

我想有时我在发完脾气以后，会倾向于遵守波丽安娜原

1　伊西奥洛（Isiolo），肯尼亚东部省的一个城镇。

则 [1]，但至少钓鱼跟打猎这两件事情，我知道如果管天气的"大老板"不赏脸，你再怎么乐观也没有用。在那个湿透的帐篷里，每样东西都又冰冷又潮湿——衣服、器材、所有东西——真是对一个人的耐性、灵魂，以及骂脏话能力最好的试炼。最好的答案（我相信爷爷在我很小的时候就已经灌输给我了），早已被巧妙地转化为一个睿智的忠告，送给一个刚加入外籍兵团的新人。老兵会这样告诉新兵："当事情很糟糕时，试着不要把事情弄得更糟，因为可能已经够糟了。"

如果这篇故事里蕴涵着什么寓意，那就是太阳会用很多不同的方法现身，绝不会只有一种。在接下来的六个星期里，我没获得更多好运或得到更多乐趣，但在这场非洲狩猎之旅结束时，也没有更苦涩的灾难来破坏告别的时刻。我猜爷爷会说这不过是成长的一部分，或说，我只是刚好习惯在湿答答的星期六里成长罢了。

---

1 波丽安娜（Pollyanna），这个字眼来自美国作家埃莉诺·霍奇曼·波特（Eleanor Hodgman Porter）1913 年创作的系列儿童文学作品《波丽安娜》，这系列作品在美国家喻户晓，1960 年代还被迪斯尼改编成电影。女主角波丽安娜是个孤儿，只能和冷漠孤僻的姨妈同住，但她总是能在遇到困难与障碍的时候，保持乐观，发现快乐，并享受快乐，甚至感染所有身边的人。Pollyanna 在字典里有极度乐观、盲目乐观的意思。

第十三章

狗儿的麻烦

爷爷曾说："狗儿的麻烦，其实来自人。"爷爷和我一起完整地经验过所有跟狗儿有关的事情——小狗就跟小男孩一样，偶尔必须动用棍子来让它学会正确的行为举止；如果不纠正小狗的错误，它会累积更多的错误；一只狗在初生的头几个月需要何种温暖的关爱，之后又需要何种适当而严厉的管教。猎狐犬、猎鹌鹑犬、拾猎犬等等不同的猎犬我都懂——我想我该有一张训狗学位证书。

我在还小的时候就学会了一件事：当大人们打定主意非要说些什么，还希望你回应时，你必须正确地出牌。没有大人能一直喃喃自语地说着智慧之语。他们需要你适时提问，然后才可以滔滔不绝地说个不停。

"是的，爷爷。"我说，"这个问题我已经想了半天了，正如我常说的——好吧，你考倒我了。为什么狗儿的麻烦来自人？"还没开枪我就投降了。

爷爷说："马儿使人们高贵，如果你贬低马儿，就是贬低人类。同样的道理也适用于狗儿。某方面说起来人类的麻烦也来自狗儿。"

从某种角度说起来，爷爷是对的。

直至今日，每次我看见一只有着像小虫一样的眼睛、尖脸蛋的长耳猎犬，歇斯底里地摇着耳朵；每次我看见爱尔兰赛特猎犬，穿着红色大衣，摆出一脸愚蠢的样子；每次我看见柯利牧羊犬，繁殖时跑去找个用碎布跟碎石铺成的床垫时，我都会想起我年幼时养的小狗。我也会想到人们是怎样堕落的。

还有，每次有被人"驯服"的德国牧羊犬本能地从我这儿咬走一块肉排，每次达克斯猎犬跟我争吵谁才有权利坐沙发，每次我遇见傻乎乎的法国狮子狗，也都会让我想到我还没长大时养过的那些狗儿，那时候你通常可以靠品种分辨出狗儿具备的才能。

我知道现在的我听起来一定很像爷爷，感叹着有些事已经不像过去一样啦，但我向约翰保证我是对的。比方说，今日的长耳猎犬，在实际的功能上还比不过一只小虫。它们只会乱叫乱跳，踩到自己的耳朵，张着又笨又大的眼睛，如果有只兔子对着它们叫，它们一定会吓得歇斯底里直打转。

长耳猎犬被人们毁了，跟爱尔兰赛特犬的状况一模一样。赛特猎犬被人们恣意妄为地变成没用的狗种，好像只不过是装饰品罢了。即使我已经这么老了，我还是记得当我们用赛特犬寻找鸟群时，我们根本不在乎它毛茸茸的尾巴或是身上一团团的毛球。它会为你做事，如果偶尔它吓跑了一群鸟，或忘了要尊敬指示犬时，就用棍子从屁股教训一下它那爱尔兰的自负。但现在除了用来纪念穿着红外套的埃罗尔·弗林[1]，它什么都不是。

　　我有一只名叫米基的长耳猎犬，是我这一生中见过的最全能的猎犬。它是土黄色的，耳朵不太长，头跟雪茄盒一样方方的，脑筋非常好；鼻子嘴巴部分跟拳师犬一样大大圆圆的。它会追兔子，也懂得侦查鹿踪，野鸭碰到它就死定了。它还有专门搜寻鹌鹑的超级雷达。当你猎鸽子时，它会静静地坐着，但它一样可以把灵活的松鼠、袋貂、浣熊都赶上树。如果世界上真有万能的母狗，老米基绝对是其中之一。

　　米基在一个粗心的摩托车轮下光荣地死去，差不多就在它过世的那段时间，猎犬开始变得很受欢迎，育种者开始大量繁殖猎犬。二十年后，他们彻底毁了这种健壮的狗儿，把它们变

1　埃罗尔·弗林（Errol Flynn，1909—1959），出生于澳洲的知名好莱坞男演员，以扮演英雄人物走红于美国，代表作为《侠盗罗宾汉》（1938）。

成了像甲虫一样的笨蛋，如果离开主人的膝盖，哪儿也去不了，就跟哈巴狗或狮子狗一样。除了狮子狗自成一格的讨厌性格，猎犬根本跟它们一模一样，只会哀哀叫，除了会叫还是只会叫。

在爱尔兰赛特犬变成时尚宠儿前，我们也有一只这种狗。它们只有在经过一个漫长的夏天后，才需要再特训一番，否则在野外的表现真是可圈可点。它们也许有点喜怒无常，也没有烈威灵赛特犬或英格兰犬始终如一的稳定，但是它们常有灵光乍现的时刻，可以让它们在某个午后发现所有的鸟儿，就像大部分的红发人一样，它们刻意表现得很情绪化。

不管你赞成还是反对，我还是想请所有人听听这句话：我不相信现在还有优秀独立的爱尔兰赛特犬，或是全能的长耳猎犬。史宾格猎犬看起来还不太想接受新面貌，所以还可以独立工作，为你找到野鸭或野雁。但是长耳猎犬——甚至在去年的苏格兰及西班牙猎松鸡季节，我都没有看见工作中的长耳猎犬。这二十年里，我看见的任何一只跟米基一样的狗，都是被狗链拴着的。

法国狮子狗本来是一种耳长毛美的狗种，也是最优秀的猎犬之一。它们从德国引进到法国，最风光的年代，可以追溯至猎人把它们的毛剃成不同的样式以兹区别，就像你会帮乳牛挂上不同的名牌一样。在法国，狗儿只是有着从鼻头扩散出去犹如狮子般的鬃毛，但到了英国就干脆直接变成了狮子，这大概是因为孩子们的话语跨越海峡后被扭曲了吧。

如果不去多想，我会大胆地说，在二十多年前，不管在不在它的领域里，法国狮子狗都是所有的狗里面最聪明的。但是经过与人类的相处——去过太多次美容院，等妈妈喂女儿吃饭等了太久，太多次为了缩小它们的尺寸所进行的品种改良——狮子狗已经变成了笨蛋。体形小的狮子狗变成了只会乱叫的讨厌鬼，就像遇到森林大火时的母狐狸一样神经兮兮；体形大的狮子狗也忘记了它们应该在泥煤田里追赶黑色雄松鸡。

不过我现在这个说法一定不会引起严重的抗议：这十年来，我养了一只成功繁殖的标准法国母狮子狗，它是我这辈子见过最愚蠢的狗，我可以说，这绝对是长久以来跟它主人相处的结果。

根据爷爷的论调，狗儿是被人宠坏了。我认识一只柯利牧羊犬，它的一生就因为被取名为莱西而彻底毁了。事实上莱西是只公狗，一点也不想被叫作莱西，因为被转变为一只指示犬，整个神经系统都被搞乱了。别告诉我狗儿没有精神压力，我曾经有一只名叫阿汤的指示犬，它的叫声从来没有改变过，女生都不喜欢它，我的老天，它最后自杀了。

有些人可以成功抗拒狗儿的奉承，但我决定不跟那些人深交。怕狗与不爱狗的人最不合我胃口，这点连狗儿也知道。

现在我最想念的狗——已经很少见到的狗——是真正的哈

克贝利·费恩[1]，万能梗犬和猎狐犬的混种狗，表皮像鞋刷，尾巴的毛卷卷的。这种过时的老狗就像从这片土地上消失了一样。杂种狗有着街头流浪儿的聪明机灵，以及温和的性格，对任何猎场都精通熟练，非常厉害。曾经伴随我打过最多次猎的是一只半胡狼品种的狗杰克，它比任何一只我认识的纯种狗都厉害。

　　爷爷是对的。人的麻烦是狗，狗的麻烦是人。但不知怎的，似乎任何一方都无法失去彼此，这样才能够称之为生活。

　　像是狗儿山姆，虽然打猎时它完全派不上用场，但这巩固了它在屋子里最全能的地位。山姆是我义子的狗，义子的父亲把它取名为"可怕的废物山姆"，我为此相当生气。它一点也不可怕。山姆是长耳猎犬跟达克斯猎犬的混血，因此它也具备了两者的优点。它有长耳猎犬的长毛，毛色是黑色加黄褐；它还有长耳猎犬的耳朵跟尾巴，但嘴巴跟鼻子和达克斯猎犬一样，腹部也相同。

　　山姆是我见过最全能的普通狗。它体形够小，所以不会在摇尾巴时不小心打破桌上的玻璃杯，但又不会太小，让人不小心就踩到它。它对在花圃里找蜥蜴这件事很执着，但并不会因此弄伤花朵。

1　哈克贝利·费恩，美国知名作家马克·吐温经典作品《哈克贝利·费恩历险记》主角。

山姆喜欢猫科，它有三个玩伴：辛巴（狮子）、乔（美洲豹）和莎麻里（黑豹）。它们都跟山姆差不多大，或是再大一点点。山姆讨厌陌生人，但很喜欢朋友。有时候它会喝光一整杯金酒（这会让它不停打喷嚏），但是它从来不喝威士忌或啤酒。

正如我说过的，我现在已经不太注意达克斯猎犬或长耳猎犬了，但是就山姆的例子来说，这两种品种混合后制造了一种可爱的废物，跟另一个例子里艾伦·史密斯想拥有的全能动物"变身小猫狗"一样。

在深夜的啤酒催化下（合众国际社［United Press］那时候付的薪水不多，绝不够让它的仆役们喝得起威士忌），作家史密斯梦想拥有一只可爱的生物，一半是狗一半是猫。在地板上跳起时是猫，落下后就变成了狗，让它再跳一次，又变回了小猫。

史密斯很怪异，竟以他的梦为荣。但他犯了个错误，把这个梦告诉了另一个合众国际社的"奴隶"——他的同事亨利·麦克雷默，结果亨利立刻把这个梦占为己有，到处宣称这个"变身小猫狗"的点子，会是所有宠物问题的解决之道。这使得史密斯跟麦克雷默因此失和，但梦又没有版权，两个人一年多没说话，双方都很坚持自己拥有"变身小猫狗"的所有权。

我有点认为山姆就像"变身小猫狗"，可惜我没有自己发明它。但如果别人想从我身边把它带走，我一定不会给他好脸色看——很简单就是因为感同身受，如此而已。

多年来，因为养狗的缘故，我的回忆大部分都是美好的，鲜少有不好之处。在我很小的时候，我们有很稀有的纯种赛特犬跟指示犬，但只要有机会，我都在后巷跟流浪狗和奇怪的杂种动物一起鬼混。

杰克有十足的街头顽童智慧，就像阿拉伯小孩或是年轻的巴黎人一样，没有一只狗儿可以像它一样聪明。从它的气味可以判断，它是狐狸犬、胡狼、浣熊、臭鼬的混种。它全身都是脏脏的暗黄色，尾巴长长地卷曲在背上，几乎都可以碰到脖子了。它的专长是猎松鼠，但如果有需要，它也可以勇猛地对野熊吼叫；如果没有正牌猎犬在身边时，它也能够追查鹿踪；即使再痛恨冰冷的水，它还是可以衔回中弹的野鸭，并且找到一整群鹌鹑。

它彻头彻尾是个狩猎专家，你没办法让它进屋子里来，也没办法把它跟它那又冷又有害的垃圾锡盘分开。杰克完全没有种族歧视：它讨厌人，不管黑人白人都一样，它会一视同仁地咬伤他们。它可没空跟人玩，它只跟猎人来往，它拥戴的是猎枪。

杰克是一只很难介绍的好杂种狗。而我在孩提时代的好友古德曼有另一只杂种狗，我也无法用言语形容它。它感觉很像是猎犬与公牛的混种，鬼才知道还有什么东西入侵了它的染色体。我记不得这只野兽的名字，但是我记得它有如猎犬般精明，牛头犬般坚持，拾物犬般灵敏。有一天，在古德曼的农场里，我们在这个不知血统为何的家伙的努力下，开心地猎着鹌鹑、鸽子、兔子、浣熊、负鼠、雄鹿。它还懂得这些讨厌的男孩之所以打猎的乐趣何在咧！这个狠角色已经过世很久了，但是它代表了狗的力量。

在所有的杂种狗中最厉害的，也许是一只晚年时被命名为邦佐的狗。这只狗基本上是牛头犬的杂种狗，一只眼睛是红的，一只眼睛是黑的。它这一生都独自过活，直到有一天，它偶然来到了肯尼亚内罗毕诺福克饭店的阳台上，那里有一个告示说明了所有的狗都禁止进入。

它全身都是伤痕，饥肠辘辘。它的肋骨已经像洗衣板一样清楚，全身有好几处长了疥癣。饭店经理那天本来心情不太好，正当门房想把这只狗踢回街上去时，经理却大声说了声"不"，然后把这只动物带回了他的房子。

几天以后，邦佐看起来明显好了许多。它的疥癣都没了（用硫黄跟油烧掉了），肚子的皱纹也抚平了许多，没多久它就掌管了这间饭店。长久以来持续变差的服务质量进步了，因为如果服务生耽误了喂食的时间，邦佐会咬他们。邦佐也提升了公共关系，因为它有准确的直觉，可以辨别出穷人富人。它有时会站在柜台旁边，拒绝让可疑的人入住，它还曾让一对茅茅党员[1]受困在后院。

当邦佐的势力提升时，饭店经理也跟着受惠。经理找到了一个好助手，管理饭店更得心应手，很快就变成整个饭店集团的总经理了。

邦佐只有一个缺点，它好女色。它有时会突然消失不见，然后满身伤痕地回来，看起来像刚经历了一场爱的战斗。它对异性的兴趣最后终于害了它，有天它的老板不在，饭店副经理就趁机毁了它。不过有件事特别值得注意，这位副经理很快就卷款潜逃了。这号问题人物，邦佐一定早就盯上了！

但邦佐的照片直到今日还挂在接待办公室里，没多远的地方挂的就是那个告示牌"严禁任何狗儿进入"，因为在任何人心中，都不会再有另一只邦佐了。

关于"男孩与狗"的话题长期以来已被大家讨论过度了，但是我并不主张禁止。我观察我那年幼的义子跟山姆，有一个想法，就是小孩子在早期人格养成的阶段，最好是跟杂种狗一起相处，这样反而比跟那些顶着冠军狗头衔的高傲家伙混在一起更好。

---

1 茅茅党（Mau Mau），1952 年至 1960 年非洲肯尼亚曾出现一波反抗英国殖民势力的民族主义军事运动。这个运动最后失败，但结果却加速了肯尼亚的独立运动。

在流着鼻水的小孩跟小动物之间，有一份难以理解的友好关系，就像《汤姆·索亚历险记》里的汤姆与《哈克贝利·费恩历险记》的哈克贝利·费恩的关系一样，这些小淘气们分享着属于他们的小世界。我的小鬼头正在学习怎么清理跟保养武器，用ＢＢ枪射击，还有学习认识乡野与河流。不知怎的，山姆更适合参与这个学习的过程，它是一个勇敢的爬虫类猎人，又爱啰里啰唆，比西敏寺狗展[1]任何一个类别中最优良的狗儿都更适合。

小男孩是最厉害的小野兽，需要小心教育，让他们了解长大成人后的责任。而杂种狗——这种"妈妈，我可以把它留下吗？"的狗儿——正好可以填补从婴儿时期到小男孩时期的缺口，因为小鬼就是小鬼，不管是人还是狗。

爷爷以前总喜欢这么说："没有什么不同啦！小男孩跟小狗都需要在固定的时间里缓慢前进。他们都需要如厕训练，用一根小棍子在后面让他们学会该有的行为。蓖麻油跟白桦茶都会让任何一个小男孩或小狗惊奇。每个人都会碰到一个时间点，必须学会到处乱跑与紧跟在大人身后的不同。"

我从观察小马克跟他的狗儿山姆中得到了许多乐趣。通过

---

1 西敏寺俱乐部（Westminster Kennel Club），美国第一个举办纯种狗比赛的组织，1877年开办第一届狗展至今，已有一百多年的历史了。

父母亲热切的感知与训练，他们都学会了到处乱跑与紧跟在大人身后的不同。我认为在这个学习的过程中，因为有山姆的陪伴，小马克很快就会长大，大到可以拥有纯种狗了！

第十四章

游侠骑士

有一天我看到一则关于离婚的故事，愤恨不平的先生称他妻子的外遇对象为"甜心老爹"，而妻子的辩护律师则称这位外遇对象是"在她先生罪有应得的时候，适时出现保护她的游侠骑士"。

我立刻大声笑了出来。上一次我听见游侠骑士这个词被乱用，是爷爷搞的。爷爷总是用很讽刺的方式，来处理人们常见的误用。从那次之后，我还没对"骑士风度"有过类似的感受。

有一天，正如你所能想象的五月天——又冷又湿，爷爷不想出门，但我很想。

"我想做点什么。"我抱怨，"现在已经过了打猎季节了，天气冷又下雨也不适合钓鱼，玩足球时间有点晚了，打篮球又嫌太湿。"

爷爷说："那你可以去看书呀。我最后一次看你成绩单时，老师在上面也写着你应该更用功一点，难道你想要无知地长大吗？"

"我一点也不在乎。"我回答爷爷，听起来像只顽固的公山羊，"现在已经没有什么可以让小男孩完成的事了。你无法逃家和印第安人一起生活，或者加入马戏团，当个牛仔，或是成为穿上盔甲的骑士，或任何有趣的事情——让你有理由离开家。"

"我觉得你需要清除寄生虫的音波设备。"爷爷说，"你整个神经都在抽动，就像嘴巴被胶带缠起来的猎犬一样。但你竟然提到了当不成盔甲骑士，这真奇怪。我以为长久以来你一直在练习当个盔甲骑士呢。"

"我怎么当得了盔甲骑士呢？"我问，感觉爷爷话中有诈，"现在已经没有这样的工作了。"

"喔，这我就不知道了。"爷爷说，"你总让我觉得你是个天生的骑士，或拦路抢劫的土匪。他们是差不多的人，也许称呼他们流浪汉，意思也差不多。你来举例说说看，你想象中的游侠骑士是什么样子呀？"

我又上当了，我就知道这背后一定藏有一大套道德劝说。就像碰到响尾蛇一样，我知道谁会被它咬到，一定不会是爷爷的啦。我以前就受过这种罪，但我好像永远也学不会把嘴巴闭紧一点。

"嗯，游侠骑士就是行侠仗义的英雄。他身穿铠甲，骑着马，住在城堡里，城堡的城门可以升降开关，还有吊桥跟防守要塞的卫兵。他有剑与矛，他骑着马在庄园四周巡逻，矫正错误的事，拯救女人，杀死离经叛道的野蛮人，也杀死火龙跟巨人等等。"

"毋庸置疑，就像有点介于童子军跟威廉·哈特[1]之间的人物嘛。"爷爷喃喃自语着，然后对我说，"我的仆人呀，再丢一些木材到炉火里去吧。我想想看能不能让你真正了解什么才叫作骑士。现在的年轻人真是太无知了。

"首先，骑士（Chevalier）与骑士精神（Chivalry）都不像是你说的那样。他们来自一个跟马有关的法文字——Cheval。你可以用 Chivalry 这个词来说出租马车公司的马夫就像说骑士一样。但 Chivalry 这个词，后来就被搞混了，可以用来指任何不会走动的东西。

"而骑士（Knight）这个词刚开始是指小男孩或男仆，后来变成拥有狩猎执照的骑马人。他们可以携带武器——大部分的普通人都不可以——这给了他们优越感，即使他们穿着铠甲

1　威廉·哈特（William S. Hart, 1864—1946），美国默片时代的电影演员、导演及制作人。成名作为《娶印地安女人为妻的白人》，此后成为西部片的重要演员，在好莱坞以扮演坚毅、沉默寡言的西部人而闻名。

时，需要五六个矮胖农夫的协助，才上得了马。一旦从马上跌下来，他们就只能躺在那里又踢又骂，还得等到有人来帮忙才能站得起来。他们身上穿的铁盔甲，比一个人的体重还重。"

爷爷继续解释，一般的骑士除了在地方上有战争时受聘为士兵，平常什么也不做，没战争的时候，他们就只能在城堡附近闲混，跟女生调调情，喝着他称作"月光"的蜂蜜酒，一天就要醉上两三回，没事净扯些夸耀自己英勇事迹的大话，像是对抗萨拉森人[1]啦，或是修理隔壁邻居之类的。

游侠骑士（Knight-errant）也不比骑士好到哪里去。当国王厌倦了听骑士用他的长矛杀了多少头龙，或是用他的剑击退多少异教徒之类的鬼话；当国王受够了那些骑士成天在城堡附近游手好闲，喝光所有的好酒，亲吻最美的女人之后，就会要他们穿上那一身生铁，然后下令放下城堡吊桥，客气地"建议"他们出去旅行。也许西奥伯尔德大王[2]，还有那些路途中的平民百姓们，还没听过《布尔芬奇神话笔记》里，关于包霍特骑士[3]最新又好听的骑士故事。

1　萨拉森人（Saracens），中世纪基督教世界用语，指所有信奉伊斯兰教的民族。包括阿拉伯人、突厥人等等。

2　西奥伯尔德大王（King Theobald），西方中世纪王国的国王。

3　包霍特骑士（Sir Bohort），著名骑士传奇《布尔芬奇神话笔记》（*Bulfinch's Mythology: The Age of Chivalry*）中的主要角色之一。

爷爷喝了一口蜂蜜酒暖暖身，这种饮料有点类似神经镇静剂，是用蜂蜜跟大麦发酵做成的，很适合用来揭发真相。他又继续说："游侠骑士根本就不比流浪汉好到哪里去。他跟他的随从——如果他带有随从的话——成天在庄园里游荡，在这里讨点施舍，在那里偷只小猪或亲吻美丽的挤奶女工，然后再去骗顿饭吃，晚上就在城堡或教堂里生个火，拿张床垫就睡在那里，甚至有时候，他们还睡在马路边，或是猪舍谷仓里。

"他们身上有长年在城堡内外蓄积的一大堆跳蚤，你可以和任何人打赌，一般游侠骑士都脏得要命。你想想这会有多好笑，一大堆跳蚤跟虱子藏在那层铁制的衬衣下，除非兰斯洛特骑士 [1] 有根焊接用的烧融器可以把铁皮熔化，不然他根本就没办法抓痒啦。"

爷爷继续说，城堡里根本就缺乏中央暖气、室内厕所和舒适的享受。城堡四面通风，又很嘈杂，还有一大堆在城堡监狱里死掉的鬼魂到处飘来飘去。

爷爷说："充其量，骑士不过是一群焦躁不安的人，只要不是钉死、拿不走，或太烫的东西，他们通通都会偷走。他们如果不是长期说谎的大骗子，就是长久被震颤性谵妄 [2] 所苦，

1　兰斯洛特骑士（Sir Lancelot），亚瑟王传奇中圆桌武士团的成员之一。

2　震颤性谵妄（Delirium tremens），又称戒酒性谵妄，通常在停止喝酒后十二至四十八小时发生，包含意识、认知及知觉之障碍，轻则颤抖、虚弱、盗汗，重则出现可怕的幻想、焦虑、意识混乱、失眠。

因为他们总是看见湖里伸出一只举着剑的手，或看见在迷雾中升起的女子，或者看见邪恶的巫师把人变成了独角兽等等的事情。他们一定闻起来臭气冲天，因为我相信他们两年才洗一次澡，必须等到铠甲生锈，不得不脱下来换一套的时候。这样你还要当骑士吗？"

"听你这么一说，我还真是没有兴趣了。"我回答，"不过以前要怎样才能当个骑士呢？"我才说完就知道我应该从舌根把自己的舌头咬断，因为我看见爷爷一副就是等着我发问的样子。爷爷舔舔上颚，用大拇指跟食指捻捻他的胡子，回答我的问题。

"嗯，分好的或坏的血统啰。一个想当骑士的人，得在七岁的时候就懂得勇往直前。他得把一切快乐留在家里，然后搬去主人的城堡。我的老天，那真像着了魔似的！他们称这个小男孩为侍童，但根本就当成仆人使唤。这个侍童得站在桌旁侍候，擦亮所有金属用具，清理厨余桶。他只能吃主人没丢去喂狗的食物，他得砍柴挑水，如果他不向每个人鞠躬，就会挨一顿毒打。他每天都得去上主日学，据说这能让他学会规矩。

"当有空的时候，他必须学唱歌跳舞，弹竖琴，还有呢，他还要学习猎野猪、骑马，以及跟猎鹰和猎猪犬一起工作。他还要跟其他的侍童练摔角，用木棍代替矛来练习打斗。

"长到十四岁，他就可以晋身为绅士了，这个时候，真正辛苦的工作才正要开始。他必须学会在马匹狂奔的时候用长矛叉中它，必须穿上连身工作服与全套盔甲，跃过溪流、攀登高墙，还有其他诸如此类繁重费力的工作。通常他们会损失很多绅士，因为如果有一个人试着跃过深渊却没有成功，他就会很快沉入河底；如果有一个人爬墙踩空了一步，你就会听见哐啷一声，然后有人就得去找尸体。除了国王，城堡里最重要的人就是铁匠。他忙得要死，因为从死掉绅士身上脱下来的盔甲都摔坏了，要靠他不断修复上面的凹痕。

"这些例行工作占据了绅士们大部分的时间，他二十一岁时，如果还没有严重受伤，就要开始学习鞠躬、亲吻手背等礼仪，在钢盔上绑上手帕，还有和女孩们调情。终于，他成为骑士了。他们会用剑在他的肩膀上击三次，然后给他顶帽子，告诉他：'你走吧，去当个游侠骑士，去屠龙或做任何什么事吧，别回来了，因为我们已经浪费很多金钱跟时间来教育你了。'"

爷爷停了下来，用脚尖拨弄了一下炉火。他坐着，凝视着闪烁不定的火焰。终于，他又问："你还是想当骑士吗？"

"不想了。听起来要做很多辛苦的事，但又得不到相应的报酬。现在你已经把骑士华丽的羽毛都剪掉了，也许我该忘了这件事，去找找别的工作来做。"

"我就希望你这么想。"爷爷说，"当你跟我一样老的时候，你就会知道，把华丽的羽毛剪掉以后，底下除了辛苦的努力，其他什么都没有，所以你最好还是专心在你所拥有的事物上，不要整天做梦，想当个印第安人、牛仔，或是驯兽师。狗儿、船、猎枪、钓具还有书本——没错，我就是说书本——已经足以让你现在的日子过得很好了。举例来说，你认为我都从哪里学到这些跟骑士有关的事呀？"

"从书里。"我说，"我想，是从书里读到的吧。"爷爷表示同意。

他说："好啦，小侍童，你可以去我的卧室找一本叫作《布尔芬奇神话笔记》的书，还有，为了你的国王，去衣橱里找一瓶蜂蜜酒。我想它是藏在长靴的左脚里面。小心别打破了，更别妄想可以尝尝看。蜂蜜酒不是给小侍童喝的，甚至不是给绅士喝的，蜂蜜酒只能给君主或国王饮用，还有当骑士带着他们的第一只喷火龙逃回来时才可以喝呢！"

第十五章

打猎不开枪

随着年纪日渐老去，爷爷越来越不能进行粗重辛苦的打猎或钓鱼了。他会说："我想我会要男孩去做男人的事。"然后把我送到野外或水边，自己留在家里，舒舒服服地坐在炉火前。当小男孩回到家，全身冻得半死或像落水狗般全身湿淋淋的时候，爷爷会仁慈地笑一笑，挖苦地说："像我这样又老又虚弱的人呀，现在的乐趣来源，就是想到你在雨里冷得要命，想到你错失掉身旁的鸟儿，然后怀疑自己为什么要这么费事地教会你打猎。"

当我年岁渐增，自己也当了爷爷时，也越来越少去打猎了，却尽量鼓励别人打猎。虽然我没有坐在炉火边，但我还是从旁观许多新手的行动中得到无限的满足——这些新手也会不小心犯我过去犯的错误——比我以前自己去打猎的时候感觉还更满足。

爷爷说："打猎跟钓鱼的好处，在于不一定要亲自去做才能得到乐趣。你可以每晚上床睡觉时，想想你二十年前某一天曾有过多少乐趣，那么所有的回忆都会突然涌现，像月色一样清晰皎洁。

"你可以聆听别人吹嘘自己如何抓到一只大鱼、射中一只鹿，或是他那天掉进了鸭塘中，这一切听起来都如此真实不朽，因为仿佛是自己又重新经历了一遍一样。同时——我并不想听起来像波丽安娜[1]一样过度乐观——你真的会体会到施比受更有福的道理。再说呢，虽然这是渔猎规则里的陈腔滥调，但如果你已经做过一次、两次、三次以后，选择退出留些活口给其他的伙伴，又有什么不好呢？"

当我跟妈妈第一次带新手到非洲去时，爷爷的这种心情常常让我深有同感。除了猎一些露营时必要的食物与几只小鸟，我几乎没有开火。巴柏和珍妮·罗威是客户，如果你问问罗威夫妇有什么心得，我相信巴柏会对这趟非洲狩猎有很多精彩的见解。至于美丽的金发珍妮，她是那种你会觉得应该是在"21俱乐部"[2]看见的、穿着贴身黑洋装的美女，但是，我从来没看

1　参见页 152，注 1。
2　21 俱乐部（21 Club），纽约最知名的高级餐厅俱乐部之一。

过有个女人会如此快速而隽永地爱上非洲丛林。虫子、灰尘、雨、陷入泥沼的交通工具等等这一切，这位优雅的女士都没让我听到任何抱怨。

她的先生每天都是我们快乐的泉源。没人像他一样享受非洲。他"发现"大象、狮子和豹；他像第一个亲眼看见上百万的羚羊装点着一片绿油油大平原的活人；没有人像他这样观察水牛；连柳橙的滋味这种小事，对他来说都比香槟更有强度。当他在一个特殊的情况下杀死一只豹以后，他几乎胡言乱语了一整个星期。

这只豹在白天出现，它跑进一堆草丛中，罗威夫妇和其他扛枪手跟了进去，然后这只豹开始追踪罗威（因为后来我发现它的脚印压在罗威的足迹上）。他们进出草丛三次，最后这只豹终于跑到草丛外的空地上——枪手正好站在它的面前。

这群人从右侧包抄攻击，豹子竭尽全力逃向左边。罗威向它肩头射出致命的一枪，当他早上十一点左右返回营地时，他的路虎越野车上，载了一只满身豹纹的美丽野兽。我自己的树上就有五只雄豹，但这只是巴柏·马库柏·萨纳·卡比萨·罗威自己射中的，自己一个人喔，他就是这么厉害。他急急忙忙跟我分享他的战绩，话都说不清楚，我忙着看他肩上的猎物有多大。

罗威抓着我的衣领，对我大声咆哮："你都没注意听我说！"

他尖声叫："你都没注意听我说！那些男孩最后一次跑回草丛外，射了几枪，这只野兽就跑出来……"他滔滔不绝一直继续讲下去。

这个关于猎豹的话题持续了一个星期以后，我跟女士们下了一个郑重的结论：我们希望那只豹杀死了罗威。因为你可以想象吗？当罗威述说他的这场冒险时，我们已经从非洲到西班牙，又到美国，再到伦敦跟巴黎了。但我的确得承认，聆听他的故事让我得到更多的乐趣，比他抵达前，我自己射下一只非常难猎的野兽还更有趣。而且我认为如果巴柏没有自己射下他的大猫，我还是可以高兴地在树下放饵，让树上的四五只野兽跳下地来，陶醉在发臭的大猪旁。

我发现切割发臭、长满蛆、被吃了一半的野猪也可以是快乐的。我知道没有人会偷猎我树上的豹，所以它们还可以在那里安然度过一年。

也许我也从爷爷身上遗传到一些不怀好意的幽默感，但我这一生，从来没像听到巴柏·罗威在非洲初试啼声时那么开心地笑。我让卡车跟吉普车先走，然后我们飞到一个临时的小型机场，标示机场跑道的边界，是用石头压住的厕所卷筒卫生纸，而用来指示机长风向的是一个烟熏火堆。巴柏跟珍妮从一个十足的文明世界，飞到最黑暗的非洲丛林国家坦桑尼亚。

美丽的新营地上已经搭好了一个帐篷，这是我在一个月以前发现的地方，那些男生们说："Jambo，Bwana；Jambo，Memsaab！"（非洲话"你好，先生；你好，女士！"）罗威穿上从阿罕兄弟那儿拿来的新丛林猎装，带上我那有豹纹帽带的德州牛仔帽，看起来就跟演员史都华·格兰杰[1]饰演的白人猎人一模一样，只是多了胡须罢了。凌乱的帐篷内摆着餐桌，桌上有一堆透明的酒瓶，冰箱快乐地轰轰作响，我们拿来当闹钟用的短腿鸡——露比跟罗莎——已经安顿好了，罗莎还在冰箱旁下了一颗蛋。格鲁梅蒂河欢愉地歌唱着，周围有绿色茂密的树木，新生的绿草地就像一片绒地毯铺在帐篷前。

罗威热切渴望试用他的——或者应该说是我的——武器，所以我们让他去追踪一只羚羊跟一匹野马，在一段惯例的考验与犯错之后，他的表现变得十分优异。他回来喝冷饮吃晚餐，宣称一定有人搞错了，我们一群人冲进华尔道夫饭店，却发现饭店突然搬进布朗动物园里去了。

第一天正式狩猎的结果真是出乎意料地惊奇。我们挑选了十四只落单的公水牛，都是可以射击的。它们冲进一堆草丛中，罗威像小男孩一样紧追在后，但他并不知道躲在草丛中的可能还有一对狮子、一整群水牛，和一条眼镜蛇。他也不知道我的

1　史都华·格兰杰（Stewart Granger，1913—1993），英国电影演员，大部分饰演黝黑、强壮、英俊且品格高尚的浪漫英雄之类的角色。

点 450—400 双管枪的子弹跟唐·包斯费尔德的点 450—400 猎枪的子弹搞混了，那两种枪装填弹药的方式是不一样的。所以他被迫耐心等待，直到其中一个男孩跑回我车上去拿回来换。也就是说，我们让罗威一个人赤裸裸站在许多大型的、有蹄的、有角的、有毒牙的、有尖牙的东西前，花了一段时间思索是不是非洲都是这个样子的。

最终我们的狩猎行动还是大获全胜，罗威也射中了一只属于他的水牛。但我永远不会忘记，当一个天真的旁观者，看着罗威、所有的水牛、所有的狮子和眼镜蛇突然一起冲出来时的心情。

我必须为罗威说说话，他既不胆怯也没有逃跑。他虽然最后满脸苍白，但是那支可爱的点 450—400 猎枪得到开心的宣泄。罗威驾驭得很好，在第一天就猎到了一只很棒的水牛，比我两次非洲狩猎之行，花了六个月的时间，连走带爬了近一千英里辛苦路程后猎到的水牛还棒。但在达成这个美妙的成就后，他从那天之后就几乎没什么表现。

我并不清楚这位好男人在草原上表现的详细情况，我听到的都是二手信息，因为我忙着照顾两位女士，虽然似乎唯一需要做的就是倒金酒跟通宁水、解释什么是呼啸荆棘及为什么它们会呼啸，还有准备一场生日派对。罗威太太到了另一个人生的里程碑——我相信二十一岁是女士们可以接受的年龄——我安排了一群昔日的食人族为她庆祝。

那是一个很棒的生日派对。首先我得先用斯瓦希里语跟罗威的贴身助理、瓦康巴斯人马提西亚解释"生日快乐歌"的基本内容与意义，然后马提西亚再把这首小曲翻译成瓦康巴斯语，听起来就是一堆咕噜咕噜的声音，结尾是："珍妮，祝你。"

同时，在举杯庆生时——杯里是很涩的马天尼——我把举杯当作暗号，让七十五个安排好的瓦伊卡马勇士在不惊动罗威太太的情况下，偷偷潜入附近的草丛。这是一个非常困难的任务，因为这些勇士们从三天前就开始在身上画上图腾，戴上铁制的头饰，腿上绑了会发出声响的铁饰，带着刀和矛，而且几乎都有点醉了，心情处在派对高涨的欢乐情绪中，要他们偷偷摸摸行动，真不容易！

他们忽然集体冲出来，像马赛族的战争部队突然涌向基库尤族，这是我第一次看见一向沉稳的罗威太太失去冷静。七十五个全身画满图腾的瓦伊卡马勇士穿着整套作战装束出现在眼前，尤其是突然从四面八方进出来，这种场面绝对不会让你立刻反应到这是一场恶作剧，可以轻松大笑的。我认为坦桑尼亚的生日派对，就像煎鱼或野餐，或那只罗威没有射杀的狮子一样，都是狩猎的一部分。

我们获得特别允许让巴柏可以接近几头狮子，但在跟我的几头狮王好友熟识后，他断然拒绝狩猎狮子。这个举动让他瞬间从一个打猎新手，变成老骨头中的一员。

我们几乎每天都跟几只温和慵懒美丽的狮兽握手，包括两只年轻狮子，它们是我见过最美丽的四脚动物——一只毛色很深，几乎是深蓝色，另一只全身金毛跟玛丽莲·梦露一样美丽。

"我的老天！"罗威说，"怎么会有人能猎杀这么美丽的动物？这就像射杀你的好友一样。不不不，谢了，我可不杀狮子。"

目睹一个人在一个星期之内，从一看见枪就兴奋的样子，变成一个彻底的保守主义者，真像首美好的音乐。通常第一次打猎的人总是说："我今天可以朝什么动物开枪呀？可以杀几只呢？"然后老手就会和扛枪小弟对看一眼，耸耸肩。当罗威拒绝猎杀温驯的狮子时，我真是觉得骄傲无比，比当上双胞胎的父亲还骄傲。你几乎可以感觉到，整个营地的气氛都改变了。

后来更多的改变，是因为约翰·苏顿带罗威去看什么是他所称的"侦查逃亡"。那是原本群居的大象，被不合季节的大雨弄得四处逃散的景象。对路虎越野车来讲，在五十英里没有铺设路面的地面上行驶，就算是一段很长的旅程了。苏顿是一个很认真的专业猎人，他带着罗威走了一趟六百英里的旅行，没有扎营、没有睡觉。如果说苏顿在回到营地跳下吉普车时，看来像个全身伤残、快要阵亡的人，那么罗威根本就像个没有怨言的尸体。我倒是挺好的，只跟女士们一起猎猎鸟，而且罗莎又下了另一颗蛋。

但睡了一夜罗威就起死回生了，隔天他又跟另一位猎人唐去打猎。他披着雨衣，带的口粮又不太够，但他还是一直撑到猎得一对美丽的象牙，才返回营地。这对象牙就算是他的毕业证书了。我们收拾包袱，前往蒙巴萨，在那儿，纯粹只是钓钓鱼。

罗威的非洲狩猎之旅，带给我前所未有的成就感。他在四个星期以内，就在肯尼亚跟坦桑尼亚得到狩猎执照，他的战利品都是上等的。你不曾听过他的枪支走火。非洲狩猎之旅对友情很可能是很大的考验，但在这一个月里，我们六个白人——我、妈妈、珍妮、巴柏、唐、约翰——在一起，一点冲突都没有。我知道很多相识多年的朋友，一起在草丛中待了三天以后，就不再交谈了。

这次狩猎中最认真的一次打猎，是一场私人仇杀，是我跟短脚鸡露比之间的。我跟露比从第一次见面就很讨厌彼此。它会跳到我在营地的椅子上大便，还得意地咯咯大叫。然后它会冷冷啼一声，再昂首阔步地走去啄罗莎的头。我把一个水瓶扔过去狠狠地砸中它。我并不是为了增加什么自己的战果，但这个短腿公鸡知道它碰到了一个更厉害的人。有一次它狂飞时，我用一个汽水瓶引导它，然后狠狠地砸过去让它摔下地，使它勃然大怒。从那次以后，露比才真的知道，谁是这里的主人。

因为与罗威的狩猎之旅实在太棒了，所以我决定继续测试一下自己的运气。我有一个西班牙好友，我自认跟他的交情相当不错。应该可以让瑞卡多试试，还有……好吧，我们走着瞧啰！

爷爷对朋友们在新环境下相处有一套自己坚持的理论。他曾说："男人要在树林里或是水上才能看出他是不是个英雄。我才不在乎他是不是有一千万或是六艘快艇。如果他的射击技术很烂，他的狗就不会把他当成英雄。如果他贪取别人的猎物，他的朋友就不会把他当成英雄。你让我跟一个人在树林里或是一艘船上相处一个星期，我就可以告诉你他会不会打老婆，或会不会把公司的资产卷款逃走。"

这不是第一次有人这么说了，但事实真的就是如此。虽说需要两天或两个星期不等的时间来证实这句话，但是结果一定是这样的。都市的外表装饰是很浅薄的，就算一个在都市里是大人物的人，也会因为蚊虫骚扰而抱怨不停哀哀乱叫；一个平常很令人讨厌的朋友，在野外可能会突然表现出惊人的人性，对别人细心又体贴。

当我还是个孩子的时候，那时的爷爷不只是年轻而已，还明显地比他实际年龄更精神奕奕，活力十足。我记得我们跟他最好的一位朋友决裂的事。那是一件简单的、跟猎鹌鹑礼仪有关的事。这个朋友是个会偷取别人猎物的人，他总是紧紧跟在猎犬的脚跟后面，这样当鸟儿飞起来的时候，你只有一个选择：不开枪，不然就得从你朋友的背后开枪。当你越过指示犬走进鹌鹑群，如果鸟儿往你的方向飞去，这位朋友会趁你弯腰的时候开枪，让子弹越过你的背。

爷爷说："我用了半辈子的时间教狗儿，让它们表现得像懂事的人；现在我竟然有个朋友，行为还不如懂事的狗儿。我想我们不要再跟乔一起去打猎了。"

我们真的这样做了。我们在街上很客气地告诉乔，在街上时他并不讨人厌，但是我们不再跟他一起打猎。除此之外，他还有一个坏习惯，总是把不知道是谁打下来的鸟儿通通当作自己的，从来不在一天结束时，把猎物跟一起打猎的伙伴平分，连提都不提就占为己有。

在我所知的范围内，我想，超过一天的水上之旅或狩猎之旅，是过滤人际关系最好的方法。也许搭船效果会差一点，因为你只是个受困在外海上的客人。但是，狩猎之旅需要花上几个星期到几个月，通常不可避免地会以冲突收场。因为那种情况下的相处沟通实在太紧密又太频繁了，但外在环境却很广大，这种时候，人是很卑微渺小的。

通常我对带去非洲狩猎的人都很公平，因为之前我或多或少都会稍微测试一下他们在其他情况下的应对。也就是说，之前曾跟他们一起钓鱼或打猎过，至少曾拜访过他们，这样对你要负责带领的究竟是个什么样的人，多少会有点概念。

但结果总还是无法预测。我认识一些人，原本只想去野地摄影的，但突然变成了一个嗜血的屠夫，也有人本来想去猎杀写在清单上的所有动物，但最后变得只想赏鸟。任何一个读过海明威作品的人都知道，非洲对改变人格个性有巨大的影响力，勇敢的人变成懦夫，懦夫变成勇士，乏味的人变得活泼有趣，魅力无穷的人变得无聊。

但不见得非要到非洲来挖掘男人与女人的真实面目。在北加州就可以达到在肯尼亚北边境的效果。不知怎的，鸟儿跟动物们就是知道，原住民同胞也确实能了解。我好几次去苏格兰猎松鸡，只需一天的时间，当地的狩猎向导就可以蛮精准地告诉我，那些我带去的客人们的基本个性。所以玛格丽特会跟彼特离婚，还有那个伊恩会把银行的资产掏空一点都不让你意外，只是时间早晚罢了。

你也无法倚赖前例分别类型，甚至依靠之前的经验也不行。我们很幸运曾与巴柏跟珍妮·罗威夫妇同行。这回我带了西班牙朋友瑞卡多跟哈利·席比、约翰·苏顿两位专家。同样的，除了几只鸟儿跟露营需要的食物，我都没开火，所以这位西班牙人可以有很珍贵的机会，跟这两位最厉害的非洲专家（我是这么认为的）讨教。

如果你碰对了人，西班牙人的狩猎是好得不得了的，他们喜欢让双枪管保持火烫，并不停忙着上膛。我很好奇瑞卡多会不会想向他看见的第一只大象、狮子或水牛开枪，会不会想听见枪响，并且捡回那些新鲜肉块。

我真不应该对瑞卡多持保留态度。后来席比跟苏顿说，这是他们最棒的一趟狩猎之旅——而瑞卡多跟玛丽德是最好的客人——跟他们所有加起来的经验相比。

让我来介绍一下瑞卡多。他是一位百万富翁，差不多三十五岁时，靠着两百元现金白手起家，凭良心脚踏实地地赚钱。他有跟英国人及美国人并肩作战的辉煌纪录，那时他所参加的地下组织在法国南部运作。他是一位优秀的作家、不错的斗牛士、厉害的骑士、好枪手，还是鉴赏艺术品的行家。他有一艘豪华游艇，他认识每一个纽约、伦敦、蒙特卡罗、巴黎及马德里的重要人士。如果真的有人天生就适合在野外当个流浪汉，这个人也就是瑞卡多。

这些都不是点滴累积而成的。从他去肯尼亚首都内罗毕的那天起——在往马德里机场的路上出了车祸，撞伤了他的脸——瑞卡多就注定会有很大的成就。我的老友席比腿上有一对活塞，还有跟公牛一样魁梧的身躯。瑞卡多因为车祸的缘故一直不太舒服，健康不是在最佳状态，但席比还是胆敢让他接近死亡。

他们每天都凌晨三点半起床，开几小时车，就为了在黎明时可以近距离猎杀狮子。当这个清晨逼近狮子的猎杀计划无法成功后，他们就把剩下的时间都拿来追踪大象。他们每天回到我所在的舒适营地的时间，大多是晚上九点的时候。

我们在肯尼亚的最北边，太阳每天都猛烈地落下。虫子会叮人，大象会侵扰营地，车子会抛锚。但瑞卡多一句抱怨都没有，整趟旅程中，他甚至连一顿像样的午餐都没吃到。他跟席比会猎一些东西，像鸟或是其他小动物，然后在柳枝上烤来吃。

我们——更多时候是只有他们——至少要看过一百五十只成熟的公象，才会决定猎杀其中一只。如果有更多时间，他们还会再多看一百五十只，只为了找一只最上等的公象。最后，他们终于猎到一只八十吨重的。

他们猎狮子或是美洲豹，就像去神殿朝拜一样慎重。平均每天坐越野车开两百英里路，再用双脚走二十英里路。有一天瑞卡多差点中暑昏倒，但他还是没有抱怨。他自己站起来，抹去额头上的冷汗，然后走回去。

我得惭愧地承认，我们大部分的人，为了觅食而射击鸟禽类动物时，惊起一群静止鸟儿的方法，通常是冒险先让另一个枪管预备好，以射击起飞后的鸟儿。这是很聪明的方法，因为只要曾经猎过飞行中的鸟儿，就会知道你的速度不可能快得足以自己惊飞它们再自己开枪，况且枪的射程也够不着。

但是瑞卡多才不会这样开火。他会先朝天空射一枪，然后在飞向天空的鸟儿中碰运气。（他有一天真是很幸运。有几只鸟从他的路径上飞过，他一枪轰死了八只正在飞行的鸟喔。）

我们常有一次就能杀死几千只沙漠松鸡的机会，如果靠它们够近，就能让它们像小水鸭般龙卷风式盘旋，再把它们逼到水洞里。它们每天必须啜饮在沙漠中生存所需的水分，这样只要一枪你就可以打中十只、二十只或是三十只。但瑞卡多只射击飞得两倍、三倍、四倍高的松鸡。沙漠松鸡飞得又高又快，除游隼外，这是我所知飞得最快的鸟了。

　　瑞卡多终于在黑暗中射中他的豹，射中它的左眼。他在最后一天的最后半小时里，在肯尼亚山的山坡上猎到了他的水牛。他在水牛奔跑时射中它，让它从奔跑的路径上摔落。

　　整整一个月之中，他没有任何一点不耐烦，没对这一切辛苦的工作有任何抱怨，费了半天劲却没有猎物时，他也不哀号。如果他愿意，他可以猎到半打狮子，但因为没有够好的狮子，所以他就没有猎。他可以射光整个荒野，但他没有。他跟白人黑人猎人都培养出深厚的友谊，现在连史瓦西利说话都有点西班牙口音了。我们常常一起放声大笑，这是狩猎中很重要的一件事。我非常以瑞卡多为荣，我的老朋友们似乎也因为我带他来而骄傲。我在当地也因此享有好的名声。

　　对我来说，打猎的基本要素就是这个词本身——打猎，而不是杀害。不论是一对美丽的象牙，一只珍贵的野鸭，或任何鸟类或兽类身上的稀有物品。就是难以解释的感觉，让你分辨一个人是男人还是小男孩。如果你非得定名，可以叫它"圣杯情结"，你一定可以在猎人及他周围的人脸上看见。

当爷爷越来越老了以后，他越来越无法从猎杀上得到乐趣，但越来越可以从带别人去打猎中得到乐趣。我们后来又去了一次非洲狩猎，在乌干达猎到两只又大又漂亮的狮子。因为限制猎杀，那一年要猎狮子几乎是不可能的事情。就狩猎权而言，这两只狮子都是我的，因为是我开枪的——虽然猎饵是我跟哈利一起布下的。但可以把狮子分给别人更好，看见别人终于可以拥有自己的豹、水牛，或是非洲大羚羊，实在是很开心。

我也很高兴自己获得了一个很棒的战利品。那是一只很大的兔子，我给了它两枪才杀死的，但我已经好久没猎到兔子了，这样至少我可以拿着猎物照张相。我从这只兔子身上得到的成就感，让我回想起爷爷的评论："如果你已经做过的事，那么看别人做一样的事会加倍快乐，而且他们会做得很好，让你不用再做一次。"

这让我想到我已经猎过够多狮子老虎了，所以我宁可观赏大象而不是猎杀大象。不过很不幸的，这原则不适用于鹌鹑，只要一想到鹌鹑，我还是跟第一次打猎时一样嗜杀。我的第一只鹌鹑把我吓坏了，我不但放弃了，还得连续两天有人扶我上床。

我已经描写过两组人马了，还有另一组即将到来。我和罗威夫妇的友情还是很坚贞，瑞卡多也通过了所有考验，现在有另一组在瑞卡多之后到来。这是从美国中西部来的麦可跟吉儿。要考验他们很困难，因为麦可对中西部狩猎太熟悉了。这些道地的业余人士把自己交到你手中，如果出了什么差错，就是你的责任。有时候，人们对原本的狩猎环境太了解，就会想把同样的知识拿到非洲来用，在这个过程中，他们会做出很多愚蠢的事情。每个人都会犯错，但从他们的角度看起来，在别人的国家里会更感到挫折。

这一次我们在肯尼亚马赛族人的高山上，那里有温驯的野生狮子，会让你晚上保持警觉，河马在马拉河[1]里戏水，吸血蝇会在你的皮肤刻上它的名字，土狼会让你想到精神病院里的星期六晚上。营地里一直都很快乐，直到有一天，一辆吉普车牵连进一场灾难中。

爷爷曾经引述一些关于猎人的名言，有句话一直深深烙印在我的脑海里，那句话是说："没有人可以称自己为真正的猎人，除非他真的犯过一次最大的错误，而且是他最不想犯的错误。"

爷爷是这样形容的："他们会嘲笑你，并且讲给很多人听，说你竟然让那只大鱼跑了；他们会开你的玩笑，因为你得了痴

1　马拉河（Mara River），流经肯尼亚及坦桑尼亚的一条重要河流，由北倒流贯穿整个马赛马拉自然保护区（Masai Mara reserve），这里的河马及鳄鱼非常多。

呆症，要不是忘了上膛就是忘了拉开保险栓。但是如果你审视那些花了相当时间打猎或钓鱼的人们的一生，就会发现每一个人，不管是一次或多次，都曾犯过一些错误，让他在接下来的野外生活中，只要一想到就很想在背后踹自己一脚。但那从来都不是个大错误，只是一件很小很蠢，连小孩都不会犯的错，但就是会发生在很熟悉渔猎的人身上。"

我想那时我年纪很轻，一向骄傲得很，我说我没犯过愚蠢的错误，而且我以后也绝不会犯。

爷爷笑了笑，高深莫测的笑容藏在他的胡子下。"孩子，还早哩。"他说，"你至少还有六十年的光阴印证这个理论。"

结果他是对的。不过这不是我的故事。这是我们这个叫麦克的朋友的故事。

当时麦克正值中年，来自西部的他，只要有空，大部分的时间都花在打猎与钓鱼上，他说直到他学会怎么一枪毙命前，他都不敢开枪，因为如果只是让动物受伤而不是死去，他宁可不要开枪。他穿阿帕奇族的鹿皮软靴，让他可以静悄悄地追踪猎物。

事实上，与其说是狂热的猎人，麦可更像一个发疯的钓鱼手，是我们中间最内行的干式毛钩钓鱼能手。但他喜欢猎鸟，他射杀过麋鹿、黑尾鹿与羚羊，他曾用很细的渔线钓上愤怒凶狠的大鱼。很大部分是因为我的缘故，麦可在非洲被蚊虫叮咬得很严重，伤口急遽恶化，就为了他那迷人的妻子吉儿想要一张豹皮铺在她的壁炉前。

吉儿有北欧血统，是个果决坚定的女人，如果她说想要什么，最好就可以真的给她什么。这就是麦可跟吉儿这趟狩猎之旅的主要目的：麦可会射中一只豹，让吉儿可以把豹皮铺在壁炉前，让孩子们跟小狗在上面打滚，偶尔坐在上面啜饮马天尼时，回味在非洲草原上的美好回忆。这样吉儿可以告诉朋友，她的男人麦可是怎样从草丛里拖着只全身斑点的大猫的尾巴回来，这全只是因为吉儿想在自己家摆一张毛皮当地毯。

好啦，老天，这趟狩猎之旅我们跑了一大堆地方，从最北边的肯尼亚，到最黑暗的乌干达，再回到肯尼亚——这趟风尘仆仆的漫长旅程只是为了证明——不知道为什么我们就是找不到一只豹给麦可。动物都藏在树上，让人只能望着流口水。打猎的掩护都盖好了，当诱饵的动物死尸也已经布好，尸体味道都发出来了，也挖了小水坑侦测豹的出没。我们执行清晨任务，也执行傍晚任务，我们在日出前最黑暗寒冷刺骨的时候，忍受草原上的蚂蚁，爬行好几英里，或整个下午让虫子恣意叮得全身是伤，不屈不挠地等待，一个下午等三小时，每个下午都去，还颠颠簸簸地开车回营地，累得全身颤抖无力，更是脏得不像话，只有力气直接上床倒头大睡，但还没到月正当中就又爬起来，从头再来一次。

几个星期过去了。最后轻盈的母狮爬上树把麦可的猎饵给吃了。也有次有只犀牛——整个区域里唯一的一只犀牛——紧追一只花豹想置它于死地，让它真是吓坏了，就再也没回来过了。但麦可是一个毫不畏怯的猎豹人，而无畏的猎豹人至少有部分是白痴。他在黎明前爬下床，查看那些虚弱的猎饵，然后漫无目的地查看附近广袤的区域，寻找着难得的机会——一百万分之一的机会——当正常的花豹应该都在灌木丛中睡在温暖的床上时，那个夜行者可能在某些夜晚和其他朋友一起熬夜，然后在日光亮起时游荡回窝里。

麦可已经可以很熟练地使用我的点318口径威斯特雷·理查猎枪了。那是很标准的来复枪，射程大约是两百五十英里。他很信任这把枪，因为他用这把枪射中了一只很棒的狮子。他对狮子并不是很感兴趣，直到他看见一只狮子坐在猎豹的诱饵底下，我相信他杀了那只狮子，只是因为它有可能阻碍豹子来吃挂在树上的猎饵。

这个故事真是说来话长，但我会长话短说。生活严谨、目标明确的生活终会有所报偿的，这一天终于到来了。当麦可开着车在马拉悬崖顶上绕，查看有没有豹吃了当猎饵的羚羊尸体时，这百万分之一的机会突然出现了。

一只很大、非常大的豹——大约有五英尺长，也许——缓慢地穿过车道，光天化日之下，从容晃进一小片草丛里。这场坎坷的寻找圣杯之旅终于到了尾声，因为这片草丛范围很小，可以很容易就把这只豹驱赶出来。陪伴麦可的专业猎人把车停了下来，他们缓慢地逼近草丛。

他们可以听见草丛里传出豹的咆哮声。猎人持枪站好，扛枪手开始把木头扔进草丛。豹跑了出来，动作并不快，有一点曲折地跑着，目标就像一座大房子这么明显（对麦可这么厉害的枪手而言），特别是用这把他所信赖的点318口径猎枪。吉儿正看着这场秀，已经可以想象自己在壁炉前，手捧马天尼，坐在这花纹缤纷、又黑又亮的豹皮上了。

麦可的视线紧盯着豹，差不多距离二十五码时，开了一枪。照正常的逻辑来说，在点318口径猎枪尖锐的枪响后，会听见豹子纵身一跃时发出的最后一声咆哮，然后这对夫妻互相拥吻，真心恭喜美好的胜利，结束这场狩猎之旅——吉儿会有她的地毯，麦可会成为家族中令人骄傲的一员。

一声艰涩的响声响起。花豹消失在草丛中再也看不见了。通常豹只要一跑进草丛消失后，就再也找不到了，除非它受了伤，留下血滴。花豹没了。

麦可站在那里，像看陌生人一样看着手中的枪；这只来复枪是伦敦最好的制枪人所做的；这只核桃木枪托的枪，它的设计以子弹射出的速度飞快而闻名，可以从头到尾贯穿一只大象。

到底发生了什么事呢？很简单——那是一个爷爷曾经提到

过的小错误。几年前，我在这把来复枪上架设了一个很低的瞄准器。这个瞄准器会影响到保险栓，所以我把保险栓拆了，打算换成另一种款式的保险栓。但是随着时间流逝，我发现根本就不用麻烦再换装一个，因为当枪膛里有子弹时，只消把枪膛拉出一半，枪就有了安全保险，不会走火。当需要射击时，只需把枪膛用力推进去，就可以立刻变得邪恶凶狠。

这只豹跳出草丛的场面实在太美了，麦可因为不适应这把来复枪，忘了要把枪膛推进底部。猎豹的时候，不允许任何差错，一点极小的差错都不行。

这种时候，其实没有什么安慰的话好说。但我还是想帮点忙。我跟麦可说他只不过是"漏气联盟"里新手中的新手，因为所有认识我的人都记得我那个老虎跑掉的痛苦故事。

这只特别的老虎是印度中部马德拉省最大的三只之一，我像杀死另外两只一样杀死了它。那是一只很大的老虎，是会偷我们猎物的小偷，我射中了它的颈部。我的印度向导跟我互相恭喜，建议我们再补上一枪以确定杀死了它，我摇摇手。何必呢？我们抽了几根烟，喝了口水。大概就在那时候，老虎站了起来，慢慢走开。我们再也没看过它了。

这个老虎的故事稍微安慰了麦可，但还不太够用。爷爷曾说你永远不会忘记让你捶胸顿足的错误，所以如果有人说麦可的豹到了明天就不过是场回忆罢了，我会说不不不，这只豹会越长越大，即使二十年后麦可还是会一样痛恨自己。

"这就是打猎最美的一部分。"爷爷说，"即使别人都已经忘记那个悲剧事件了，猎人还是会想狠踹自己一脚。在打猎这种事情上，就分别出男孩跟男人的不同了，因为一般男人会假装事情不曾发生过，就算不得不承认确实发生了，也是别人的错。真正的男人会继续去打猎，而不是从此只猎猎附近树上的小动物而已。"

麦可是真正的男人，而且我很确定当我们转往洛伊塔平原[1]以前，他一定会猎到他的豹，而吉儿有一天一定会坐在她壁炉前的地毯上，搅动着手上的马天尼，最涩的马天尼。

就像爷爷说的："精力充沛不需要太多天分，倒霉的事不会持续太久。"爷爷认为男人的身高是根据这个测量的：当命运的木棍痛击在他头上时，他可以笑得多久。

麦可后来射中了一只很大的花豹。但再怎么样大，也不会比那只逃掉的豹更大。

1　洛伊塔平原（Loita Plains），同样位于肯尼亚马赛马拉自然保护区附近。

第十六章

狮子与骗子

非洲的马赛族，或者是索马里族，流传着这样一句谚语："一个勇敢的男人会被狮子惊吓三次：当他第一次看到狮子的足迹，第一次听到狮子的吼叫，还有第一次真的见到活生生的狮子时。"可惜爷爷没能活着亲眼看见到他的小男孩到非洲去，因为我会对这套说法有些补充，而我相信他也一定会同意我说的话。

一个人在第一次与狮子相遇后，就会不自觉地变成一个骗子。如果一个人心中有丝毫微小、模糊的谎言，那么他第一次见到狮子时，这些谎言就会赤裸裸地暴露出来。虽然和狮子相较之下比较没有那么明显，但是遇见雄鹿也有相当类似的效果：起初只是出现忽冷忽热的"鹿热症"，接着就伴随着微小的谎言，让当时的情景渐渐失真，最后更彻底发展成为幻想，甚至出现医学上所谓精神分裂症的早期症状,让每一天都变成愚人节啦。

如果说到鸟儿们,我相信鹌鹑已经伙同其他有翅膀的同伴们,一并否决了人类的诚实。虽然猎鸭和猎火鸡的骗徒们,除了狩猎时哄骗猎物的谎言,还乐于彼此吹嘘争辩关于戒酒或其他事情的真相。如果在异地,我认为猎老虎的骗子几乎和猎狮子的骗子等级相同,而猎非洲象的则该独自归类在骗子生产器那一个等级。

当然,像这类的谎言只能算是小儿科吧。那些登上高山寻找阿尔卑斯野山羊、塔尔羊、山绵羊、山羊、岩羚羊和斑纹大羚羊等高级猎物的人们,则不属于这种"海平面"等级的吹牛大王,海拔高度很明显地会加深幻想的程度;稀薄的空气解放了人们的想象力和舌头,毕竟在那些地方,往往很少有目击证人可以证明你说谎。所以喜马拉雅山雪人这类传说应该也是这样来的吧!

爷爷对于打猎骗子的吹嘘有一番独到的见解。他说当年他狩猎成绩辉煌,随着年纪增长智慧渐开,他比任何他所认识的人,都更擅于捏造天衣无缝的谎话,而且他不会刻意添加太多俗不可耐的细节。爷爷相信,当你决定要吹牛时,应该从最基本的架构开始,然后再慢慢夸大。一个骗子如果先设计好谎言的架构,接下来就不需要添加太多花哨的修饰,也能把谎话说得跟真的一样啦。

爷爷曾说过："一个吹牛的猎人，并不是真的心存恶意，只不过是碰上了自己难以掌控的情境，才让一个诚实的人变成了一个骗子。这种骗子和其他说谎的人不一样，因为借由反复的练习及细心的经营，那些谎言最终将变成无法动摇的事实。但是，吹嘘猎犬的鬼话就不一样了，那些说他的猎犬、拉布拉多犬、指示犬或赛特犬会在公证人面前，对着肯乐迅牌狗食发誓之类的胡说八道，我可是绝对不会相信的。"

要解析不怀恶意的谎话是一件很复杂的事情。首先，一个沉默的自欺者并不算是说谎者，因为这些谎言是对自己说的，而且就像用苍蝇拍扇风一样，不至于造成什么样的伤害。渔夫也不算，因为渔夫在放下钓竿前就开始对自己说谎了。对那些自欺者而言，谎报多一磅鱼获，夸大一英寸兽角，或者将猎获物吹嘘成两倍多，对自己并不会造成什么实质上的损失。

如果节制一点的话，这样的自我欺骗很难被发现。当你注视着壁炉旁那一对象牙时，主人平静地说："一百一十六磅和一百二十磅。"当然啰，他比大象的鬼魂还清楚，这对象牙明明只重一百一十磅与一百一十二磅。然而，某种原因却让他替这战利品加了几磅，即使这并不会让象牙的外观与实际组成产生任何改变，而且，他的谎话也不会让这对象牙就真的增加了重量呀。

据说，象牙在完全变干后重量会减轻，但是我这对最好的象牙却与众不同。这六年里，一年中有六个月这对象牙都在壁炉边让炉火烘烤着，从原本潮湿时的一百一十磅与一百一十二磅，变成干燥后的一百二十磅与一百二十五磅。我想随着我的年龄继续增长，这对象牙最后会分别增重到一百九十五磅及两百磅吧。

大象是世界上最大的陆栖动物，相反地，就我所知鹌鹑是最小的凶猛鸟类。然而，鹌鹑却比大象更具有颠覆事实的影响力。我始终相信我曾经只用了十三枪就打下十五只鹌鹑。虽然我经常提到这件事，然而，它却完完全全是一个谎言；当然这的确是一件发生过的事实，只不过是发生在伯尼·布鲁奇先生身上的事，而我不知羞耻地把它剽窃过来当成自己的丰功伟绩罢了。我也不知道为什么我会这么做，就像亨利·麦克雷默也不知道他为什么会偷了艾伦·史密斯那个"变身小猫狗"的梦一样。

我这辈子已经打了两只大象、两只老虎、两只狮子、五只花豹……噢！赶快制止我吧！不然再继续瞎扯下去，我就会让卡拉摩贾·贝尔[1]和吉姆·科比特[2]相形之下像个胆小鬼了。奇

---

1 卡拉摩贾·贝尔（Karamoja Bell），以在非洲猎象闻名的传奇探险家。
2 吉姆·科比特（Jim Corbett, 1875—1955），祖籍英国，生长于印度的传奇猎人，后来转变成动物保护主义者。

怪的是，那些关于野外经验的吹嘘谎话，通常比较着重在夸大猎物的数量，而不在猎物的重量或者是体形大小。我的意思是说，我利用"控制动物族群"的方法[1]——理论上会将象群减低到三四百头的族群大小——猎捕了大量的大象，然而事实上我却连一枪都没有开过。但除非你真的仔细地听清楚，否则你可能会相信我曾射杀了三百头大象，而且被拥立为"穷人的守护神"，然后正式颁发奖章给我，以表扬我的光荣功勋！

有一个关于大型猎物最奇怪、最一致，但也最不真实的说法的是："所有的公象都是流氓，而所有被猎杀的狮子、老虎跟花豹都是食人魔。"我知道一定有流氓大象的，因为大家都那么说嘛，但我从来没有亲眼见过就是了。毫无疑问的，确实有会吃人的大型猫科动物，但是我带回家的那些大猫咪，却连人类的一根寒毛都不曾碰过。花豹们似乎都喜爱猪肉，甚至更爱长满蛆的死猪肉，而狮子、老虎通常会选择吃吃公驴、斑马、小水牛或者母牛等等，他们喜欢肉多的动物，而不是瘦小的人类。

狮子会影响吹牛的程度，也许是因为一般人在日常生活中

---

1 控制动物族群的方法有很多种，作者所提到的方法可能是将大象捕抓起来，移到其他地区，而非直接杀死。在非洲，大象往往因数量过多，会对当地的农作物或人类聚落造成严重的危害，这也是为什么作者在后面提到，如果自己杀死了几百头大象会被拥护为"穷人的守护神"。

所认识的人里面，很少有人会有机会遇到一只如此失态的狮子，所以这样或多或少避免了别人公然挑战你的可信度，或者会出现不同人说法不一致的窘境。你的想象力因此挣脱了束缚，所有东西似乎也都跟着变多、变大了。一旦你近距离目睹了一只野生的狮子，或是一旦你在大约三十码的距离处射杀了一只狮子后，你的看法将完全改观，甚至当你提到野兔时，听起来也像只毛茸茸的大野兽。

最近，我发现当我回忆往事时，老爱说自己从未在超过十码外的地方开枪射杀过狮子跟大象。直到现在，我也不曾从后面射杀一只动物，但是，喔老天，我终于做到了！不久前，我的猎友哈利·席比真的从后面开枪射死了一头受伤的野牛，而我想不到任何一个理由可以说服自己，不把这件事偷过来当作自己的战绩。

那只让我偏离"诚实"这条羊肠小道的狮子，几乎——虽然不尽然——是我用口径大于 0.22 英寸的来复枪所打死的第一只猎物。我得承认我在非洲狩猎的第一天用这只来复枪打了些斑马和疣猪，却失手没打中汤姆森瞪羚。不过，隔天清晨我确实射杀了一只狮子。第二天就打到狮子，已经足够使一个新手乐得手舞足蹈了——尤其是这个新手还不是很确定如何装填这种来复枪的弹药。子弹从这只像是被虫蛀过的老狮子耳朵穿过去，它的身子像地毯般摊平，身上满布着苍蝇。领队席比在二十四岁时就已经是个以谨慎闻名的狩猎专家，我听从他的忠告，在我把骄傲的双脚踩上狮子的脖子炫耀自己的胜利之前，从它的肩膀后面再补上了一枪。

我们在吉普车的后面铺好临时砍来的稻草，然后把这只"狮王辛巴"扔进去，兴高采烈地一路颠簸回营地，迫不及待地向妈妈炫耀一番，她的小宝贝可是在这趟非洲旅程的第二天就这么勇敢哪！妈妈走出帐篷，用钦佩的眼神欣赏着这只猛兽，那些黑皮肤的小伙子们，已经灵敏地嗅到胜利之日一定少不了小费，纷纷称赞我是个真正的男子汉，并准备举办一场正式的庆祝活动。

当我们将"狮王辛巴"的下巴靠在石头上，妈妈准备好相机正要拍照时，"狮王辛巴"突然瞪大眼睛、竖直耳朵并发出令人魂飞魄散的狮吼。我从来没有看过这么多人如此迅速地爬上为数不多的树木和荆棘丛。

实际上，这只狮子在第一发点375口径的子弹从耳朵射入时就已经死了，射进心脏的第二发子弹更加确定了这个事实，因此在回到营地时它已经死亡了将近两个小时。它会张眼、竖耳是因为尸体开始僵硬，导致肌肉收缩造成的，而吼叫则不过是胃里面的空气突然从口腔跑出来的关系。

但是回过头重新看看之前的叙述，如果我省略掉上一段的解释，你就会觉得这个冒险故事真是精彩极了！这个事件将会广为流传，说我跑回吉普车拿枪，又再次开枪打死了那只狮子！
（实际上，我真的这么做了，因为当时的我根本搞不清楚，为什么这只死了两个小时的狮子会再度复活。）

大约一个星期后，我们又有另一个丰收的日子。早上我们猎杀了一只上等的水羚，稍晚近中午时则是一只很棒的狮子，而在接近傍晚前我们打到了第一只大花豹。这只狮子是一群母狮子及小狮子的首领，其中大约有六到九或是十二只母狮子，我想，六只应该是比较正确的猜测。但是这些日子以来，我已经把数目夸大成两打母狮子了，而且还打算让这谎言继续发展下去。

如果我没有在《野地与溪流》（Field & Stream）杂志上写过一些颇有节制的文章，而且之后又出版了一本内容更诚实的书的话，我还真不知道今天我会把那趟非洲之旅的后半段吹嘘成什么样子呢。我发现一个写户外运动文章的吹牛大王，至少还保有一丁点的诚实。如果当下他记录了事件发生时的真实状况，他就必须谨慎地对事件的基本轮廓保持忠实。我从来没有在我发表的文章中扯过什么过分的谎言，因为我留下来的随笔与草稿会无时无刻地唤起我的道德良知。只有时间与距离，会替未经装饰的事实增添多余的光环。

爷爷说过，他诅咒威士忌、火炉，还有任何会腐蚀人们诚信的事物。他又说，没有一个从事户外活动的男人，在四十岁前就能吹牛吹到炉火纯青的境界。"谎言就像是威士忌一样，随着它们在森林里流传越久，便会越陈越香。"

我生长在一个谎言满天飞的小镇，连保罗·班扬[1]的传说相较之下都算不了什么。六岁前，我就听过一个猎鸟犬的故事，是说这只忠贞的猎鸟犬因为追踪猎物而在雪地里冻死了，等到隔年春天冰雪溶化后，他的主人才发现这只只剩骨架的猎鸟犬，仍然直挺挺地盯着地上一群也只剩骨骸的鹌鹑。当然啰，还有小镇里那个技巧高超的小偷，有天晚上他溜进一户人家里偷台灯，偷灯的动作之迅速，甚至连在灯旁看书的主人都没有发现。

至于我的猎犬，我并不在意瞎掰一些我自己从没看过的英勇事迹。我想任何一只我所拥有的猎犬，都不太可能嘴里咬着死掉的鸟，脚下踩着受伤的鸟，同时还能追踪另一只活蹦乱跳的鸟。但是如果我可以把这个故事讲得惟妙惟肖，听起来跟真的一样的话，不也是件令人愉快的事吗？

等你有空的时候，记得提醒我讲一个我在卡罗来纳打白尾鹿的故事。我的猎犬们追着白尾鹿经过一个朋友家的后院，我开枪击中了它，临死前它奋力跳进了熏肉房的大门。而当我们冲进屋里时，那只鹿已经悬在那儿，鹿角正好挂在钩子上了。

1　保罗·班扬（Paul Bunyan），美国民间传说里的半神话人物。据说他在缅因州出生时，已经是个巨型婴儿，后来他在明尼苏达州落脚，并经营伐木场。

第十七章

钓鱼乐

"比猎鸭人和登山客还疯狂的，就只有全心投入的钓鱼客了。"爷爷三番两次说，"这种人会在他明知没有鱼的地方垂钓，就算只做做钓鱼的动作也很满足。事实上，比起'头脑简单的西蒙'[1]，他也不过就是多了张钓鱼执照罢了。"

当然，我一点都不相信爷爷讲的话。因为我那阵子特别喜爱钓鱼，但都是在我能钓得到鱼的前提下。

"事实上，"爷爷继续说，"我觉得全心投入钓鱼的人一定很痛恨鱼，你应该知道《白鲸》，里头的亚哈船长[2]就是一个例子。

---

1 头脑简单的西蒙（Simple Simon）是鹅妈妈童谣里的人物，比喻无知的人。

2 亚哈船长（Caption Ahab）是美国文学家梅尔维尔所著的《白鲸》里的角色。他曾在一次出海捕鲸的过程中，被白鲸莫比迪克咬断了一条腿，便发誓不论天涯海角都要追杀它，以报这不共戴天之仇。

我想你应该并不真的认为鲸鱼是鱼，但让我们这样说吧，至少鲸鱼不会走路，它有鳍，而且在水里面生活。好啦！那这样亚哈船长就是一个活生生的例子了，证明他很讨厌鱼，而且他还只针对特定的一条鱼。这份对鱼的憎恨毁了他的一生，还让他失去了一条腿。"

爷爷和往常一样又在大放厥词了，但他说的这番话却其来有自。不久前我在西班牙，就想起了爷爷的这些话。某个星期天，有位邻居不请自来，很骄傲地宣布："我又钓到一条鱼了。"那神情你会以为他刚刚得到诺贝尔奖。

两年前，当这个人搬到我偶尔会去造访的那片林子中时，他就被鱼给迷住了。他用借来的钓竿钓上了一条三磅重的鲷科海鱼，是一种有点儿像海鲈的好鱼。从此，他就彻底沉迷其中，去海边钓鱼这件事，就像只成天爬在他背上的猴子一样摆脱不掉。

自从钓到鱼那天开始，只要他星期天待在帕拉莫斯[1]这个小镇，他就会在我家前面的海滨活动，带着钓竿、卷线器、钓鱼线、钓饵，以及装着钓饵的大牛奶瓶。他带的鱼饵比专业钓客还多，钓鱼器材的数量也远远胜过欧内斯特·海明威。

这个星期天他钓到了他的第二条鱼，距离他第一次钓到鱼

1　帕拉莫斯（Palamos），西班牙滨海的一个小镇。

已经有两年了，这次也是一只鲷科海鱼，重达一磅半。你真是不得不佩服他，他经常为了钓鱼错过午餐，老在外面随便填填肚子了事，终于，他用了两年又三小时，孤独地钓到了一条鱼，而他却把这条鱼又送给了一位邻居（但不是我）。

西班牙海域有一大堆鱼，我住的那一带，人们便是以捕鱼为业，不过工具是配备着深海仪器和底拖网的大渔船。在海滩上垂钓只能钓到观光客，或者发现自己被比基尼紧紧缠住。但我的朋友泰迪完全没有因此打退堂鼓，有一次他的运气真是坏透了，竟然钓到一个汽车轮胎。他和那些在法国塞纳河钓鱼的可怜虫一样不知倦怠，这些巴黎佬总想："总有一天我会钓到一只从直布罗陀海峡迷路到这里的鲔鱼，不然至少也会钓到一尾大沙丁鱼吧？"

我的另一位邻居亚提·肖，是另一个习惯在肮脏溪旁钓鱼的家伙。他是一个竖笛好手，住在约三英里外的高山上，拥有比 A ＆ F [1] 专卖店更多的钓鱼器材。他自己做毛钩，亲手绑他的钓竿，而且定期长途跋涉到奥地利、法国和美国勘查有什么最新、最昂贵的钓鱼器材。

1　Abercrombie & Fitch，美国厂牌，最早是以销售打猎和户外用品的公司起家，近年转型为复古休闲时尚风格的服饰品牌。合身尺码、带点仿旧感的服饰蔚为风潮，麋鹿是其注册商标。

肖在比利牛斯山上的小溪钓鱼，也常在我们家附近一带的小河垂钓。他可以在五十码远的距离外，用他的毛钩——不管是干的或湿的——把你的一只眼睛啪的一声打出来。他几乎每天都钓鱼，有时候会钓到点东西，但都不比鲦鱼大上多少。他家有个堆满钓鱼器材的房间，我老爱追问他，要在哪里使用他那个白金镶嵌的巨大卷线器，那玩意最适合像在巴拿马举办的鲔鱼竞赛了。但他只是嘴里念念有词，然后又动手制作另外一个毛钩。

我用飞竿钓到的唯一上得了台面的战利品，就是我自己的一只耳朵。不过我在卡罗来纳童年时中的毒偶尔会发作，所以我仍旧可以用卷线器或老式垂竿钓鱼，而不会严重伤害到任何人。最近我又非常想钓鱼了，这可能让我有资格成为"笨蛋俱乐部"的会长。

那些年的生活似乎既单调又平常，我长期待在非洲，因而对狩猎感到十分厌烦。"我们钓鱼去吧，我需要好好休息一下。"我跟我的专业猎友哈利·席比和经营非肯尼亚式旅馆的布莱恩·巴洛斯这么说。

席比说："没问题，我刚好知道有个鲁道夫湖 [1]，那是个很

---

1   鲁道夫湖（Lake Rudolf），东非第四大湖泊。位于东非大裂谷东岔内，北端从肯尼亚延伸到埃塞俄比亚境内。面积 6405 平方公里，海拔 375 米。

迷人的湖泊。几年前,我在那里弄了一个固定的营地,而且还从六百英里外远的地方运去一艘马达船,如果它还没沉没,一定派得上用场,虽然我猜它很可能已经沉到水底了。"

把一艘长三十八英尺的船放在摇晃的卡车上,像"非洲女王号"一样一路横越肯尼亚北方的边境管辖区,就好像把一吨煤顶在头上走到英格兰的纽卡斯尔[1]一样,绝对是需要辛苦筹划才能完成的英雄事迹,我就不一一多说那些折磨人的细节了。

他们甚至得建造一条滑道好让这艘船下水,还要有一座让它停泊的船坞。除茅草外,每根铁钉、每块厚板,以及每一件需要的工具,都是远从内罗毕用卡车运去的。席比把他的村落规划成科学考察队的据点,让那些热衷测量湖泊和调查当地鱼类鸟类动物生态的科学家们有个落脚处。

我问:"飞过去那边要多久?"

"大概一个半小时,"席比说,"不过也可能要两小时。但我们不能搭飞机过去,整个村落都已经荒废了,我们在那里没有车子可用,而且我们需要补给食物,还要考量随从们的交通问题。不过那个地方真的非常有趣,而且鱼真的都很大。"

席比用数字来支持他的说法。不久前,他们只花了四十五分钟就捕到了十五只尼罗河鲈,其中只有一只体重不到二十五

---

1 纽卡斯尔(Newcastle),位于英格兰北部的历史名城。

磅，其余都有二十五到六十磅。还有人在湖的南岸捉到十六只超过一百磅的河鲈，最高纪录是两百四十磅！

我说："听起来真像天方夜谭！"

"你一定会喜欢那里。那里空气很干燥，即使中午的气温飙升到华氏一百二十度，也不会真的让人很难受。"

布莱恩·巴洛斯，一个很容易晒伤的爱尔兰人，听到这些话脸色苍白，但是他已经答应要和我们一块儿去了。我们的车队成员包括一辆道奇四轮传动卡车、一辆奔驰柴油载货车，还有十二位因为要出发捕鱼而闷闷不乐的当地土人。为了钓上一条鱼，你得从内罗毕开将近九十英里的车，在一个叫吉尔吉尔[1]的地方右转，沿着这条路走，最后会到达距离内罗毕约一百六十英里的汤姆逊瀑布[2]。

从汤姆逊瀑布到马腊拉尔[3]还要再开七十五英里，如果运气好的话，可以在天黑前抵达。我们让货车行驶在车队最前头，打算在山脚下扎营，虽然山脚下也很冷，但是一千四百英尺高的山顶即使是在白天，也比山脚下要冷多了！

1　吉尔吉尔（Gilgil），位于肯尼亚东非大裂谷里面的一个城镇。
2　汤姆逊瀑布（Thomson Falls）位于肯尼亚海拔最高的一座城市——尼亚胡鲁鲁（Nyahururu）边陲，是一个风景优美的瀑布，亦是缺水的非洲大陆少见的景象。
3　马腊拉尔（Maralal），位于肯尼亚北部一个小城镇，地点位于一个小山丘上，汤姆逊瀑布区附近。

旅途中我们吸进了大量的尘土，举目所及尽是单调的黄褐色大地，颠簸的路面让屁股一路都遭受猛烈撞击。喔，感谢老天，跨出车子时珠玛和其他随从已经把营火都升好了。你才刚刚结束一段豪华的狩猎行程，有冰箱、漂亮女孩、宽敞帐篷，还有四十名随从，现在你什么也不用猎，也不用亲自搭帐篷，就可以奢侈地把温热的威士忌、冷豆子，还有没发透的面包祭入五脏庙，而且就算开枪射鸟也纯只为了乐趣，而不是为了帮大家加菜。

拂晓时刻，天色仍旧一片昏暗冰冷，一群冻僵的非洲人随便地用蛋或火腿把你喂饱，然后冷不防从你屁股底下把椅子抽走，好把它塞进卡车里完成打包，真不是件令人愉快的事情。不过最可悲的是我们这三个白人钓客，我们裹着衣服入睡，决定稍后到温暖点的地方再刷牙。不过眼前的一切都还算好，真正悲惨的事情还在后面呢。

现在我们朝陡峭的山顶前进，那可是件令人着迷的事——如果你喜欢开着一台喀啦喀啦作响的车子，绕过不可能绕过的弯道，再笔直地朝着天空前进。我们抵达山顶后想下车欣赏欣赏风景，但是山顶的强风将我们狠狠击退，只好又自杀式地冲下这环绕着东非大裂谷的山丘。这个大裂谷是因为火山剧烈运动形成的，看起来就像拙劣的手术缝合后遗留下来的伤疤。

我们驶下陡峭的山坡，途中停下来喝点东西。车上没有降落伞，巴洛斯和我都吓得脸色苍白。一位长得像莲纳·荷恩[1]双胞胎兄弟的澈布族勇士刚好经过，他停下来跟我们寒暄，用斯瓦希里语问我们要上哪儿去。

席比说：“去钓鱼。”

这个澈布族勇士同时摇了摇他的头和长矛，这是他第一次听见这种说法。他看了看四周，看看熔岩散布的沙漠，看看我们身后的断崖，最后朝他几天前才离开的巴拉戈伊[2]那个方向望去——那里距离我们这儿大概六十英里远。

“我从来没看过鱼。”他说，“你们在这附近不可能找得到鱼。我父亲说过，如果走得够远，远到巴拉戈伊另一边的话，就会看到一个很大的湖，也许那儿会有鱼吧。”

我们给澈布族勇士一根棒棒糖，然后向他告别。我说：“我们继续前进吧，鱼儿正等着我们呢！”我早知道到了早晨我一定会恨死我自己。果真是这样。

我们在巴拉戈伊停车买了些金酒，但店家很自然地忘记把这些酒放到我们车上。我们喝了点冰啤酒让自己振作，又继续上路。俗语说：“在迦萨不喝金酒。”那表示在我们驶下山丘后

1　莲纳·荷恩（Lena Horne），美国有名的爵士女歌手，同时也是电影与百老汇舞台剧的巨星。
2　巴拉戈伊（Baragoi），肯尼亚一个著名的市集城镇，位于马腊拉尔北方。

就可以喝酒吃午餐了。

几杯啤酒下肚让我精神大振，我问我们的"童子军团长"距离可以钓鱼的目的地还有多远。"大概只剩六十英里。"席比边说边转了个一百八十度的大弯，"沿途几乎什么都没有，要到死亡谷才有些看头。不过，糟糕的是我们天黑之后才到得了那儿，在黑暗中你根本看不清车子要往哪边开。"然后他小小声地说："当然我也看不到。"

我听见巴洛斯倒抽了一口气。

我们继续前进，直到一个叫南荷尔的地方才停下来，在湖另一端有个相对应的地名叫"北荷尔"。我们追逐着一群大象嬉闹了一会儿，吃了顿悲惨的午餐——就是在这时候我们才发现，那个店家忘记把酒放到我们车上了。即使荷尔谷地绿意盎然，我们还是觉得那真是一个悲惨的地方。

席比指着山腰说："那儿有个警察岗哨，有时可以透过无线电取得联系，当然你一定得要有无线电对讲机。"

"我们有无线电对讲机吗？"

席比说："没有。"

"不坏，"巴洛斯说，"这个岗哨起码让我们不用担心吉鲁巴族会从遥远的埃塞俄比亚跑来，把我们通通杀光。"

"嗯，"席比说，"除非他们绕道走，不然一定要先经过北荷尔的警察哨。但你知道，突袭是真的有可能发生。吉鲁巴族每天可以步行将近四十五英里，而且通常在警察发现前突袭就已进行，然后闪电离开。"

我说："我们大可到纳纽基¹的溪流钓鱼。"

"往南朝蒙巴萨一带也不错。"巴洛斯说。

"喔，但是那些地方都不如北方这么有戏剧性，"席比说，"1957和1958年，吉鲁巴人在湖的西岸屠杀了许多图尔卡纳人，报道说死亡人数高达一百六十人，但是实际上一定更多。明天天亮后，我再指给你们看一个叫波尔的山丘，1954年，吉鲁巴人将那儿的图尔卡纳族全杀光了。"

"这个地区是有点乱，"席比勉强避过一个路面的颠簸处，继续说，"在肯尼亚和埃塞俄比亚两国边界，任何人只要胆敢佩带武器出现在波尔和南荷尔以北，一律格杀毋论。在北荷尔另一边巡逻的政府官员，身边一定有一组十人护卫队。你只要想到整个马萨比特地区²，包括莱萨米斯——巴洛斯，你知道那有多远——到整个鲁道夫湖的东岸，只有四十八个肯尼亚警察的话，事情就变得很棘手了。喔，当然，还有'复仇者'。"

"到底什么是'复仇者'？"

1　纳纽基（Nanyuki），肯尼亚中部的一个商业城市，位于肯尼亚山的西北方。

2　马萨比特地区（Marsabit District），肯尼亚东部省的一个地区，位于肯尼亚北部，包括北荷尔（North Horr）、萨库（Saku）、莱萨米斯（Laisamis），三个部分。

"有点类似游击队或步兵团之类的，由索马里族、瓦康巴斯族——任何部族组成，只要他们骁勇善战。这些可都是精英部队。汽车在这里发挥不了太大作用的。"为了强调这一点，席比驶过一块大石，把我们的牙齿撞得咯咯作响。"都是因为这些熔岩。'复仇者'天未亮前出发赶往发生纷争的地点，一天中最热的时候午休片刻，通常晚上九点到十点左右抵达目的地。这多少有点像《火爆三兄弟》[1]一书里的骑兵队。老实说，这一带还没有完全开化。"哈利说。

　　我说："在马拉河钓鲶鱼非常棒。"

　　"马林迪[2]最适合钓鱼了，"巴洛斯说，"而且还可以拦到便车去桑给巴尔或拉穆看走私象牙的独桅帆船。我听说在马林迪附近钓鱼真的不错。"

　　"哎呀，但在那些地方一点都无法感受到乡野真正的美妙。"席比回答，你几乎可以感受到他苦涩愤怒的语气，但其中似乎又交缠着美好的想念，"观光客太多了，而且缺乏神话，现在只剩下山羊了。"

1　《火爆三兄弟》(*Beau Geste*)，法国文豪大仲马所创作的一部小说，描写法国骑兵队在非洲的冒险故事，曾多次被改编搬上大荧幕。

2　马林迪（Malindi），肯尼亚滨印度洋的一个城市，是加拉纳河（Calana River）的出海口，距肯尼亚第二大都市蒙巴萨 120 公里，从公元 7 世纪开始就因经商贸易而繁茂，中国冒险家郑和也曾到过这里。桑给巴尔(Zanzibar)和拉穆(Lamu)也都是临印度洋的城市，商业极其兴盛。

"什么山羊？"这个问题一定是我问的。

"南岛上的山羊。南岛上除了大山羊，什么都没有，可是却有点儿闹鬼。没有人真的知道山羊和鬼从哪里来，但是它们确实存在。我亲眼见过鬼，也射杀或用陷阱捕捉过几只，当然我说的是山羊啦。"

就在席比巨细靡遗地向我们解说的同时，我们这台"铁娘子"仍旧哐当哐当地往前迈进。"当地人相信，南岛曾经一度和大陆相连。岛屿底部有一股涌泉，澈布族人养的牛就是在那儿喝水的。这股涌泉神圣不可侵犯，干季时它会枯涸，但谁都不准挖掘、破坏它。但是有一天，一个怀孕的朗迪耶族妇女，带着一群山羊到了那里，她为了取水挖了地，涌泉突然间往外喷发，最后大水将整个地区都淹没了。

"她和她的山羊爬上山巅，把儿子生了下来，据当地人的说法，儿子后来和他的母亲结婚生下了后代。事实上，真的曾有人住在岛上，因为 1921 年时，维维安·富克斯爵士[1] 曾经在岛上发现房子的遗迹，还有大量的手工制品和山羊。曾有两个科学家试图到那里勘察，但后来就音讯全无。不过乔治·安德森——巴洛斯，你应该知道他，他是边境管辖区的新看守人，

1　维维安·富克斯爵士（Sir Vivian Fuchs, 1908—1999），英国人，是第一个完成跨越南极的探险家。

养了一头母狮子——和他的太太三年前到过那里，发现一些石堆和一个空威士忌酒瓶，所以那两位科学家一定是在他们返回东岸的途中迷路了。"

"而且，"席比说，"虽然现在已经没有人住在岛上了，但岛上还是会传出火光。"

"我可不想在没有人烟的地方看到火光。"我说，"那些山羊如何？"

"你不会相信的，"席比说，"这些山羊的角比我所看过的都还长上一倍，胡子也几乎有两倍长，足够当冠军羊了。"

巴洛斯说："我相信在阿西河[1]畔钓鱼一定很精彩，而且那儿很接近内罗毕，虽然没听说那儿有山羊。"

"我们最好停下来，"席比说，"现在是晚上，那部该死的载货车落后我们太多了。真可惜，我们必须摸黑到达，其实在大白天能看清四周时冲下死亡谷，才能真正测试一个人的胆量。"

我们现在停的地方已经够恐怖了，而且是在一个高耸的山丘顶上。山丘？真是见鬼了，这根本是一座高山嘛！我们满怀希望，希望看到那部货车摇曳不定的车灯赶快出现，不过什么

1　阿西河（Athi River），肯尼亚首都内罗毕附近的一条小河川，同时还有一个以此为名的城市。

也没有，只有风猛烈地咆哮着。

"真希望我们能回到刚才那群骆驼那里，"巴洛斯说，"至少它们看起来很满足。"我们刚刚经过一大群数以千计的骆驼，在那个地区，澈布族人的财产是以骆驼的数目来计算的。因为是他们的财产，所以不能射杀它们，但你可以挤它的奶、吃它的肉、穿它的皮毛、骑它，让它背负你的行李，骆驼还有个好处就是驼峰能储存脂肪，而且它们很久才喝一次水。

"载货车来了！"席比终于说，"各位，系好安全带，死亡谷，我们来啰！"

我们抵达溪边营地时已经是半夜了，六十五英里的路程花了我们整整十四个小时才走完，而且最后三小时根本就是直直冲下熔岩覆盖的高山。我们的车子就像山羚一般，必须用后半部的车身抵住石头，才不会有滑落的危险。最后的几英里则是沿着湖岸走，底下尽是光滑的页岩，车子就像开在冰面上一样滑溜。

"到家啦，"席比说，我们到了一间几乎像是茅草搭盖的皇宫，"我去让发电机暖一暖，一会儿我们就有灯了。"

但没多久他就回来了，这个老是带来坏消息的家伙脸上挂着快乐的笑容："发电机不会动，看来我们得靠防风灯了。"

领队珠玛走了进来，用斯瓦希里语连珠炮似的说了一串，我听到"斋戒月"这个字眼不断重复了好几次。

"这些随从不是很高兴，"席比说，"这里很热，在伊斯兰斋戒月期间，他们从日出到日落都不能吃喝。更何况大部分小伙子跟着考察队已经在这里待了六个多月了，又跟着你外出狩猎了三个月，珠玛的脸色跟旧靴子一样臭。"

"我也一样。"我说。

巴洛斯说："听说科罗拉多州丹佛的郊区很适合钓鱼。我们这几天花的时间都足够到那儿去了。"

"哎呀，明天早上你就会爱上这里了。"席比说，"等冰箱开始运转——如果发电机动得起来的话——然后我们就可以坐上'湖之女神号'出航，嗯——如果她还没沉的话。"

"吃点东西再睡觉吧。"我说，"有什么马上可吃的食物吗？"

席比说："这个嘛，我们有一些鲔鱼和沙丁鱼罐头。"

他才说出口，我和巴洛斯立刻粗暴地把席比压在地上，决定宰了他。"鱼！"亏他说得出口！

"我们终于到达目的地啦。"次日清晨，当珠玛端着茶过来时，我对他说。

"Mbaya！"珠玛说，"鲁道夫，Mbaya。"（在斯瓦希里语里，"Mbaya"是"坏"的意思。）

"Hapana mbaya，"我说，"Hi m' zuri sana。"意思是说："很好，非常。"

"鱼！"珠玛咒骂着从牙缝里挤出这个字眼，"大老远跑来钓鱼，我应该和我的妻子们在一起才对。我以前大概在这儿待过六个月。这个地方没变，湖水没变，人也没变。Mbaya kapisa sana。"

这趟史上最久的"钓无鱼之旅"进入第三阶段，我们所受的折磨也已经堂堂迈入第三天了，但我们的钓鱼线还是干的，也始终还没看到那个湖。这是一个很少有人亲眼目睹过的湖，据调查，这个湖深三百六十五英尺，长一百三十五英尺，最宽处达三十五英尺。湖里满满都是活蹦乱跳的虎鱼、尼罗河鲈和吴郭鱼——据说是一种很好吃的鱼。

"Mbaya，"珠玛长着一个狮子鼻，半刚果阿拉伯、半基库尤混血的脸庞上，已经完全没有笑容了。"所有人都很坏，不一样坏；吉鲁巴族杀人，朗迪耶族杀人，图尔卡纳族杀人，博隆族很坏，澈布族很坏，当地人全是笨蛋。所有人都很坏。天气太热，整天都像火烧，但穆斯林不能喝水。"珠玛的脸现在看起来像是融化的橡胶靴，"除非等到太阳下山。"

这些随从们不但备受煎熬，而且整年不断参与狩猎旅行也让他们十分沮丧，因为他们根本就没机会花掉所赚的钱。他们想回家和妻子相聚，看看他们的牛群和山羊，并且再也不想待在这个酷热的地方。这儿的火山熔岩看起来就像月球上的山脉，神秘的湖泊里满是鳄鱼和河马，而在靠近埃塞俄比亚那一带还有残暴的吉鲁巴族。

"你不会喜欢这儿的人的。"珠玛说，"全部都是 shenzis。Burri。吃鱼的人。野蛮人！"

"但是钓鱼很棒呀，"我说，"而且这儿很舒服。"

"我还宁愿待在被土狼和狒狒包围的帐篷里。"珠玛喃喃自语，拖着他的工作服走了。

这个营地是迈阿密大学科学考察队的旧据点，当我们四处巡视，发现它还真是个迷人的营地，是我在非洲见过最奢侈华丽的。

哈利·席比和约翰·苏顿考虑到科考队可能带来的收入，在这个有条潺潺小溪流过的无名之地，用棕榈和茅草盖了一处人间天堂。房屋的梁柱大概有二十五英尺高，高大的棕榈树为主屋提供了清凉的庇荫。这儿有一间供科学家们工作的研究室，一间给男士们住的大宿舍，一间可上锁的厨房，几间专门让夫妻或者偶尔来访的女士们居住的独栋小屋。

发电机现在可以运作了，冰库和冰箱嗡嗡地运转着，建筑物里的灯全亮了起来，卫浴设备重新恢复功能，收音机里甚至传出了伦敦的 BBC 新闻。席比和他的助手们打造了这个休闲领域最奢华的钓鱼营地，甚至还摆了一张沙龙椅，坐在那儿可以清楚地一览湖景和神秘的小岛。

"我们其实没那么疯狂，"巴洛斯，这位旅馆老板这么说，"到了这里以后，我一点都不想回家了。"他比了比主屋的屋檐，高抬的裙状设计让微风可以不断吹进来，拂过横梁，在整间房子里流动着。这位来自利物浦的爱尔兰人说："即使这儿没有鱼，我也不想回家了。"

"会有鱼的。"席比刮过胡子洗完澡，清清爽爽地出现在我们面前，"别花脑筋想鱼的事了。你们觉得这儿怎样？"

"很不错！"我说，"如果下次可以搭飞机来的话。当然还得要有鱼才行。我得等看到鱼之后才能下定论。"

"你看得到鱼的。"席比说，"一会儿我们就到湖边去看看'湖之女神'是不是还在，就算她沉了，我们也还是可以在湖边垂钓。大鱼自己会游到草丛里来。你只需要注意鳄鱼，它们也会自己跑进草丛来。"

"我想我应该离草丛远一点。"布莱恩·巴洛斯说，"反正我也'姆'（ain't）会损失什么。"

"真该有人重新教教这小伙子讲英语。"席比说，"打从他认识你开始，我就没听他讲过标准英语。"

"听听是谁在说这话，"巴洛斯说，"你还不是偶尔会把'不会'（aren't）讲成'姆会'（ain't），少在那边得意洋洋了。"

席比说："我才'姆会'（ain't）看不起'姆会'（ain't）这个字。鲁瓦克可是靠这南方口音赚了不少钱哩。走，钓鱼去吧。"

把船底的积水抽掉后，"湖之女神"的情况还是蛮好的。我们颁发给席比"谨慎船长"的头衔，因为他坚持不肯把船驶出爱尔摩洛海湾。这真是明智的抉择——没人相信鲁道夫会刮起大风，直到你被吹得满地找牙。

"待在海湾里就蛮好了，"我说，"出去又不会有什么好处。"

显然我们整队都是懦夫，因为根本没有任何人有异议，包括麦希克，这个跟随我最久、也是我最信任的扛枪手，他根本就没上船。这位齿缝很大的瓦康巴斯人是我见过最勇敢的人，他说他是大象猎人和食人族，上这艘大"玛吉"一点用处也没有。麦希克坐在岸边，正在清理我打到的栗树鸭和突鼻雁的羽毛，他只要远远地看看这艘船就很满足了，毕竟他曾经参加了搬运"湖之女神"的陆路之旅。麦希克很富有，他有很多个老婆、很多羊、山羊和牛，他还想留一条命好好地享受后半辈子。

你可能看过席比和我的照片了，那让我形容一下布莱恩·巴洛斯这个四处漂泊的钓鱼客吧。他的外表看起来像是布兰登·毕汉[1]和亚述帝王的综合体，如果让他穿上短裤，戴上低垂的稻草帽，活脱脱就像是个盛装打扮的牙买加农夫，简而言之，恐怖极了！他是我认识的人中，真正勇敢的人之一，但个性却温驯得像只小羔羊，要不然他也不会一开始就跟我和席比跑来这个蛮荒之地了。

---

1 布兰登·毕汉（Brendan Behan, 1923—1964），爱尔兰作家，其作品充满对英国殖民主义的批判以及爱尔兰国家主义的鼓吹。

在"茅茅运动"[1]的那段日子，有一辆载着九位老女士的车抵达布莱恩的旅馆，刚好遇上一位肯尼亚的殖民者开枪打死一个经过歌剧院前的土著。一位吓坏了的老女士转头问布莱恩："告诉我，年轻人，"她的声音微微颤抖着，"这个旅馆安全吗？"

"万能的上帝啊，一点都不。"这位旅馆的经营者脱下他的外套，向大家展示他的绷带，"看看那些王八蛋昨晚对我干了些什么好事！"在布莱恩管理这间旅馆的期间，他的老式空气枪被砸烂过三次。

我们还是继续讲钓鱼吧。巴洛斯的鱼钩被某样东西卡住了，我们一致认为那是块大石头，因为这东西一动也不动，即使"谨慎船长"让"湖之女神"开足马力往前冲，也是一样。从蒙巴萨来的斯瓦希里人阿利，很懂船，是我们这些人当中唯一称职的水手，他察看了一下船侧，然后坐进小船，试着想把线解开，就在这时，那颗石头竟然动了起来。巴洛斯花了十五分钟用力拉扯的东西，竟然是一条伪装成石头、重达六十磅的尼罗河鲈。

好啦，我们钓到鱼了。我钓到两条：一尾虎鱼和一尾河鲈。但我损失惨重，因为这些虎鱼吃掉了我的假饵。但在浅水区却抓到了更多的鱼，因为我们派遣当地的摩洛小伙子用网子去捞鱼。冰库运转的情况良好，所以我们把一些鱼冰冻起来，好让

1　参见页162，注1。

每个人都可以带点回家孝敬他们的妈妈。

冰库之所以能正常运转，是因为第二天我们暂时停止钓鱼，好让席比和麦希克有时间把脾气难以捉摸的发电机拆卸下来好好修理一番。要取悦席比一点也不难，你只要在他的耳边讲点好话，递给他引擎的替换零件，他就会像只小云雀一样哼起歌儿来。

但发电机修好了我们还是没去钓鱼，因为这儿有各式各样的消遣，像是聊聊文学，调整调整临时飞机跑道旁的风向标，因为很可能会有漂亮女孩搭飞机来拜访我们呀，这整整花去了我们一天中最美好的时光，结果根本什么事也没发生。唯一一个美丽女孩，是我在回程路上看到的，而且她还有个双胞胎姐妹。我刚开始很想把她们两个买下来当成礼物送给席比的妈妈，不过最后还是打消了这个念头。毕竟她们是赤身露体的澈布族少女，而且真的太漂亮了，当作礼物送人实在有点儿说不过去。

"湖之女神"上有个冰箱，不过船上的发电机也不太稳定，所以我们花了点工夫修理；有个卷线器也卡住了，又费了一番工夫整顿。然后我决定去猎鸭，也用了点时间；最后我们去猎鳄鱼，那花费的心力可大了咧。

告诉你吧，比起和席比一起打猎，让骆驼穿过针眼都显得轻而易举。如果他没有一座山可以让你走到气喘吁吁，他就会花一年时间自己造一座山来达成他的目的。

你也许认为，坐在船上是追捕鳄鱼最好的方法。但并非如此。我们得把船停靠在山的一边，然后蹑手蹑脚地越过巨型圆石，到达一个理想位置，因为在那里即使没有射中鳄鱼，我们还是可以编造出很好的理由，大摇大摆地回去见巴洛斯。在"湖之女神"冒着危险，下锚停靠在湖岸边的这段期间，他是旗舰总司令官。

我实在得说，席比这位"谨慎船长"的射击技术还真是高超。他现在正热衷使用点243口径的温彻斯特步枪，这个小玩意儿是我到目前为止所见过弹道最平直的来复枪。他可以从五百码外远的山上，往下瞄准鳄鱼眼睛下方不比一颗橘子大的地方。这只鳄鱼潜下水面，然后在六百码外远的地方又浮了上来，席比能瞄准的部位变得像柠檬般大小了。但他一扣下扳机，鳄鱼还是应声翻倒，露出白色腹部在水里翻滚着，做临死前的挣扎。

后来我们才发现，这只鳄鱼不是哈利一开始就瞄准的那只。第一只鳄鱼病恹恹的，在"湖之女神"下锚的那个湖岸边就可以干掉它，我坐上小船去完成这项使命，这才发现真正打鳄鱼的方法。要瞄准的不是它的眼睛下方，而是它那略微上扬、龇牙咧嘴、不怀好意的嘴角后方。

我用膝盖稳住身体，砰的一声开枪击中它，它四脚朝天，身体不停地抽搐着，显然已完全瘫痪。这还不算大功告成，我把小船拖上岸边，然后在一英尺远的距离外开枪轰烂了它的脑袋，现在，它才真的是我的了。我们把这只鳄鱼拖回营地送给当地的摩洛人。一天又过去了。

隔天，我们拍了些照片。雨云逐渐靠近，所以我们检查、修补了房子，替存粮做好防水，也确认发电机一切正常，还得发薪饷给当地的雇工。珠玛和其他的随从自始至终都不太开心，因为即使在天气凉爽的时候，斋戒月就已经够难熬了，更何况在鲁道夫湖这儿，一定要猛喝冰水才能解热呢。我们的冰库里冻满了摩洛人为我们网来的鱼，还有少许栗树鸭，这种鸟肉是我吃过最令人赞赏的美味了。我钓到两尾鱼，席比和巴洛斯一条也没钓到，而那些摩洛族的小伙子们则用手抛网捕到了不少。

离开的时刻到了。我们的车子直直爬上陡坡痛苦地离开死亡谷，在巴拉戈伊附近扎营过夜。我们就是隔天在马腊拉尔遇见那一对澈布族可爱少女的。几乎同时，每个人都大叫"Wacha"，意思是"噢，不！"。我们已经离家太久了，尤其是对那些有好几个老婆的穆斯林而言，更是如此。

我们的油箱在半途中塞住了，所以又连续停了好几次车。感觉像过了好几年，我们终于抵达了哈利在利穆鲁的农场，浑身尘土、满脸胡渣，真是狼狈极了，全身的骨头也都快散了。

席比太太站在门边迎接我们这些英雄，她问："抓到鱼了吗？"

"抓到了一些，"我们回答，"够多了。"

回到内罗毕的隔天，每个人都问："你们这些小伙子到底跑去哪里了？"

"钓鱼去了，"我坚定地回答，并且随时准备扑向嘲笑我的人，"我这辈子从来就没有这么快活过。"

这是真的，因为就如爷爷他老人家常说的："钓鱼并不是真正发生的事，它只是你的一种心理状态。"

小男孩长大后

第十八章

平底锅里的魔法

每年九月，当秋天降临，树叶低声呢喃，微风日渐凉爽，狗儿们开始骚动不安，我好像总是容易比平常更觉得饥饿。就如同哈维拉·巴布科克[1]所说的"我的健康在十一月时比较好"，十月来临时，我胃里发出的咕噜咕噜声，也比平更来得喧闹。

这并不是说，夏季的奶油拌豆和甜玉米比不上经过霜雪的南瓜美味，或说一整串鲜红欲滴的番茄和各式各样的生猛海鲜就不够营养，而是因为它们缺乏秋天的味道——那是一种带有烟熏香味的酥脆口感。更不用说，十月还有令人兴奋的露营野

---

1 哈维拉·巴布科克（Havilah Babcock，1920—1964），美国自然文学作家，参见
  页 13，注 1。

炊，那可是在后院烤肉所无法比拟的。

爷爷曾经说过："如果我这辈子能重新来过，我想生为黑人，然后当一个跟着猎人们到处跑的专业猎厨。对我来说，能照着自己想要的方式过自己的人生，总好过当只阳光下的死猪，这比当一个探险家要实际得多了。"

现在这个行业或许已经没落了，但是以前真的有不少专业的猎厨。他们只在钓鱼和打猎高峰的季节工作，一年大约只工作六个月，其余的六个月就赋闲在家，靠"囤积的脂肪"过日子。

这些猎厨并不是仆役，他们的厨艺给予他们专业的地位，就像加拿大的专业向导，或非洲的专业猎人一样。他是野外厨房里的独裁者，不容许别人干涉，不接受任何建议，而且还可能还严厉地批评雇主打猎或钓鱼的技术。

非洲狩猎队中有些经验丰富的厨师，我最近遇到的艾利和曼第，就是最近似猎厨的一群人。艾利是来自东非海岸斯瓦希里的半个阿拉伯人[1]，如果我还需要多一位父亲，他绝对是个好人选。他脸上有许多像咸菜干一样的皱纹，肤色是接近中间调的棕色，他可能是我这辈子在世界上遇过最好的厨师了。曼

1　Coastal Swahili，Swahili 是阿拉伯语，意指"海岸"。过去阿拉伯地区用 Swahili 泛指非洲地区的海岸，尤其是东部的海岸。从 1500 年前起东非沿海的贸易即极为繁盛，与东亚、印度与阿拉伯世界的往来极多，文化中吸收相当多伊斯兰的精髓，因此有这样一个名词出现。

第是瓦康巴斯人，在这个圈子已经待了很长的一段时间，大约三十年前，当菲利浦·珀西瓦尔[1]第一次带欧内斯特·海明威到非洲狩猎时，他就已经是团队中的第二把交椅了。

他们都是非常高尚的非洲人，对专业非常执着，也很讨人喜欢，和流氓似的珠玛正好相反。珠玛看起来就像是米基·鲁尼[2]的翻版，有几分神职人员的样子。他牙齿前排戴的一副金牙，就是在最后一趟探险旅途中，用花言巧语从我这儿骗到的。他说这是他应得的，因为他有条不紊地检查过我的旅行箱后，发现我这儿并没有值得偷窃的东西，他自己的衣服甚至还比我多呢。

无论他们来自何方——蒙巴萨、马查科斯[3]、南港或是北卡罗来纳州，这些非洲猎厨都拥有一个共同的特点，就是他们可以只用一个饼干锡盒，一只小锅铲，加上一堆烧红的煤炭，就能像变魔术一样，做出一顿让法国料理主厨嫉妒得要死的美味。我从来不知道他们是怎么办到的，但是他们就是做得到。

举例来说，我的老艾利可以同时操作不同热度的炭火，烹

1　菲利浦·珀西瓦尔（Philip Percival），著名的专业猎人，其带领作家欧内斯特·海明威进行非洲狩猎之旅，促使海明威写出了多部关于非洲狩猎的书。

2　米基·鲁尼（Mickey Rooney, 1920—2014）著名美国演员，奥斯卡金像奖、格莱美奖得主，演过许多喜剧角色，最近的《博物馆奇妙夜》一片中，也曾饰演三名资深馆员其中之一。

3　马查科斯（Machakos），肯尼亚的一个城镇，距首都内罗毕东南方64公里。

饪不同的食物。他在饼干锡盒上烘烤淡金黄色的硬面团，用烈焰微微烘炙肉片后再移到另一个炉子上用余烬继续烘烤，又可以同时在另一堆炭火上料理鸟肉，再在第三堆炭火上熬腿肉汤，在第四堆炭火上煮意大利面，或者还用另一堆炭火帮刚猎杀到的大角羊保温，好让肉在隔天仍旧可以保持柔软，适合烹调。

我的妻子是个很棒的厨师，她经验丰富，做菜时又极富想象力，但她这辈子只试过一次改变艾利的烹调方式。那回当艾利照着她母亲的食谱，烹调出自己的糖浆培根混洋葱的特殊豆类料理时，竟然比老太太做的还要美味许多，她气得把厨师帽甩在地上，决定再也不干涉艾利了。有次在令人惊奇的坦噶尼喀中部，艾利送上了盛在玻璃盘上的石榴汁浇烤珠鸡胸肉，搭配舒芙蕾[1]这道甜点，那轻飘飘的舒芙蕾可是要牢牢抓好，否则真可能会从餐桌上飞走呢。

当我还是个孩子时，卡罗来纳也有一些像艾利一样擅于野炊的黑人。我记得，其中最出色的一个是个假释的杀人犯，但光是他把新鲜鹿肉丢到山胡桃木上烤出来的香味，就已经值得法院赦免他的罪过啦。他会把还没拔毛的鸭子周身裹上一层稀泥直接放在火上慢慢烤，直到羽毛随着被烤到焦干的泥巴一起脱落。他也用同样的方式料理鱼，让鱼鳞随着泥巴一同剥落。

1　一种传统法式甜点。——编者注

我不知道这位绅士因脾气暴躁被送入监狱的详细情形，但我知道如果你给了他足够的玉米酒和自由，他可以把像鹭鸶叫声般难听的老旧曲调，唱成一首美妙的交响乐。

职业的猎厨有几项特质。首先，除了斯瓦希里人（他们是不被允许喝酒的穆斯林），没有一个我认识的猎厨，不是在工作时喝得醉醺醺的。他们喝得越醉，煮出来的佳肴就越美味。

还有，他们的野外厨房不容许任何人干预。当你走向火堆，亲切地想给他一些关于炖鹌鹑或是兔肉杂烩的建议，一定会得到刺耳的回应，还不如省点力气，多打点鹌鹑，或者带回点好兔肉。除此之外，他们还常噘起嘴，吐出一长串的不满，像是：“俺的嘴里一直等着吃鹿肝哪，可是就没有人能打只雄鹿回来，你们这些绅士怎么能指望我料理出我根本拿不到的食材啊，不是我说……”

为了脱身，你就不得不到外头随便抓一只长角动物，即便是只走失的山羊也好，就只为了让他闭上嘴。

如果到靠海的地方打猎，生蚝一定是菜单上的要角，蚝和鱼——蓝鱼或鲭鱼之类的，肥嫩嫩的油脂滴到吐着蓝色火舌的小火堆上，烤得滋滋作响。生蚝用海草包起来盖着闷烤，每当我想到这些整个儿浸泡在洒了胡椒和滚热奶油里的美味烤蚝时，就只想坐下来大哭。还有肥美的鲭鱼，鱼肉在烧烤中松散裂开，淌下来的油脂滴在火堆上，让火苗直往上蹿，只要洒上些许胡椒和一点点醋……噢，老兄，把盘子递过来吧。

不知道为什么，用带着落叶清香的溪水煮出来的咖啡，总有一股独特的味道，而混杂着浓厚烟熏味的鸡蛋及培根——我说的可不是那种切得薄薄的细条状培根喔，而是像样的肥猪肉厚片——更是一场愉快的冒险。还有用来替炖豆子调味的咸猪肉，简直是把美味提升到一种艺术的境界。

负鼠的长相也许令人反胃，因为它的确是种肮脏的动物，但是，摩斯族人和伊克族人却颇有天分，可以把这种有袋动物用甜马铃薯和洋葱做出一道美味的珍馐，不知道的人还以为他享受的是什么法国美食呢。同样的，我一直逃避吃非洲疣猪的肉，直到猎人唐·包斯菲尔德强迫我尝了一口小疣猪的肉。相较之下，美国猪肉的味道就变得让人讨厌了。非洲疣猪是种好动的动物，大量的运动使它们的肉质不含太多脂肪，就像鸟肉一样精瘦结实。

我要在这里插一段话，谈一谈我曾尝过的大象心脏：它在嘴里嚼起来一点也不特别，就像吃橡胶一样坚韧。大象的脚掌则很像腌渍猪蹄，有着类似的软骨组织。我曾经建议艾利如何烧烤南非大羚羊里脊肉，结果烤出来的肉连土狼都不屑一顾。不过烤蚱蜢的滋味还不错，吃起来有点像是裹了面糊的虾。

我总觉得，老一辈猎厨烘烤的面包，是把面粉或玉米粉的美味发挥到最淋漓尽致的作品。以前有个体形魁梧的黑人绅士，名字叫乔，他在大沼泽[1]里一个常有蛇类出没的营地为不久前才去世的保罗·杜雷工作。他可以用火烘烤出一种如蛋糕般松软、黄澄澄的玉米面包。此外，乔做玉米饼也很有一套，真的好吃极了，只要刮掉表面的炭灰，就能一口气把所有饼吞下肚去。用这种玉米饼配上带着点泥土味跟牡蛎味的奶油一块儿吃，那味儿真叫人心醉神迷，实在该去注册申请专利的。

和大多数的猎厨一样，乔也是一个有特殊癖好的情人。不像其他喜欢送兰花给女士们的人，乔用兔子向女性表达爱意。以前我们到葡萄柚溪谷打猎时，乔总是威胁我们一定要猎到野兔，因为他已经把目标锁定在山坡那一边某个肥妞的身上了啊。

有一回保罗、我、李·希乐斯还有沃克·斯通（后面两位是声名狼藉的报社主管），驾着一辆老旧的汽车到大沼泽打猎。我们命令猎犬追逐一只野猪，它们咬着野猪的耳朵把它带了回来，我们把这只未成年的小野猪剃光了毛，然后放进车后的箱子里。

回到营地以后，我们告诉乔这趟的运气很差，连一只兔子都没有打到，不过猎犬们倒是活逮了一只兔子，就放在卡车后面的饮料箱。乔马上走出去取他那只用来向女士们献爱的兔

---

1 大沼泽（Everglade），位于美国佛罗里达州南端，是美国最大一片的亚热带湿地，为现今大沼泽地国家公园的所在地。

子，不久却满脸苍白、一脸伤心地回来。乔说："俺打开箱子，发现那只兔子冲着我咆哮，俺不希望卡车里有只会咆哮的兔子！"

乔和我们这群流氓在一起其实很辛苦。有一次杜雷带乔搭他的船去巴哈马，但是那次天气糟透了，乔晕船晕得非常厉害，连他的紫黑色皮肤似乎都比平常更黑了。后来他告诉我："俺向上帝和另外三个见证人发誓，俺绝不再跟杜雷先生出海去了。"

乔将他工作以外的时间全都奉献给了罗曼史——虽然在巴哈马他并没有兔子可以料理成主菜。他自晕船的阴影中恢复以后，身旁很快就围绕了一群漂亮的女人，这就足以证明他的那段日子有多浪漫。我好奇地问乔，他到底是如何快速勾搭到这群美女的？

他说："鲍伯先生，俺告诉你，那真是太简单了。俺只要上岸先跟一些难看的老妞儿打情骂俏，然后消息很快就传开来啦。"

这段日子以来，我的生活里充满了高贵的、愚蠢的、各式各样的人，让我几乎忘记了山胡桃木燃烧时散发出来的气味是如此简单而美好。在破晓的微光中，浓浓的非洲腔唱着"Go Down Moses"，配上油炸面包夹上热乎乎煎蛋与培根所做的美味早餐三明治；猎犬们低声呜呜吠着，渴望尽快获得自由；煮滚的咖啡冒着泡泡，像是邀请你快快来上一杯；枪油的味道，天空中最后消逝的一点星光，所有的一切都好像在向你承诺，美好的一天即将展开。晨露沾湿狗儿们的鼻子，还有一位像乔一样用平底锅创造奇迹的猎厨，让你在拖着疲惫的身躯回到营地时，即使累得半死，却仍有一股莫名的幸福藏在心头。

你知道吗，我觉得爷爷说的真对，我等不及想重生为一个黑人，并且要当一个猎厨，替一群喜欢钓鱼和打猎的有钱大爷工作，那么我就可以卸下身上这个写作的重担了。

第十九章

不打不成器

　　每次我从报纸上读到，某个年轻恶棍因为蓄意谋杀，或者因为无缘无故对人施暴被起诉，或是看到一张白手起家创业成功的董事长照片，屁股总好像传来一阵清晰的刺痛。因为当我还只是个小男孩的时候，屁股上可着实挨了不少顿好打，最后才终于学会了如何遵守规定和秩序。我有时会想，在那段成长岁月里，我们是否太少鞭打小孩和狗儿们了，要不然应该就不会发生这类年轻人抢劫陌生人、离婚，或攻击长官的事情了。

　　这个想法，不久前突然浮现在我的脑海里。我有只斗牛犬，它的名字叫沙奇蒙，外表看起来就跟它的同名者，以小号演奏和沙哑歌声闻名的路易斯·阿姆斯特朗 [1] 一模一样。炎热的天气，再加上从未正式或非正式地和母狗接触过，让刚满三岁（以人类的年龄来算相当于二十一岁）的小沙奇蒙变得十分兴奋。

当时，少年犯沙奇蒙正在发情期，在路上遇见了一只正在过街的母狗，突然它就将满腔兴奋发泄在它毫无警觉的主人身上，无缘无故地展开了凶猛的攻势。在这场混战中，我发现自己赤手空拳用力揍着这只三岁斗牛犬的颈背。虽然最后我浑身挂彩，一只浮肿的手上，留下了两道很"体面"的咬伤，但是我的反击对这只斗牛犬而言，并发挥不了什么作用。

真正让这位精力旺盛的老兄得到教训的，是在密室里的一顿德州式鞭打。我已经很久没有打过狗了，以致我忘了狗和小孩一样，每隔一段时间就该好好教训一顿。每当回想起几个不愉快的下午，自己在柴房里所领教过的鞭打，我的屁股就会传来一阵刺痛。"不打不成器"，是我小时候常在家里听到的一句话，因此我很确定我没有被宠坏。

现在，沙奇蒙也学乖啦，让人几乎可以拍拍胸脯保证，它

1　路易·阿姆斯特朗（Louis Armstrong, 1901—1971），美国著名的爵士小号手，同时也是闻名音乐界的爵士歌手。他的昵称就是 Satchmo，据说是因为他有一张大嘴巴，又吹小号之故，所以朋友们都叫他 satchel-mouth，意思是书包嘴。

再也不敢咬它的主人了。不可思议的是，一顿毒打竟然可以让曾害主人颜面尽失的娇纵小犬，脱胎换骨成一只成熟的狗儿。沙奇蒙从此展现出了孑然不同的高尚品格，它正确地服从命令，不会跳上不属于它的沙发，或者扑到客人身上。同时，即使不敢完全确定，但它似乎偶尔会尊敬地望着你，我想我早该在几年前就好好教训它一顿了。

至今为止，我遇过两位最会训练猎犬的人，一个是爷爷，另一个是位叫艾利·威尔森的黑人绅士。威尔森也许还比爷爷更厉害些，我依稀记得，他是个小动物都很喜欢他的好人，但遇到特别顽固的小狗坚持要惊飞鸟群，或不尊重其他猎犬的追踪时，这位好人就会用卡罗来纳人的方式，折一段有弹性的小树枝，狠狠地修理幼犬一顿，并且每打一下就会喊一次"停"！

这当然让小狗当下觉得十分不开心，但是很快地，当艾利喊"停！"的时候，小狗就会把这个字和藤条联想在一块儿，然后停止动作。他的狗儿们仍旧精神抖擞，执行寻找鹌鹑的任务时也有不凡的表现。现在它们是以行政官的严谨态度在执勤，而不是像顶着一头怪发的飙车族一般，不守纪律地横冲直撞。

训练猎犬乖乖拾回猎物是有点儿难度，不过爷爷倒是有一套自己的方法，而且通常都可以达到目的，让一只猎犬把猎物原封不动地衔回来。这是个渐进的过程，就像爷爷是先教导我如何小心使用枪支，接着才教我弹道学和射击角度一样——他要我想象用橡皮管里喷出的水瞄准奔跑中的堂弟。（我长大后成为海军的射击军官，用爷爷教我的方法，很容易就让新手们学会射击活靶时要瞄准前面一点，好让子弹能适时命中正确的位置。）

爷爷说："这些幼犬，不管是山迪、彼特、阿汤，或者是乔，都很容易就把第一次放进它们嘴里的鹌鹑咬坏。所以，必须事先制止它们。你已经在后院里教会小狗拾回棍子或球，哪怕你是拉着绳子，把它们一路拖回来的。但你一定要让它明白，你所打下的是鸟，不是棍子或球，当你喊'拿来！'时，它必须完整无缺地把鸟儿衔回来。"

"是的，爷爷。"我记得自己好像是这么说的。我已经被教会要说"是的，先生""请""谢谢"，还有在餐桌上，孩子们应该准时出席，但要保持安静。最让我痛苦的一次经验，是爷爷教我如何反击一个老爱折磨我的小怪物，他的名字叫温戴尔，只要我敢踏出庭院一步，他就会追着我跑，把我吓得边跑边哭。爷爷拿了一根棍子对我说："现在这是谁打人比较痛的问题啦。只要你敢从温戴尔身边逃回来，我就会拿棍子揍你一顿，直到你回过头去反击他为止。"

那场打斗最后可以算是平分秋色。爷爷把棍子用膝盖折成两半，然后给打得鼻青脸肿的我俩每人五分钱去买冰激凌吃。到现在，温戴尔和我已经成了三十八年——也许加减一个月——的好友了。

爷爷接着说："现在注意，训练一只小狗完整无缺地把猎物叼回来，光是打它完全无济于事。它年纪还小，而且鸟身感觉是温热的，甚至都还是活着的。如果你打它，它会以为把鸟衔回来给你才会挨揍，那时候该怎么办呢？"

我说："我不知道，爷爷。"我在爷爷身边学到许多事情，其中一件便是天真地坦承自己有所不知，是避免自作聪明最好的方法。就某方面而言，爷爷就像个小孩一样，有时不喜欢被剥夺炫耀自己的好机会。

"好吧，让我教教你。现在看看你能不能打到狗儿们追踪的鸟，你开枪射击后，把老弗兰克和小狗都喊住，等我去把鸟拿回来。"

弗兰克盯住一群鹌鹑，我第一次射击打中了一只，不过第二发子弹就打空了。被打中的那只鸟儿，羽毛四处飞散，掉到花生田里去了。受过良好训练的弗兰克，只有听到命令时才会采取行动，我大喊"停！"同时伸手把小狗抓住，把两条狗都控制住了。

爷爷走到鹌鹑坠落的花生田里，俯身察看那只被打中的鸟。过了一会儿，他说："现在紧紧拉住老弗兰克，然后大喊'拿来！'，让小狗过来。"

爷爷一直喊着："在这儿！"，被放开的幼犬便开始认真搜寻那只被打中的鹌鹑。等找到了那只射下来的鸟，它猛然向前一扑，用那长满尖牙的嘴巴一口咬下，突然间，它发出一阵惊恐的吠叫，扔下那只死鸟，从嘴里吐出一些羽毛，然后竖起耳朵站在一旁，小心翼翼地检视着这只鸟。

"现在，把鸟拿来。"爷爷说，"把它拿过来给我，这才是乖孩子。"我们在后院的喂食训练里，已经教会它熟悉了这些命令，它轻轻从地上衔起那只死鸟，然后拿过去给爷爷，看起来它很开心可以摆脱那只死鹌鹑。

爷爷把那只死鸟交给我，露出得意的笑容。爷爷刚刚露了一手训练狗儿的老式妙计：他只是拿了一条上面插满尖锐大头钉的宽橡胶带，偷偷绑在那只死掉鹌鹑的身上。当小狗一口咬下那只鸟时，多少会被鸟儿身上的大头钉刺到。虽然小狗的牙齿十分锋利，但这半英寸长的大头钉可是比狗牙还要尖锐呢。

爷爷说："它可能会忘记这次的教训，下次又开始乱咬猎物。即使可能性很低，你还是把这条宽橡皮带放在你的猎装口袋里，要是它下次还是乱咬，就再给它一次同样的教训。狗儿可不像人类那么笨，通常两次就学会了。"

爷爷认为，对狗儿和小男孩应该要讲道理，但如果他们把你的话当耳边风，就必须用其他方式，让他们牢牢记住什么是错的，什么又是对的，一定要学会分辨是非。但这只不过是爷爷手中的一个小花招而已，他老人家的妙计还多着呢。

我不知道"紧箍项圈"是不是爷爷发明的。山迪是一只高大的英国赛特犬，有着柠檬和白色相间的毛皮。它有个很坏的习惯，老是喜欢偷其他猎犬的猎物，还会打断别人的追踪，或偶尔故意吓飞鸟群，就只是因为忌妒。爷爷和附近铁匠店的老板稍微商量了一阵，在一阵火花乱窜后，完成了一个看起来像用尖锐指状物做成的套索。

"下一次，碰到山迪又想偷弗兰克盯牢的猎物时，我会把这个东西套到山迪先生的脖子上。它想冲出去时我会大喊'停！'，但你不必理会，尽管开枪射击，接下来的事就让我处理吧。"

用鹌鹑群引诱山迪落入陷阱其实有一点困难，因为它是个天才，有着雷达般的鼻子，能够从风中嗅到远方的猎物。弗兰克则擅长盯牢单独行动的鸟儿，但是它小心而谨慎追踪的成果，老是因为傲慢的山迪闯入而无功而返。弗兰克就像瑞士表一样精准，鹌鹑群惊飞四散后，会紧紧盯牢躲在金雀花丛里的落单鸟儿，但山迪却老是射程外就把很多鸟儿吓飞。

有一天，弗兰克盯牢了一只躲在灌木丛里的鹌鹑，山迪像只猫一样轻盈且狡猾地跟在它的身后，正准备偷取弗兰克的猎物。山迪是如此专注在偷窃上，以至于它根本没发现爷爷已经悄悄地把这个奇怪的项圈套在它脖子上了。突然间，它往前一窜，掠过弗兰克的身边，惊起弗兰克那躲在灌木丛中的猎物。

就在爷爷大喊"停！"的时候，我开枪射中了那只鸟儿。

我转过头去，看见爷爷手中握着一条铅链，链条的另一端是一只快要窒息的英国赛特犬，它的眼睛都往外凸了出来。

"我坚信犯了罪就该被惩罚，"爷爷说，"山迪就是个罪犯。我刚刚用的是在英格兰用来惩罚拦路抢匪的方法，结结实实给山迪上了一堂课：如果你胆敢偷窃，就该被吊起来。被吊起来可不好受呀，是不是，山迪？"爷爷放松链子，然后把紧箍项圈从山迪的脖子上拿下来。他拍了拍山迪的头说："下一次我喊'停！'的时候，你就该乖乖地停止不动，然后，"爷爷转头对我说，"如果下一次山迪还是不听话，我们再把这个项圈套到它的脖子上，用这条为它量身定做的套索，'轻轻'地施加一点压力在它的脖子上，就像你每次玩弄鱼一样，让它筋疲力尽，看看我们能不能让它培养出高尚的品格。"

我养过好几种狗：指示犬、赛特犬、长耳狗、有着黑色卷尾巴的杂种犬，还有只狗儿从外表看来，活像是和麝鼠交配后所生下的杂种犬。它们都很不错，会回应我的哨声，衔回被打中的鸟儿，甚至包括鸽子——这种鸟被射中后，很容易咬得一嘴毛，所以狗儿们不怎么喜欢。而且这些狗不会偷取属于其他狗的猎物，它们会降低速度盯牢落单的鹌鹑，也会注意鸭子落下来的位置，即使它们跑得太远，当我招手时也知道立刻反应。

我记得这当中只有一只狗，是天生就懂得如何做好这些事情，其他的狗都是在后院严格的训练中学习如何遵守命令的：首先，是在喂食和叼球游戏中教会它们规矩，接着使用鞭子，最后是出动紧箍项圈和钉着大头针的宽橡皮带，把它们的行为训练到尽善尽美。它们大部分都是值得夸耀的狗儿，一旦它们改掉那些与生俱来的坏习惯，连它们自己也会感到十分骄傲。

爷爷说："当然，你不能给狗一个好鼻子，只有上帝可以教导它如何闻嗅，不过由'哈利阁下'[1]的故事，你可以知道要教导它懂得规矩，善加利用它的好鼻子来造福我们。"

爷爷继续说："等你长大以后，有了自己的孩子时，你也许还会记得无论对小狗还是小孩，'停！'都是个很有用的字眼，因为小孩和小狗压根儿没什么不同。加了一顿鞭打的训诫，比光讲一番大道理有效得多。我可以证明给你看，现在我问你：'小孩子在餐桌上要遵守什么规矩？'"

我回答说："要准时出席，但保持安静。"老天，我以前也受过这样的教训，只是我没有被套上紧箍项圈罢了。

几年前，俄国人发射人造卫星，第一次将狗送上外太空的创举，在世界各地引发了一连串前所未料的反应。阿拉伯人也

---

1 哈利阁下（Lord Harry），英国作家 Wilbert Vere Awdry 所写的铁路小说 *Mountain Engines* 中的一个角色。"哈利阁下"是一台鲁莽、自大的火车，因为不遵守规矩闯下大祸，失去了旅客们的信任，直到它拯救了一名受伤的登山客，才再度获得了大家的信任。

许并不太关心这个消息，因为对于他们而言，狗不过是讨人厌的可怜虫，只适合被拳打脚踢或活活饿死。

然而，其他国家的人，甚至连俄国人自己，想到这只可怜的狗，必须待在绕着地球旋转的人造卫星里，如同在巴甫洛夫经典条件反射实验[1]里一样，只能在听到铃声时才能吃东西，最后还要死在这个荒谬的"狗屋"里，都感到十分沮丧。人们认为强迫活生生的狗进行科学实验，无非是一种虐待。英国人的抗议最为强烈，几乎所有媒体都用头条报道，这只狗安全返回地球的可能性有多大。

一只小母狗让全世界面对"生命可贵"的事实，着实令人动容和震惊。突然间，爷爷的身影浮现我的脑海，远比赫鲁晓夫[2]、爱因斯坦、科学家，甚至那些遍布世界各地、负责处理比十二英寸口径大炮都更巨大的武器技术人员都还要更加清晰。

爷爷他老人家一定会对那个把狗送上外太空的笨蛋感到十分恼怒。他对于狗儿有自己的一套见解，但是绝不包括把狗放进密不通风的"狗屋"里，然后用火箭送进太空，最后因为没

1　巴甫洛夫（Ivan Pavlov, 1849—1936），俄国生理学家，其最有名的理论便是"经典条件反射"：在狗进食时摇铃，让狗学习将食物与铃声产生联结，之后即使不提供食物，一听到铃声，狗仍会分泌唾液。

2　赫鲁晓夫（Khrushchev, 1894—1971），俄国政治家，主张东西方缓和，以避免核战争。

有跳蚤可抓，没人温和地抚摸它的头而孤寂地死去。

爷爷总是说："狗啊，在某些方面更胜于人类，要根据它们的身份和专长，好好对待它们。即使是一只没用的狗也有它自己的尊严，应该容许它用自己的方式来善尽本分。"

在爷爷的字典里，"没用"的狗指的是那些没有专长的狗，像是大丹狗、京巴犬、贵宾狗、巴哥犬等等，在爷爷的眼里就算是没用的狗。大声吠叫的野狗会追逐兔子，卷翘着尾巴的黑色杂种狗会把松鼠赶上树，任何一只斗牛犬与猎犬混种的狗儿都能追赶鹿只，即使是一只在森林里工作时活力充沛的可卡猎犬，都算得上是有本领的狗。

最优秀的狗是纯种的瓦克尔猎犬、切萨皮克犬和小猎犬，稍逊一筹的是除爱尔兰种外的赛特犬，最后则是指示犬。（你每年都得重记一次排名，因为狗儿们就像红发女人般善变哪！）爷爷十分偏爱指示犬，他认为虽然卡罗来纳蔷薇会刺伤它们的尾巴，但指示犬还是比长毛赛特犬更适合在灌木丛生的地方狩猎，只有弗兰克是个例外。弗兰克是只身上长满蓝色斑点的卢埃林种赛特犬，它能精准地计算出鹌鹑的躲藏之地，而且它的毛几乎和指示犬一样又细又短。

我认为爷爷是我所见过的人当中，管教狗儿的态度最严厉的一位。例如，他绝不允许把工作犬——猎犬或猎鸟犬——当作宠物般溺爱。对拾猎犬——长耳犬或是拉布拉多犬——爷爷倒是稍微宽容一点，因为拾猎犬的工作本来就比较轻松，而且不会因为娇生惯养就忘记自己的本分。

爷爷说："猎犬和猎鸟犬是应该待在屋子外的狗，除非像圣诞节之类的节日，才可以偶尔让它进屋子里来。如果你让它太常待在屋子里，它会以为自己和人类的地位一样，老是赖在你的腿上不走，只在它想打猎的时候，才愿意听从你的命令，最后的结果是你会失去一个狩猎的好帮手。一只优秀的猎犬，就和虔诚的苦行者一样，你必须时时磨炼它的肉体，好让它随时保持在最佳状态。应该把它关在狗屋里限制它的行动，以避免漫无目的的闲晃浪费了它的精力，这样一旦你放它出来时，它就知道应该工作了。还有，当它不狩猎时，应该让它稍瘦一点，等到打猎季节开始，才不会因为太胖，没跑几步就气喘吁吁了。之后，就该好好地喂它，因为它吃进去的粮食很快就都消耗光啦。"

我不知道现在的猎犬都流行吃些什么，过去我们总是用餐桌上剩下的残肴、冷掉的碎玉米粥、绿色蔬菜和玉米面包喂我们的狗儿，从来不曾发生营养失调的情况。老葛和老李过去曾为狗儿们做过不知道多少盘的玉米面包，在我的记忆中，这些面包都和我们在餐桌上吃的一样美味。

我们家每天只喂狗一次，喂食的时间，通常在下午五点钟。虽然我们所有的狗都会一起喂，但是每只狗都有自己的餐盆。

我们的狗大部分都是公的，但并不会为了争食而打架。爷爷从狗儿们还小的时候开始，就训练它们不准打架，打架的狗儿除了挨一顿揍，也会被罚不准吃饭。爷爷总是说："让贪吃鬼饿肚子比对它讲道理有用多了。"

每个星期我们都会到肉贩那儿去买回最便宜的肉，喂狗儿吃个一两次，一个星期也会喂一次鲑鱼罐头，在那个年代，每个罐头值十四分钱。至于零食，是偶尔才会买一点的狗食罐头，和爷爷那古怪至极的秘方——在每份餐里加入大量的鱼油。因为我们居住的那一带鲷鱼和鲱鱼的产量十分丰富，所以鱼油很容易取得，而且十分便宜，剩下来的鱼碎块就用来制作大量的肥料。

也许现在听起来会觉得有点奇怪，但是我们偶尔也会喂狗儿吃一整条的鱼和一些鸡骨头。爷爷的理由很简单："什么是狗？狗是从野狼驯化而来的，狐狸可是它们的远亲哩。狼和狐狸吃什么呢？所有它们可以抓到的猎物都吃，包括兔子、鸟这些小型的动物。在阿拉斯加，哈士奇犬只吃整条的鱼，这些食物都有骨头。狗的消化器官里有足够的生石灰能够溶化铁棒。如果有狗的喉咙被东西卡住，它懂得吐出来呀。如果把现在这些娇生惯养的狗放出去，它们还不是会去吃任何在林子里可以找到的东西，不管是死的或已经腐烂的，也不管是毛皮、羽毛或骨头。我从来没看过有狗因为消化不良而死掉，也没有听说过有狗因为鸡骨头卡在喉咙里而窒息死亡。"

我那些"违背常理"的卫生常识，很有可能就是从爷爷和狗儿身上学来的。小时候我本来一直是萝拉的小帮手，负责帮忙这位老妈妈（她以前是黑奴）敞开厨房的大门，到六岁时才正式晋升到"狗童"这个职位。

狗童的职责包括准时喂狗，训练小狗听到"开动！"的命令才能开始吃餐盘里的食物。当小狗太过狼吞虎咽时，我就会抓紧它的尾巴，大声喊"停！"。大约一个星期左右，它们吃饭时就懂得乖乖地守规矩了。

狗童另外一样例行工作，就是每天检查狗屋是不是通风良好，还有每个星期定期更换它们睡觉时躺卧的松针。我们自己替狗儿盖了简单的狗屋：用砖块高高架起载货用的箱子，好避免地面的湿气，上面还有一个可以往后翻的盖子，有时可以打开让阳光照进来。我到现在仍旧相信，松针是最干净、也是最保暖的垫材，它的香气同时还能防虫。对于一个小男孩而言，每个星期能到宛若教堂般寂静肃穆的松树林里，装满一袋又一袋干净的棕色松针，是多么有趣的一件事情哪。有时候，我也会捡一整袋掉落的松球果回家，它们是很好的引燃物，同时又会散发出一股熏香。当然，那是大人们才喜欢的味道，对我而言，我还是比较喜欢烤面包香喷喷的气味。

此外，狗童还必须负责帮狗儿除虱。有时候，我也会不小心染上跟狗儿身上一样的疥癣，这时候就只能和这些备受折磨的狗儿一起接受治疗啦。爷爷有个专治疥癣的灵方，将使用过的润滑油和硫黄一起调匀，涂抹在长疥癣的地方。这种药让我跟狗儿都难闻得不得了，却很快就能见效。

我明白回忆总是比较美好，但我还是想告诉你，动手训练幼犬是件多么令人兴奋的事！你把它从小养大，教导它规矩，替它治疗疥癣，它在森林里狩猎时表现出来的高尚品格，会让你在长辈的面前面子十足。

有一次爷爷说："狗和人其实很像，你怎么教导它，它就会成为什么样子。世界上有坏狗、好狗、笨狗和聪明到不行的狗儿，但是一般来说，只要你用正确的方式好好训练，所有狗儿最后都能成为一只守规矩的好狗。好好揍它一顿，让它知道自己错在哪里，那么就不会出现看到兔子就猛冲的狗，也不会有抢银行的小伙子了。"

每一次，当我读到那只在人造卫星里可怜小狗的头条新闻时，爷爷的身影总会浮现在脑海中。即使已有大量的动物死去，但人类却始终好好地活着，那么为科学研究而牺牲一只狗，或过度地为动物们伤感，似乎都无所助益。真正让人愤慨的是，把狗——不管是好狗、坏狗，还是普通的狗——放在一个不属于它的地方。

爷爷说："一只工作犬不属于屋内，而一只宠物狗则不适合生活在屋外。宠物狗和工作犬本来就不一样，而且每一只狗都有自己的尊严，一定要受到尊重。一只有胆量的猎犬，最后终会自己找到回家的路。"

我想真正惹恼我的是，人造卫星上的那只狗最后无法找到回家的路，但那却不是它自己的错。也许从某个角度来说，那只狗太过服从了，以致让它的尾巴被没有感情的人抓住，送到遥远的外太空，在那里，它再也无法听到主人呼唤它的哨音。

第二十章

第二个童年之一

我认识的一位朋友不久前刚满四十岁，这让他十分沮丧。四十岁对男人而言，是有点儿难捱的一年，这就跟一年中的十月一样，夏天时被蚊子叮咬的痕迹仍旧清晰可见，但，南瓜表面已经开始结霜，湿冷的天气暗示躲在不远处的冬天即将到来。

爷爷有次谈到某个亲戚时，讽刺地说，他想让自己看起来还很有采收玉米的精力，根本就是徒劳无功的卖弄。爷爷说："我实在搞不懂，为什么四十岁老是让大部分的男人，从他们三十九岁半就开始痛苦不已。好像垂死前的最后挣扎，得承认自己不再年轻，然后强迫自己接受中年的啤酒肚和秃头。女人则是在快三十岁时，开始焦躁不安。但让我坦白说吧，女人在接近她们所谓'中年'时所感受到的不安，远远比不上男人的一半。"

爷爷边笑边给他的烟斗点火："你从来都没想过，自己有一天也会四十岁吗？"

我猜我那时候大概十五岁，每天都焦急地盼望日子能过得快点，好让自己可以早点满十六岁，考上驾照合法开车上路。除了像我爸爸那种正逐渐朝这个岁数逼近的"老"人，会变成四十岁这件事怎么想都很奇怪。我从来都没想过爷爷到底几岁，从我有记忆以来，他总是戴着同一顶扁帽，脸上总有一把毛茸茸的胡子，甚至胡子上的黄色烟渍，从我六岁和爷爷像大人般一起相处以来，就从来都没变过。

我回答说："没有，爷爷。那对我来说还太遥远了。"

爷爷说："并没有你想的那么遥远啦，你会发现四十岁很快就到了；一旦你过了二十一岁，岁月就开始狡猾地偷偷溜走，一转眼四十岁就在不远处啦。但是，重点是别让光阴白白流逝，徒留感伤，而且即使到了中年，也别让这个年纪折磨你。我认为四十到六十这段年龄是男人最棒的时光，他还是可以把每件事情做得和年轻时一样好，以前他无法一蹴而就的事，现在也已经有足够的智慧，可以从从容容地做好。你说说看，弗兰克和山迪谁是最棒的猎犬？"

我连想都不用想就回答："弗兰克。"

"没错，当然是弗兰克。"我们这只有着蓝色斑点的卢埃林指示犬，光用屁股都能比大多数用鼻子嗅闻的猎犬侦查到更多鸟。爷爷接下去说："如果你把狗的岁数换算成人类的话，弗兰克几乎和我一样老，绝对不是毫无经验的年轻小伙子了。在弗兰克狩猎时，你注意到什么特别的事吗？"

我想了一会儿后说："这个嘛，它从不犯错，而且总是很从容，不会像没挨过打的笨幼犬一样横冲直撞，一下追踪云雀，一下又去追赶兔子。它会先仔细思考，绝不浪费不必要的精力。"

爷爷赞许地微笑："你说中要点了。山迪是只好猎犬，也许有一天它会变得沉稳一点，但现在，它总是在你还来不及用鞭子提醒它去狩猎之前，就已经把周遭一英里半内的范围都踏遍了。它不是不懂惊吓鹌鹑群是不对的事，它只是嫉妒其他猎犬，不懂得好好驾驭自己的脾气。当它竖起耳朵追踪兔子时，多半只是因为爱玩。它明明知道在狩猎时不该因为一只兔子而分心，然而，它骨子里的那份孩子气却让它表现得像个笨蛋，像追兔子这件事就是。"

看来这又是漫长的一天，并且现在正好是个无趣的季节：打鸽子已经太晚，却又还不到猎鹌鹑和野鸭的时候。不是我不喜欢听爷爷说话，但是当他老人家又开始讲起人生大道理时，那就表示又有工作要做啦，而且那多半是我的事情。我闭紧嘴巴，摆出一副很有兴致聆听的样子。

爷爷说："山迪让我想到了你，你们俩总是有用不完的精力。它每天都不快乐，老是伸长脖子盼望明天快点到来。你现在也一定也急着想快点满十六岁，好可以'合法'地把我们那台老福特开上路。"他刻意强调"合法"这个字眼，因为爷爷早知道我从十二岁起就开始偷开那台老车了。

"十六岁很快就到啦，接下来是二十一岁，然后是四十岁和八十岁，突然间，要到你死之将至前才会发现，应该好好享受国庆节[1]时，却把所有的时间浪费在担心还没到来的圣诞节上。"

爷爷用烟斗搔了搔他的鼻子，然后看着我，似乎期待我有所回应，但我什么话也没说。对我而言，会变成四十岁或八十岁一点都不重要，我心里挂念的是还有二十七天六小时四十二分钟，猎鹌鹑的季节才会开始；还有四十九天又七小时九分钟，学校才会开始放假，然后我的生日就到啦……

爷爷说："你脑袋里在想什么我可是清楚得很！你希望时间最好快点过去，好让你现在没办法做的事情赶快到来，但是到时候，你又会开始担心还得等多久下一次才会再来。从圣诞夜你就已经开始焦虑了，因为距离下一个圣诞节还有三百六十六天。你可不像我和弗兰克，我们不会浪费精力胡乱追赶不是猎物的鸟，但是我们大部分时候都还是能带着猎物回家，而且不会筋疲力尽地瘫在火炉边。但你如果有只鸟没打中，

1　美国的国庆节为每年的七月四日。

就会在心里淌血一小时，然后因为挂心那只失手的鸟，下一次也还是会开枪落空。我知道很少有人能从错误中学得教训，但你所能做的只是擦干已打翻的牛奶，好好地把握现在，然后，让未来慢慢地到来。你必须学习好好享受你此刻所拥有的一切。"

我开始觉得不耐烦了起来。也许你年满十六岁以后，可以耐得住性子聆听这番大道理，然而，现在我只想找点乐子。

爷爷失望地叹了一口气："我知道现在讲这些给你听不过是浪费口舌罢了。不如你上楼到房间帮我拿另一罐'亚伯达王子烟草'，然后我们去找点乐子好了。"

我带了烟草下楼。"我们出门吧。"我说。

爷爷问："你想上哪儿去？"

我说："我想去非洲打狮子，或者到印度猎老虎。我想今天就去，可不想等到四十岁。就像您刚刚说的，我不应该在等待中虚度光阴的。"

爷爷咧嘴笑了："你真是厚脸皮，不是吗？我们这一带附近没有狮子和老虎，不过也许可以找到——就某种程度而言——与狮子和老虎很类似的猎物。该让你尝试尝试危险的狩猎了。"爷爷说着，露出了邪恶的笑容。

"你读过孟加拉骑兵的故事吗？那是群英国士兵在印度猎野猪的故事。现在，在你的帽子上绑块布，假装是印度人的头巾，然后我们猎野猪去！这一次猎野猪我们最好用大型铅弹，而且得带上几只猎犬，你跑去问问瓦特先生，看看他能不能借我们一些猎犬，阿蓝和阿铃应该就可以了。"

我们帮猎鸟犬系上狗链，然后把它们扔进老福特车的后座。它们无所事事地趴在后座上猛流口水，舌头斜斜地吊在嘴边。老阿蓝警觉地竖起它那只被浣熊咬伤的耳朵，它知道有车子就有枪，有枪就意味着要去打猎了。

爷爷带点淘气地看着我："帐篷在哪里？盐巴、胡椒、腌肉、咖啡和糖这些东西你准备了没有？少了这些东西怎么去猎野猪呢？你不会天真地以为打野猪可以当天来回吧？那可能需要五到六天呢。你可能得翘一点课，奶奶她们也会整夜担心得要命，不过正所谓'不经一番寒彻骨，哪得梅花扑鼻香'。还有，我们的扛枪手和负责惊起猎物的猎犬在哪儿？没有一个传统猎野猪的队伍是像我们这样散漫的。"

我说："我不认识什么扛枪手耶，我还是个猎野猪的新手，根本什么都不懂啊。"爷爷搞得我手忙脚乱的。

爷爷喃喃自语："我想，让阿布纳的猎犬帮忙赶野猪应该没问题，彼得和汤姆可以充当我们的扛枪手。你先去通知他们俩在半小时内准备好，然后叫汤姆带上他的来复枪，你永远不知道在丛林里会遇见什么，也有可能是短尾山猫或山狮之类的。很可惜北美洲这儿没有老虎，你只能怪罪造物者的粗心大意，忘记分配一些奇珍异兽给我们了。"

　　有时候我会想，应该是某人粗心大意地在彼得和汤姆身上犯下了错。我应该不止一次提到过他们，彼得和汤姆都是身材瘦长的家伙，下巴突出，留了一撮黑胡须，住在森林里。有人说他们带有一些印第安人的血统。不论到哪里，他们都牢牢穿着那双长及大腿的长筒橡胶靴，而且随时嚼着烟草。他们冬天酿玉米酒，春天把酒喝光；他们夏天钓鱼，秋天打猎。每逢又大又肥的鲱鱼群涌到的季节，就在查理·高斯先生的肥料工厂里帮忙打点零工。我想他们几乎懂得一切有关森林与大海的事情，但他们老是不愿意教我，总是存心想作弄我。彼得是我的好哥儿们，而汤姆只是有时候会和我称兄道弟。大家都说汤姆表现得比较像印第安人，尤其是当他喝了点私酿威士忌后，就跟失去控制的小熊猫一样，把大家都搞得不得安宁，只是我从来没见过他那个样子。关于彼得和汤姆，我记得最深刻的就是我打到第一只公鹿那次，他们俩合力把我的脸塞到公鹿肚皮里那团混着血液、内脏的绿色草渣里，弄得我满脸血污。

　　我气喘吁吁地跑到彼得和汤姆住的地方。彼得问我："你爷爷最近好吗？"那栋房子看起来摇摇欲坠，油漆经风化剥落，前廊地板有一端破了个大洞，阶梯也下陷变形得厉害。他们俩坐在阶梯上嚼着烟草，把残渣吐到前院沙地上。因为他们手上没拿着刀或枪，让我感觉我好像从来没见过他们一样。

我上气不接下气地说：“爷爷突然想去猎野猪，所以吩咐我来通知你们，你们也知道他突然想做什么事时急躁的样子。他还说要你们带上来复枪，也许派得上用场。”汤姆和彼得你看看我，我看看你。

“野猪，嘿？”汤姆学猪咕哝咕哝乱叫。

“是爷爷说的，他老人家说你和彼得可以充当扛枪手，阿布纳的猎犬可以帮忙赶野猪，就像孟加拉骑兵队一样吧，虽然我也不是很确定，不过爷爷说走就要走啦。”

彼得向汤姆眨了眨眼：“但我们如果不快把前廊修好可是会被赶的，那老女人老盯着要我们加快进度，你觉得……”彼得听起来有点犹豫不决。

汤姆：“我们都已经拖了三年了，既然到现在都还没赶我们走，我想应该没什么关系。来嘛，彼得，既然这位老绅士想去猎野猪，我们最好去帮忙。你回去和你爷爷说，我们会准备好等你们来接的。”

我又急急忙忙跑过沙丘，但总觉得听到彼得跟汤姆在我后面嗤嗤窃笑。如果有彼得、汤姆及两只猎犬同行，即使被骗去猎山鹬我也不在乎，什么野猪、孟加拉骑兵的，对我而言，一点都不重要。

当我到家时，爷爷几乎都准备得差不多了。露营用品、毯子和炊具都已经堆在老福特旁的地上。

爷爷说："我已经说服你奶奶了，快去穿上你的猎装，然后帮我把这些东西装上车。彼得跟汤姆会一起来吧？他们俩不会已经喝得醉醺醺的，或者被抓去关在监狱里了吧？"

我说："他们答应一起去，会准备好等我们去接。不过他们似乎觉得这次打猎有点滑稽可笑，是吗，爷爷？"

爷爷说："就我所知并不是。猎野猪是很严肃的事，如果不随时提高警觉，很可能会受伤呢。趁你奶奶还没改变心意前，我们赶快出发吧。"

我们去接彼得跟汤姆，把他们俩塞进那台已经装满猎犬、枪和炊具的老福特后座，然后沿着铺上木头的泥地路，一路颠簸着出城。突然间，爷爷开始放声大笑，笑到必须把车子开到路边停下才喘得过气。彼得跟汤姆也跟着爷爷开始大笑。我觉得心里有点儿不是滋味，因为我一点都不觉得有什么事那么好笑。我想爷爷一定注意到我的沮丧，他说："别放在心上。不过你注意到这次打猎和以往有什么不一样吗，我是说，不太正常的地方？"

我回答说："没有，爷爷。"

爷爷说："好吧，看看我们吧。三个已不再年轻的成人，两只爬满跳蚤的老狗，还有一个小男孩随从，浩浩荡荡地出发到丛林里玩孟加拉骑兵式的猎野猪游戏——在我们这个年龄呀！再过不久，我就七十岁了，彼得跟汤姆如果认真算起来，大概也有五十或五十二岁，还有阿蓝和阿铃，它们差不多和你一样年纪，也就是说换算成人类的年龄就有一百多岁了。但是我们却像年轻的印第安人一样爱玩，兴冲冲地跑到林子里猎野猪。记得今天早上我曾告诉过你，四十岁并不是世界末日，对吧？"

我说："是的，爷爷，您说得很对。"我看看身边的爷爷、汤姆、彼得和猎犬们，突然觉得自己是当中最老的人。

我跟那位朋友讲起这个故事，是因为他为了刚迈入四十岁而忧郁不已，听完后他似乎觉得心情好多了。

他问我："后来你们打到了野猪吗？"

我说，我们当然打到了几只野猪，不过让我等会儿再说吧，我这把老骨头酸痛得不得了，得先服用一些镇痛剂来舒缓一下呢。

看到了吧，我这个小男孩才不过刚满四十五岁，却已经感觉我的关节正逐渐衰老了呢。

第二十一章

第二个童年之二

　　爷爷私藏了许多适用于不同情境与不同心境的人生哲学，其中他很喜欢说的就是男人什么也不是，不过就是个长大了点的小男孩。他常说如果一个人在正确的教育下成长茁壮，那么不管在成熟的痛苦过程中，他需要面对多么艰苦的挑战，都是很难把他击垮的。

　　爷爷说："测试一个男人是不是已经长大，要看在他胡子变成灰白的过程中，蠢事是不是越做越少，并且不再看起来就像是个笨蛋。我说的不是指追逐浣熊这类的事，因为无论是谁在夜晚跑进树林里撕碎上衣，乱钻乱窜，跟在一群猎犬后面寻找万分之一渺小的机会，把浣熊赶上树，纯粹都只是因为他们想找个理由在石楠丛中喝醉罢了。"

　　爷爷是说过这些充满睿智的话。但是，他跟汤姆、彼得——

这两个有一半印第安血统的丛林男子，为纾解我对年轻大冒险的饥渴，还是决定带我参加所谓的"猎野猪远征队"。我们要像爷爷说的"孟加拉骑兵"，就像我曾经提过的，用那种千辛万苦的方式去猎猪。这并不是指一定要像印度骑兵队一样骑在马上用长矛打猎，而是用凶猛的猎犬追逐它们，然后一对一地对付一只野猪。

树林深处有种我们称作"尖背野猪"的动物，它们原本是在野外生活的温驯猪种，被一般人当成野生的食用猪，但是刚生下小猪仔的野猪，就像任何一种离开沼泽的动物一样难以驾驭。它们的体形不像山里的俄国野猪那样大，但脾气却一样固执。它们分布在整个北卡罗来纳州的东部地区，和往南直到佛罗里达的大沼泽地国家公园。

在这次值得大书特书的猎猪活动中，我们先是到阿布纳先生的农场去。阿布纳看起来足有七英尺高。他的肤色有点黑紫，体重大概两百五十磅，而且大概有二十个孩子。他的豆园里有好几群鹌鹑，还有一些鹿、火鸡、狐狸、山猫等出没在他私人的沼泽区里，包括一些野猪。当爷爷问他最近有没有看见野猪时，他的眼睛一亮。

"有的，船长。"他说，"沼泽那边有很多呢。还有很老的大猪，有天我在设陷阱时碰到它，它像狮子一样对我大吼。尖尖的獠牙，弯起来往眼睛的方向长。那是一只很坏的公猪，跟一群很坏的母猪还有一大群讨厌的小猪在一起。我很乐意射死一些该死的小猪，免得它们长大后跟老爸一样可恶。"

爷爷说："我们想让这个小男孩猎猎野猪。我们有猎犬，但还需要骡子及一些小装备，来吧，到水井那里去谈，我们需要好好准备。"

（就我了解，那儿有一个装了半加仑斯卡柏白葡萄酒的酒瓮，吊在阴阴冷冷的深处。过了一会儿，这些大人带着微笑走了回来。）

"来搭帐篷吧。"爷爷说，"明天天一亮就要出门干活儿啦，今晚我们需要好好睡个觉。天亮前你让这些年轻人准备好，阿布纳！"

"遵命，船长。"阿布纳说，"我们会准备好的。"

我们回到老福特车上，从主要道路开往一个我们以前猎火鸡还是猎鹿时住过的营地。那是属于阿布纳的产业，别人没有用过，因为阿布纳向来严禁别人侵入他的私有土地。他出租许多土地，大部分都是为了采松脂的权利；他没法接受陌生人，因为他们可能会不小心让烟灰点燃整个金雀花丛，烧掉整片珍贵的桃木。

那是个很适合打猎的乡野。有很多高高的长叶松木，轻轻地把它们的树干砍出一个缺口，就可以收集到像成串葡萄一样一团团凝固的蜡状树脂。如果敲下这一球球的固体树脂，感觉就像口香糖一样有弹性，连嚼起来也是香香的。这些高大的松木底下无法生长其他的植物，因为它们的枝叶像大伞一样高高撑起，挡住了所有的阳光。这些大树底下满满都是长长的褐色松针，一种颜色铺满一整片，看起来就像一张褐色地毯，踩踏起来软软滑滑的。阳光偶尔从叶子的缝隙中洒落地面，看起来像是一个个金色的小水塘，也像褐色地毯上镶着闪闪发亮的斑点，不过大部分时候，树阴阴沉沉的，树底下跟礼拜堂里一样阴暗。薄暮降临，鸽子发牢骚似的喧闹，夜幕低垂，空气也逐渐转凉，这时候待在树林里，让人觉得毛骨悚然。

高高的松木林枝叶生长在顶端，四周是一块块砍得光秃秃的矮橡丛或松树苗，地面上一大堆枯死的植物拢成一座座小圆丘，倒下的树木堆成小山，长满了地衣，还有绿油油的冬青科植物。这些小岛——这些真的是小岛，就是你把鹌鹑群从金雀花丛、玉米田里，或豌豆园里惊飞后，可以重新找到它们的地方。被强风狂扫的金雀花点缀着这些小岛，仿佛一片滚动的黄金海洋。鹌鹑群栖息在金雀花丛中，远离沼泽区那些讨厌的动物。有时候它们会一大群一大群地突然从田野中飞来，四散到金雀花丛中。任何一个带着猎鸟犬的猎人都可以轻易在这里达到狩猎限制量，只要他真打算这么做，并且不在乎是不是为明年留下了猎物。大部分鹌鹑驻扎在沼泽外的小岛上，有时候也会直直飞向另一边的矮坡，但它们很少停留在松木林里，因为那儿没有东西可以掩蔽，更不会停在沼泽区里——那儿有太多讨厌的家伙了。

但是鹿、野猪，偶尔还有山猫埋伏在沼泽区里，还有很罕见的黑熊。鹿和野猪会在夜间外出觅食，踩坏玉米田或用鼻子翻拱花生园。野猪是豆园杀手，包括花生和黑眼豌豆，而鹿则大啖刚长出来的玉米跟嫩绿的黑麦。

爷爷说："计划是先找到野猪的踪迹，然后让猎犬出动。要一些小黑炭跟在猎犬后面，监视两侧的风吹草动，接着我们就可以在空地上跟野猪对决。我们要把它们赶进草丛中，用骡子把它们撞倒。你，我的好男孩，"他对我说，"你就是长矛骑兵的首领，那群小黑炭的老板。"

"我该用什么刺野猪呢？"我问，"我完全不记得带我的长矛来。"

"用干草叉就很够啦。"爷爷说，"如果有野猪靠近咬你，也只需要一根干草叉就够了。顺手好使的东西最好，尤其你还得从骡子上下来。"

"那你要用什么呢？"我好奇地问爷爷，"用另一根干草叉吗？"

"不是。"爷爷回答，"我是这次的狩猎向导，也是扛枪手。我已经太老，不适合用干草叉啦。我要紧黏着我这支推拉式老爷枪。汤姆会带着他的来复枪，彼得会用他的双管枪当你的后盾。但是一根优秀的干草叉，是不需要枪支助阵的。这不是什么没把握的冒险啦，不像我读过的书上说的那样。吉卜林[1]一定不能像我一样很肯定地证明这一点。"

除了我，大家都笑了。在我看来，这群大人不停在笑，大多是我觉得没有意思的笑话。当他们必须对付鹿、野鸭、鹌鹑或火鸡时，他们大部分时候是很严肃的猎人，但每次只要有人一说到"猪"，总有人窃窃发笑。

我就不啰唆关于搭帐篷的事了，因为每一座好帐篷都是一样。也就是说，我包办了大部分的工作，像砍木材，削引火物，取水，劈松枝铺床等等——当那些大人只懒散地在一旁品尝水果酒的迷人香气时。晚餐吃的是些很不错的玉米面包、煎火腿跟蛋，我带着疑惑上床，不知道那些老小孩会怎么作弄我。

我好像才刚刚睡着，就有人在寒冷的日出时分把我摇醒，我用力揉着双眼，想赶走睡意。当我到小溪旁取水的时候，阿布纳跟他的亲戚们到了。他召集了一大群他的侄子侄女，看起来就像是支充满年轻黑面孔的军队围绕着他。至少十二只混种狗跟着阿布纳的亲戚们，乱咬乱叫着。我们借来的猎犬老阿铃

1　吉卜林（Rudyard Kipling, 1865—1936），出生于印度孟买的英国作家及诗人。他以颂扬大英帝国主义，创作描述驻扎在印度和缅甸的英国士兵的故事和诗作，以及撰写儿童故事而闻名。代表作有《丛林之书》《基姆》《原来如此的故事》，曾获 1907 年的诺贝尔文学奖。

跟阿蓝，睡眼惺忪地看着那群狗儿扭打跟狂吠，一副很无聊的样子。四只骡子，耳朵在黎明晨辉中垂下，一身战斗打扮，带着木制的颈轭，铺着毛毯当作马鞍，缰绳环绕在颈轭上。我注意到阿布纳的队伍里，每人都带了一个不同种类的锡壶或锡锅，并挂着一支短棍。

爷爷咧嘴而笑，他说："计划是这样的，我跟彼得、你骑到沼泽最远那头，在金雀花丛里等待。汤姆会带阿铃跟阿蓝到桃树林里寻找野猪的踪迹，野猪会逃到小溪支流那里去，就让负责惊起猎物的狗儿跟人去吓吓它们。那些人用力敲打锡锅，狗儿守住去路，我想，如果一切顺利的话，我们可以从野猪的身后收拾它们。"爷爷又大声对彼得跟汤姆说："我认为这是可行的计划，但从个人经验来说，我只在书上念过这些事，所以如果事情进行得不如预期，我可不负责任喔！"

"那我到底该做些什么呢？"我问。我真希望我能把嘴巴闭紧，不要老把要在变老以前，去印度猎老虎或非洲猎狮子挂在嘴上。

"喔，"爷爷说，"你要做全世界最简单的一件事，就是踢踢骡子肋骨让它前进，让它对付那些野猪就好了。野猪当然也不会乖乖就范，如果它们值得让你用盐巴腌成好火腿，那遇到它们后，就从骡背上低下身体，用干草叉刺它们。干草叉的叉齿很尖锐，我想你应该怎样都不会失手的。如果你不小心从骡子上摔下来，建议你无论如何都不要放掉干草叉。如果那些野猪觉得它们可以把你逼上绝路，就会变得非常恶毒凶狠。"

我一边喃喃自语一边爬上骡子，毯子下是骡子大无畏的坚硬脊骨——这可是会让所有尖背野猪都引以为傲的。骡子转过头来看看我，很厌恶般地摇了摇头。

汤姆用缰绳控制着骡子，并指挥猎犬们朝桃木林前进，一只手臂下夹着来复枪。在两只猎犬、一只骡子与一把来复枪之间，他似乎有点忙不过来。

我手上的东西也很难应付，那只该死的骡子。我从来都不太信任马儿，所以更别提骡子了，这只充满敌意的老公驴之子似乎也可以感觉到我对它的骄傲品格不太欣赏。它让我想起以前养过的一只公山羊，只不过体形大了些，还有就是立起来离地面比较远。他们说骡子有稳定的步伐，但这只灰色的大动物每踏一步都好像要绊倒摔跤的样子，摇摇晃晃。在它背上，我感觉离地有半英里那么高，一只手握着干草叉，只有一只手可以拉紧它不摔到地上。我们摇摇晃晃地走到沼泽区隘路的尽头，那里黏黏稠稠的物体都已经清除到金雀花草丛上了。彼得跟爷爷好像也没比我好到哪里去。我认为，骡子不是稳重可骑乘的动物。即使是桑丘·潘沙[1]也拿它没辙。

1　桑丘·潘沙（Sancho Panza），小说《堂吉诃德》中的人物，堂吉诃德的随扈，总是骑着一只骡子。

我们在沼泽区的尾端等着，先只听见猎犬暖身的乱吠，之后传来稳定的铃声，表示它们找到了一条正确的路径，叫声又大又清楚，突然间一阵愤怒的号叫开始了。两声来复枪响划破了黎明的寂静，然后就是一阵嘈杂的狂嗥，再接着是用棍子敲击锅盆的恐怖噪音，乒乒乓乓哐哐当当伴随着尖叫咆哮狂嗥。从沼泽那一头传来的嘈杂噪音是我打出生后就不曾听过的。突然爷爷一声狂喊："准备好，它们来了！"

　　真的，它们来了。在这一群暴民的最前面是一只老母猪，它的一侧紧跟着阿蓝，另一侧则是老阿铃。不过，这只母猪在沼泽草地上可不是省油的灯，它一面发出又尖又长的号叫声，一面不停改变奔跑的方向试着摆脱狗儿。

　　在母猪身后，是一群还没完全长大的小猪，全都尖声狂叫着，后面再跟着的是凶狠的狗儿们。阿布纳的孩子们紧追在后，始终用力敲打着锅盆，营造出屠杀的气氛。年轻人之后是阿布纳，然后是汤姆，一边咒骂一边吆喝他的骡子前进，骡子的前腿紧绷，看来跟汤姆是有相当的争执。

　　有一只体形较大的野猪试探挑衅我骑的骡子，我发狂似的用力把干草叉刺向它，当然，我失手了。生气的野猪在骡子的步伐间穿梭，骡子猛然拱起背用力跳了一下，把我整个人抛了出去，"砰"的一声重重摔在地上。就在我被猪群、小黑炭、猎犬的浪潮吞没之前，我听见爷爷大吼："喔，你这个笨蛋！"

紧接着几句脏话，爷爷也重重地摔落地面。当然，因为我被淹没在猪群跟狗群之间，所以没看见爷爷到底发生了什么事，但彼得的骡子垂着头猛力往前冲，撞到枝丫很低的树丛里，把彼得摔了下来，让他晕眩了一下子。

我记得，当时真像场热闹的派对！一些小狗咬住小猪耳朵，号叫声更大了。想把狗儿跟野猪们分开真是太困难了，直到阿布纳弄来几口大麻布袋，才终于勉强套住野猪，但它们还是在布袋里乱踢乱叫。两只大狗阿铃跟阿蓝也让大母猪慢下了脚步，但它真的太胖了，很难控制，阿布纳只好拿棍子先把它敲昏，然后趁它还没清醒，用绳子把它四只脚捆起来。看看我们的成果，这还真是一场精彩的猎猪秀呢：总共有半打年轻猪仔，还有一只超级大母猪，可以让阿布纳带回猪圈里圈养，等需要的时候再宰杀。

"那只公猪呢？"我问汤姆，他最后也从骡子上摔了下来，"你的骡子呢？"

"我把那畜生绑在树上了！"汤姆说，"公猪已经射杀啦，它太大了，没法儿跟它玩，可能会有人受伤呢。你等下该去看看它的尖牙，跟象牙一样大呢，如果是狗儿——或是你——我敢打赌它可以立刻把你们撕裂。它吃了两颗子弹，奈德。"汤姆跟爷爷说，"我认为它比熊还难杀。"

"射得好。"爷爷说，"我们的孟加拉长矛手在这里。他从骡子上摔下来，弄掉了他的长矛，还有一大群猪呀狗呀小鬼的从旁边冲过去，我还以为那只大公猪会活活把他吃掉咧。"

"我又不是唯一一个摔下骡子的人。"我说，"我看见你摔下来，也看见彼得被甩出去，如果汤姆没因为自卫射死它，我觉得大公猪也会把你们通通吃掉。"

"如果不开枪就只好爬树了。"汤姆咕哝着，"这又不是第一次了。猎野猪跟猎美洲豹一样危险。"

其实是爷爷叫汤姆开枪射那只猪的，因为好玩归好玩，他可不希望有任何一只狗或一个人在这场闹剧，或说"猎猪剧"中受伤。我在剥猪皮时才了解原因。它的皮足足有一英寸厚，在黑色的猪毛底下，肉是椰子般的白色，但非常硬，阿布纳必须不停磨利他的刀子，才能顺利把猪皮割下。它的獠牙弯曲向上，几乎要碰到它那双讨厌的小眼睛了，但彼得说，它的獠牙不是最危险的东西。它用獠牙挖掘土地，但是用牙齿攻击；它用獠牙把牙齿磨得很锋利，可以像刀子一样刺伤你。它大头后面直直竖起的红色硬鬃毛，从隆起的背脊上一直延伸到臀部，看起来真的是我所见过最丑陋又讨人厌的野生动物。

当我们牵着骡子，扛着猪，指挥猎犬及狗儿们，和小黑炭还有其他猎猪人一起回到营地时，我猜看起来一定可笑极了。我全身都是被奔跑的猪群、狗群、人群溅上的泥土，身上还有很多淤青，是从该死的骡子上摔下来造成的。汤姆、彼得跟爷爷似乎认为我很可笑，而且他们不停用我弄掉干草叉的事来嘲笑我，直到这个笑话讲了太多遍不再觉得有趣才停止。

"我认为这男孩一定学不会真正的传统猎猪法。"那天晚上爷爷这么说，他用营火暖脚，用别种东西暖和身体，"有些人天生就适合猎猪，有些人就是不行。我们的小家伙不是个尽力的干草叉武士。我们还是给他点简单的事做，像是猎猎鸟之类的吧。我可不信他能猎狮子老虎。"

我那时没多说些什么，但我心想，原来让已长大成人的人快乐是这么简单。不久之前我在非洲也想起同样的事情，先不提几年后所猎到的几只狮子和老虎了，我用老方法想把一只疣猪逼出山洞，那时我几近痛苦地揣测，不知道爷爷究竟会怎么做。我会想起这些，是因为野猪最后决定冲出洞外，我只好爬到长满荆棘的树上。我认为我终于成为一个传统的猎猪人，即使要从树上爬下来还是蛮困难的一件事。

第二十二章

手中的完美

　　在我心里总有一块位置是属于"十月"的，十月总让我想起爷爷对圣诞节的看法。他说："等待圣诞节到来最好的方式，就是记得它是明天的明天。"

　　这话虽然听起来令人丧气，却是千真万确的。这么多年来，我度过无数个美好的四月和八月、九月和二月，但我心中最完美的月份，还是十月，因为它和暑假离得够近，距圣诞节也不很远，但是和讨厌的三月又不会太靠近。十月真的是一个"明天的明天"的好月份。

　　我坐在这里，一直想重新捕捉十月的美好，但又觉得左右为难。因为，到底应该说十月已快可以雕刻南瓜了，还是要说到十一月才能去打猎的狗儿们，已经焦急地跃跃欲试了？或者说不对时的九月天终于在十月安定了下来，变得凉爽舒适？也许，应该说柿子成熟了，松树的绿叶开始变红转黄，葡萄园里的最后一串葡萄也成熟了呢？

爷爷曾说十月是一年中唯一一个完美月份，那是唯一的一个月，你不用做任何事来合理化它的完美。它正如它所呈现出来的完美，有美丽的回忆，有伟大的承诺。爷爷是一个季节分类的高手，我想我也遗传到一些这样的功力。我们真正讨厌的是三月，他觉得八月也很无聊，因为得等到九月，所有放暑假的人都回到他们自己居住的地方，才能做我们想做的事儿。

十月对我来说，就是对学校一再公布的难看成绩单麻痹的时候，我的意思是，每到这个季节，教育就已经不能怎么伤害我了。足球赛季已经开始，但你还是可以打打即将休兵的棒球，因为人们还在津津乐道地讨论着世界大赛。天气也已经够冷，可以在夜晚烤烤舒服的炉火。

九月时，寻找鸽子必须摇动枝叶繁茂的树干，但到了十月，叶子开始掉落，你可以清清楚楚地看见松鼠站在树上，而不只是知道它们躲在那里而已。我们有大秧鸡——沼泽里的母鸡——在满月的涨潮中从东北飞来。许多随季节到来的野鸭——像是小水鸭，飞下地来。第一道冷锋到来时，就可以猎到许许多多的野鸭。

后院里的狗儿蠢蠢欲动，既焦急又生气。它们知道高耸的草丛即将枯萎，鹌鹑正呼唤着它们，压抑的狗儿们已经许久没听过愉快的枪声，也没闻到午后空气中火药的芳香。

十月是训练小狗的月份。我们带小狗出去训练它们寻找鹌鹑——必要时可能得用紧箍项圈辅助——也要开始用手枪训练它们熟悉如何为枪服务。但我们从来不在这个时候训练专业的老狗，因为伴随感恩节到来的狩猎季即将开始，它们已经有够多麻烦要处理了，我们可不想搅乱它们的本能反应。有时候我甚至怀疑，究竟是我还是老狗会先疯掉。我们会紧盯住一群藏身在豌豆园里的鹌鹑，鸟群紧张到一个程度，会突然一只只飞散，躲进金雀花丛中，这时你就在那里，举着点 22 口径的手枪，拿着紧箍项圈，带着一只小狗。

老狗知道在你回来后，它们要责骂小狗，然后你就可以卸下手枪，好好检查上面是不是有生锈的痕迹。你会忍不住抱怨，心想是不是十一月永远都不会来了，好让你跟老狗们可以到外面去好好解决这些带有锈斑的子弹？好吧，十一月终究会来的，但感觉要等上个六十世纪，所以在克里夫老师和史图瑟老师终于放我们自由的时候，你还是必须得做点事情。

你得拿着男人的刀，清理鱼身上的鳞片、整理鱼竿、清理钓具箱里的物品，像四盎司重的铅锤，很长的钓线等等，然后跑到沙滩上察看蓝鱼开始吵吵闹闹地入侵你的地盘。

十月的卡罗来纳海滩，一定可以吸引梵高苦痛的画笔前来作画。强风肆虐着低矮的橡木丛，让它们微微弯向同一个方向。

长长的沙洲上，风堆成的坡地上宛如盖着黑绉纱的桃金娘，稍稍帮瘦小的橡树挡住了些风。海燕麦迎风摇摆像浪花般波动，就像在风中舞动的小麦一样，非常壮观。空气中凝结着一种孤独凄绝的气氛，只有嘈杂的银色海鸥，在微风中恣意叫嚣，粗鲁地欺负着海鹋。紧接之后到来的就是鱼群了。

九月，东北风开始吹拂，十月是最强盛的黄金时期，海潮把从防风堤到沙滩的区域变成一圈一圈的小泥坑。小鱼和一大堆沙蚤就聚集在这些小水坑中。我们走向岸边，冰凉的海水冻僵我们的膝盖，因为那个时候我们不屑使用涉水用的防水长靴——虽然我很怀疑那个年代到底有没有这种东西，长到臀部的长靴倒是已经有了——只消把四盎司重的三角钓钩抛进水坑里，不用多久就一定有鱼儿上钩。

我们用斜切成一片片的咸鲱鱼条当饵，因为它们可以紧紧挂在鱼钩上；虾饵是最脆弱的一种饵，一阵猛烈的巨浪就能把它们冲散。一片上好的咸鲱鱼饵，即使重复使用三四遍，仍然抵挡得住强风的侵袭。我们用两条子线挂上两个鱼钩，装上鱼饵，等到夜晚时分，月亮缓缓地出现在天边，就会有成群的胭脂鱼[1]上钩。

任何一个人只要曾经同时钓着两条重达二十磅的海鲈，一

1　胭脂鱼（Sucker），亚口鱼科。

定会带着这份回忆入土。那儿还有身上有着黑色斑点的大白鱼，以及带斑的海鳟、牙尖嘴利的蓝鱼，再过一会儿，它们就开开心心地在平底锅上被炸得啪啦乱响啦。几条三磅重的蓝鱼，碰撞之后分别往相反方向游去，这样可以分散钓鱼人的注意力，因为他的手正卡在老旧的投钓卷线器上。这分散注意力的功力虽然还没有小鼓鱼——海峡鲈——厉害，但已经足以让因等待而无聊的疲倦钓客惊醒啦。

　　附近通常都会有个能抵挡风雨的钓鱼小屋，屋内的锡火炉是危险的煤油炉。晚上十点，当手冻得发红，皮肤也在海水中泡得起皱，全身布满鸡皮疙瘩的时候，这个被盐覆盖了的温暖小屋就像是人间天堂一样美好。但如果附近刚好没有小屋可以让你把渔网晾晒起来，海上的浮木可以在海滩上生起一团火，木头中的盐分让火焰变成摇曳的蓝光，瞬间就能将冰冷融化。肚子咕噜咕噜地叫着，但要弄顿好吃的可是再容易不过了。只消把蓝鱼内脏清理干净，串在一根细棍子上，它身上肥滋滋的油脂就足够料理自己啦，鱼皮在烧烤时爆裂开来，皮下的鱼肉跟桃子肉一样甘甜。

　　十月的海滩，除了寒冷，还散发着不可思议的鬼魅气氛，在朦胧的月色下，弯腰驼背的橡木投映出诡异的树影，海风刮过桃金娘花丛，发出悲凄的呼啸声。大海就在眼前，月光照射下，海浪像一条条银白色的波纹，一路绵延到世界的尽头，让人热切地想亲眼看看整个世界，虽然心里还是明白这一定无法真正办到。海的另一头是欧洲，是非洲，是中国，在那海风翻搅的银色绸缎底下，藏着你永远无法探知的秘密：沉没的中世纪帆船、珍贵的海底宝藏、美丽的鱼群、海中的妖精……这不禁让人打了个哆嗦，但却不是因为寒冷。

那是十月的一部分。但十月还有更美好的地方，那就是猎鹿季节开始了。你站在因着秋天而颜色变换的树林中，聆听猎犬的呼唤，它们的叫声随着奔跑的雄鹿时而清晰时而遥远，猎犬身上的铃声也忽远忽近……雄鹿就在猎犬前方半英里处，但你就是没法在它纵身跳出树丛时看见它，仿佛它被风儿撕裂，随风散成片片。

我的意思是说，想亲眼看见鹿，是个很严苛的要求。而且就算有别人看见过，但自己通常就是没这个机会。即使有一天终于碰上它，但"鹿热症"如影随形，你只能目瞪口呆，像个呆子一样杵在那里，由着它逃离，反倒是猎犬们气喘吁吁的，满脸酸楚，因为它们已经完成了自己的任务，应该要听见报答它们努力的枪响声才对。

猎犬追踪鹿的时候通常是这样子的，除非有一片湖泊挡住了去路，让它们不得不泄气地停下脚步，不然它们是绝对不会善罢甘休的。有的时候，最棒的猎犬甚至会消失一整个星期，有时你还可能接到下一个郡的某个农夫打来电话，告诉你阿铃或是阿蓝已经精疲力竭了，问你要不要来接它们回去。

想想看，在你等待十一月的鹌鹑与猎鸭季到来前，即使只是学学泰山，十月里也还有这么多事情可做。那些生命中的苦痛也就可以暂时忘却了吧。

终于到了十月底，狗儿都长得健健壮壮的，小狗也表现得中规中矩，很快猎鸟季就要开始了。（在北卡罗来纳，当你说"鸟"这个字，基本上指的就只是"鹌鹑"这一种生物。）我已经探勘过布鲁斯威克郡每一群鹌鹑的栖息地了。我们那时候还有法规限制每天只能猎十五只，所以按照推算，如果我每周出去打猎六天，到三月一日前应该平均每个星期可以猎得九十只。你可以说我很嗜血，但其实我只是过度乐观而已。

十月的鸟儿总有办法知道猎鸟季即将开始，于是成群结队地前往古巴、牙买加或是其他异乡过冬。哪怕你再怎么样牢牢盯住鸟群，只要到了合法猎鸟日开始的这个命运之日，它们还是会留封"奥蒂斯小姐的遗憾"[1]的留言飘然离去，能够惊起的全都是云雀。无论如何，就算最后你赶上了这些棕色的小混蛋，你还是会满心想念它们的。

1　歌手贝蒂·米勒（Bette Midler）的经典名曲 *Miss Otis Regrets*，歌词描述奥蒂斯小姐一觉醒来发现她的爱人已经远去，所以她提了枪追去把爱人杀了，最后因此被吊死在路旁的柳树上。

我的悲剧是这样的。因为觉得太无聊了，所以我们在捕虾屋里学泰山，在大人的允许下，从一个房椽荡到另一个房椽，荡来荡去地闹着玩。我不小心漏抓了一根荡绳摔落地面，当我爬起来的时候，我的左手腕以一种极为奇特的方式下垂。虽然并不觉得痛，但很明显，手骨折断了。

我开始放声大哭，因为这正是十月底，十一月不过就在转角，但我却无法参与猎鸟季开始的第一天了。不单是因为这折断的"羽翼"，让我想到就哭得那么大声，也不是因为伤处开始疼痛，更痛的是因为我这才明白，我花了整个十月，黄金十月，欺骗自己，真正的猎鸟盛事就在明天的明天，这才是真正的锥心之痛啊！

第二十三章

从前的我

　　爷爷老是说：“期待的感觉，远比梦想真正实现时更让人兴奋。”他喜欢用一种很准确的说法形容，就是放在玻璃柜里的糖果比放在肚子里的好，因为你不会因为只看看糖果就犯了肚子痛。

　　“但是，”他又这么说，“热切期待跟逃避责任还是有很明确的不同的。最好的折中方案是，小心翼翼地得到糖果，好好享受它，而且让自己不要因此肚子痛。这是一个非常理想的完美状态，有色种族的朋友很少可以达成，更别说白人了，白人更是一个也做不到。”

　　对我来说，这是最熟悉的“十一月论调”，当我的大脑完全装不进学校的代数程序，整天满身大汗地忙着狩猎季时，爷爷就会跟我说这些道理。那个时候我的鼻子总是热乎乎的，感觉整个人就要爆炸了，就像指示犬总迫不及待想在秋天的午后冲出狗笼时一样。

爷爷继续说："只有两件事情是真正值得的——期待，以及回忆。为了能够回忆，就得要有个精彩的等待过程。大体上来说，如果要能做到这样，你就得用点胆量，好好赌上一把。你得把你的勇气放在一个挑战上，并且邀请所有人都来掺上一脚。一群勇敢的人就像是被迫出任务衔回猎物的狗儿，即使它不喜欢它的工作，它还是会逼迫自己做好，就算再羞耻的事也会做到。"

我想起这些往事，是在去阿拉斯加猎熊的时候，当时我有点不确定自己是不是已经把好运都用光了。在我四十岁以前，可从来都没在狩猎场或是溪川上发生过什么令人失望的事，我可不希望因为这只我还没遇见的熊而破功。除非是为了自卫，不然这只熊是我狩猎计划中最后一只大型野生动物。我得说我当时想猎熊的兴致之高，就像我在鹌鹑季开始前一天晚上的心情一样。

爷爷当然偶尔也会夸耀吹嘘一番，但大部分时候，他说的话都很中肯，并且常常一语中的。他说："真正会让你记住的事，都是你内心最渴望的最终成果。这指的并不是最后的成功。那部分的记忆多半是些已经夸大的事实。连呆瓜都会吹牛，反正你只需记得你亲吻过的女生，忘记那个赏了你一巴掌的女生。

但经验是来自你确确实实地回想你所犯过的错误，而不仅仅只是回忆你所获得的成功。"

这话真是不错。去年我猎鹌鹑时，一开始就来个大失误。噢，老天，我都已经盯牢了这些鹌鹑，就算我闭上眼睛扣下扳机，至少都该有三只鹌鹑落袋。但我踢了个大铁板。那天我竟然错失了十三只鹌鹑，有一只甚至根本就好好地坐在树上。连老赛特犬弗兰克，都对我使了个鄙弃的眼神，然后头也不回地回家去了。

我真是惊慌极了。光是跟在老弗兰克、山迪或阿汤的后面，都变成了恐怖的大冒险，让我忍不住编造出很多借口避免继续打猎。我甚至还说出我的功课做不完这种话，但结果并没有任何人相信，因为我宁可去刺绣，都不会想去写功课的。爷爷赏了我一顿西班牙人所谓的"真实的片刻"，基本上就是用枪管指着我，逼我跟在那些死狗后面，然后他自己又一溜烟地跑掉。现在想想，那些死狗根本就是我的敌人。还好，最后我的好运来了，我成功地上演了几次完美的一箭双雕，或多或少弥补了我之前离谱的失误。厄运走了，我又生龙活虎了。

但是我注意到，我并不愿意回忆那一连串的失误。我只愿意回想那年狩猎季刚开始时，我光用弹弓就射死一只小水鸭的丰功伟业。按照爷爷的说法，那就是用来吹牛的部分。在我自己的心里，我可以远离失败，就像我可以随手关上门一样简单容易。

我相信人变得成熟的第一个表征，就是你开始记起你曾经有过的失败，不只是诚实地去回忆失败，同时也欢喜地回忆失败，因为它们成就了现今的你，就跟那些疯狂的胜利及完美的表现一样功不可没。举例来说，我猎过两只庞大的老虎，每当我看见，甚至只是想到那较大的一只悬挂在我家的墙上，我都感到无比鼓舞振奋，但我最爱的那只老虎，却是一直悬挂在我记忆中的那只，因为那是一只顺利脱身的老虎。

那只老虎如今在我的脑海中，已经长到至少二十二英尺长，牙齿就像铁轨上的钉子，而颈部的鬃毛有动物园里的狮子两倍厚。这一定是真的，因为我射中了它，让它至少死了二十分钟。我的自负让我在它虚弱地倒在一只水牛尸体旁后，并没再补上一枪，因为我可不想用子弹破坏了它美丽的兽皮。而且它死啦，不是吗？就像我另外两只老虎一样，一枪射穿了它的颈部不是吗？

我是这么认为的。和我在深夜一起躲在印度中央邦树上的贾姆西·巴特大人也这么认为。那只老虎——从鼻头到尾巴底部至少长四十四英尺——已经彻底死了，它的头还恰恰好安然地枕在水牛尸体的背上。巴特认为我是莫卧儿帝国的皇帝巴拉朵，是自吉姆·科彼特[1]之后最好的老虎猎人，我也完全同意他的恭维。

但是这只身长八十八英尺的老虎却站了起来，大声咆哮，然后消失得无影无踪。回到营地的路变得格外漫长，因为这个有很多眼镜蛇的丛林里，现在还多了一只受伤的老虎，而且，我还怕黑呢。我甚至更害怕回去面对坐在狩猎小屋前走廊上的那两个德州人，他们一定会笃定地认为我没射中这只老虎，因为他们只听见我开了一枪。

虽然花了我好一阵子的时间，但我发现，我现在终于能够平静，甚至欢喜地回忆这只长一百六十六英尺、重达十吨的野兽了。因为这只老虎已经长大，而我也变老了，我已经了解笨就是笨，没什么好否认的，而且这件蠢事也不会破坏整趟旅程在我心中留下的美好画面。

我还可以举很多类似的例子。有一次我去猎帕蒂斯（Perdices）——一种体形又大、动作又快的西班牙松鸡，但每一只从我身旁经过的动物我都没射中，而我身旁的好友瑞卡多两支枪杆始终是烫呼呼的，瞄准的每一只动物都成功命中。我跟瑞卡多一起去苏格兰猎过松鸡，不管在苏格兰还是在这儿，

1　吉姆·科彼特（Jim Corbett, 1875—1955），印度裔的爱尔兰猎人、自然学家、生态保育家，以描写老虎狩猎的作品闻名。

我都是个大蠢蛋，而他都是大明星。

傍晚的时候我瞄准一只从我的肩头飞过的鸟儿，它飞得又快又远，虽然枪机咔拉了一声，我还是只招来了一阵嘲笑。当我最后一起和这些匈牙利移民开车回去时，我自己还是一只猎物都没有，却帮忙搬下了二十二只大鸟。

现在，这件事回忆起来还是很美好。但真正让它美好的原因，是我记起那个我没射中受困大象的早晨，和那趟花了大钱却没射到什么的苏格兰之旅，那趟旅程只带给我难当的羞愧及和当地人在草原上喝酒狂欢导致的宿醉。但当我终于再度开始打猎时，倒是感觉轻松极了，回想当时那双射击时严重颤抖的手，也觉得真是有趣极了。

南非大羚羊也一样。我花了七八年时间，做了所有错事，只为了猎得巨大的、有着弯曲双角的非洲大羚羊，最后我的墙上总算挂了一只差强人意的标本。我记得所有我所犯下的错误、制造的灾难，但我也记得坦噶尼喀的美好景致与那些壮观的鸟群和动物。

我觉得，真正让乐观的波丽安娜变成一个像样的猎人或钓客的是探险过程中的点点滴滴，而不是探险的结果。虽然结果也是必要的部分，但若重新回想起来，绝不比一路上的有趣小花絮或意外状况更为重要。虽然我从来没去过阿拉斯加，但是我相信那里一定很美妙。

那些熊很可能把我给吃了，那些鱼可能都可以顺利脱逃，我也有可能跌落山谷或摔进小溪里，甚至那些大雁也可能把我啄死，但是这些挫折之后，一定会为我带来前所未有的胜利，让我记忆中的这个第四十九州比金矿或是油田更加有价值。

　　无论结局如何，爷爷已经早就提醒过我了："除非亲身试过，否则你绝不可能真正享受一件事，或是真正对事情失望。不管是鹌鹑还是负鼠，不管是一份工作甚或是一场战争，只有你真正做过了，才会知道那是怎么一回事。也只有你真正地知道了，这件事才算发生过，不然你就会像孤独的老处女一样，只因为害怕碰到男人，所以就从来没出过前院大门。"

　　澳洲人用更简洁的说法来诠释这个道理。在悉尼的田径场外可以看到一句话："你得进去场内才有机会赢！"一般人把这句话简化成："我进场了！"不管指的是田径场或是去做任何一件事情。

　　我也踏进了阿拉斯加，在这里最奇特的事情发生了。我遇到了一个小男孩，如果换个时空，那个男孩有可能就会是我。

　　在阿拉斯加遇见这位大约十五岁的少年杰瑞·切斯安之后，我也跟着变得非常年轻。他是一个安静的小帅哥，一头金发，穿着牛仔裤，已经很像个成熟的男人，善于用枪、扎营，甚至是开飞机。杰瑞的父亲叫杰克·切斯安，在阿拉斯加的安克拉治提供小飞机载客服务，并和他的兄弟马克经营建筑机具公司。

他们两位都是退伍军人，现在是"冒险飞行员"[1]与"采矿者"，换句话说就是渔夫跟猎人，从粗糙长茧的双手上可以知道他们工作很勤奋，他们轻易就能让飞机在环境不佳的地方巧妙地安全降落，或是率领一整队哈士奇犬驾雪橇奔驰。

杰瑞和我在酒吧里认识之后，就一起到很多地方猎野雁。我之前在科地亚克岛猎棕熊时，就已认识了杰瑞的父亲。当我们在安克拉治再度相遇，爬上他的飞机，随兴飞到小岛上猎野雁就变成再自然不过的事情了。同行的还有马克、年轻的杰瑞，以及来自荷马市[2]的保罗·夏高。

我们从安克拉治起飞，乘坐的是装了几个轮子的水上飞机赛斯纳 180，但因为水面不够平静，所以又换了真正水陆两栖的"赤颈鸭"。我们到达的打猎营地，让我忍不住想起自己三十年前的样子。那是一个很简陋却挺舒服的小屋，里面有简单的双层床、一个小火炉，还有按照惯例匆匆从荷马当地商店里买来的食物与饮水。那天没有人刮胡子，但我注意到飞行员在飞行的十二小时前喝了一点浓啤酒。"冒险飞行"在阿拉斯

1　冒险飞行（Bush flying），是指在阿拉斯加冻原、澳洲内地、非洲撒哈拉沙漠等人迹罕至、没有道路可以到达的地方驾驶小飞机载客、送货、搜索或观光的一种服务业，这种飞行的跑道通常很短，所以风险较高。驾驶这种小飞机的飞行员就叫 Bush Pilot，即冒险飞行员。
2　荷马市（Homer），位于阿拉斯加从安克拉治以南延伸的半岛上。

加只是个小行业，但宿醉可不会在你开着水上飞机飞越山头、或是在波涛汹涌的海面上降落时，帮上什么大忙。

　　一开始我只是有一点惊讶，看见这个孩子带着他全套的露营装备爬进飞机里，我本来以为他不过是个乘客罢了。但很快的，他就让我产生一种熟悉的感觉。这个孩子，这个年轻的杰瑞，他是我们全副武装的打猎伙伴，是男人中的一员。如果说阿拉斯加就像北卡罗来纳的南港一样的话，除长得比较高、比较帅，当然还有他是开飞机不是开老福特外，他很可能就是三十年前的我。他的爸爸跟叔叔一点都不曾试图解释他为什么会一起来。讨论这件事反而会显得很土，没有人对杰瑞的参与有什么顾忌。我们在营地里一边喝酒，一边聊着男人的话题，但没有人觉得"有小孩在场"。年轻的杰瑞做了很多营地里的杂务活儿，可能比我们这些头发变灰的大人做得多些，我们利用他年轻的双脚来回搬运木柴，还有我们没让他共享我们的那一壶酒，除此之外，他就是我们之中的一员，在渔猎社会的法律前一律平等。

　　那个周末鸟儿不是太活跃，我们大部分都在温暖的小屋中活动。但是年轻的杰瑞在大人睡觉的时候，暗中带着他的枪到处侦查，寻找可以行动的机会。那也让我想起了美好的过往。我记忆中最鲜明的一个梦，就是趁着大人在喝酒，说着故事，得意洋洋地吹嘘自己的打猎经验时，偷偷溜出去四处闲逛。这个梦从来不曾变成真的，但倒也不是说我没有一双健壮的双腿，或是缺乏勇气尝试。

我开始对杰瑞有了兴趣。他是家里唯一的男孩，有三个姐妹，似乎从六岁起他就很自然地被当成一个成熟的男人，八九岁的时候就已经会驾驶各种不同的小飞机。除了一些用枪及狩猎礼节的指导，他的爸爸跟叔叔好像也没特别做过什么努力要让他成为一个猎人，顶多只是期望他可以多背一点露营装备罢了。一天到晚跟这些粗野的大人混在一起好像也没带坏他什么，虽然他不太喜欢咒骂，但我猜想他脑袋里记住的脏话一定也不少。

让我印象最深刻的是，大家开他的玩笑他总能反驳，但却不会让人觉得没有分寸或是自以为聪明。他们喜欢戏弄他，但他也总能像个男人一样戏弄回去。因为我是客人，他对我很有礼貌，但也不会因为我们年龄的差距，让他有过度的客气。简而言之，他已经完全融入成人社会，也懂得当一个大人应有的责任，从某个程度来看当然还是要归功于他的爸爸跟叔叔，让他在轻松又好玩的过程中从小孩子变成大人。

杰瑞的世界是现代户外活动中最奢华的世界，因为他的交通工具是飞机，在阿拉斯加每一个人的交通工具都是飞机。以前我只是常常看鹌鹑或鸽子，但他却是常常看雷鸟或野雁。我最大的猎物不过就是白尾鹿，或偶尔来一只山猪，但杰瑞却有凶狠的棕熊、麋鹿和野狼。他可能见过世界上最壮观的钓鱼场面，但我不过就是钓钓那些小鱼。可是我们被养育长大的方式，基本上却没有什么不同。

也许有人觉得像我们这些野孩子没进监牢只是因为运气好，但我更相信是因为成长过程中这些粗野的大人总是平等地对待我们，并且培养了我们对野外活动的热爱。台球室或那群街头小流氓从来都吸引不了我们的注意，刀子对我们来说不是武器，而是随身的工具，必须时时保持锋利；它会伤到自己和别人，使用时一定要小心。枪的作用是猎杀，一定要注意那是一个致命的武器。枪用完一定要清理干净，营地使用后也是一样。在常设的营地上，一定要留下一些基本的器材给下一位使用者。

这些规矩一样适用于年轻的杰瑞，但他更知道没有人会蠢到在宿醉的隔天或狂风大雨时跑去开飞机。他检查设备装置的清单很自然地跟他父亲的一样，他知道如果不小心翼翼地保养与维修飞机，一定会要了他的命。看他在奇怪却美妙的天候下驾驶飞机，会让阿拉斯加的飞行成为一般飞行员难以理解的科学现象。

我以前也观察风向与天候，但那主要是为了了解影响打猎的因素。在阿拉斯加，风向跟天候是热情的好朋友，也是恐怖的敌人。以前老冒险飞行员之间有句话，说他们在飞机上也装了个船锚，当在大雾中飞行时，就把锚垂下，如果听见水花溅起的声音，就表示你在水上了。现代的科技导航装备，当然多少改变了以往的飞航方式，但即使到今天，一般旅游用的小型飞机还是一种单一操控的差事，只比我的老福特花俏一点。

当我看着少年杰瑞，我觉得我对"垮掉的一代"[1]一点帮助也没有，我对都市中那些青少年犯罪也帮不上什么忙。如果这样的孩子被当成值得投资的珍宝，像一片土地上有可以淘金的河床，有野狼的嚎叫，有熊的抢食，有凶狠的土著；如果我们回想的淘金热年代不只是一段传说，我相信他们会被带往另一个正确的方向，而不会成为"垮掉的一代"。

在都市里街角的诱惑就跟拓荒时代一样多，早些年有些无赖就知道组织一个属于自己的社群。我不是心理医生，但我的确相信有很多规范在教养儿童的过程中可以落实，给小男孩一个健康的观念，让他产生归属感，让他在跟所属团体一起活动的过程中学到责任感，甚至用不着一顿毒打，也可以让男孩变成男人。

我年轻时的老师们——愿上天保佑他们所有人，不管是白人还是黑人，喝醉了的还是清醒着的，受过教育的还是不识字

---

1 垮掉的一代（Beat Generation），或称疲惫的一代，是第二次世界大战之后出现于美国的一群松散结合在一起的年轻诗人和作家。这是以美国为物质文化／经济资本中心的用语，通常跟反战、嬉皮、大麻、药物、违抗传统伦理观等概念紧扣在一起。

的——从来不曾试着打消我对野外的热情，因为我做的事情他们以前都做过。在他们眼里，我的第一只鹿比大象还大，我第一只狐松鼠也跟黑豹一样大，我的第一只浣熊像老虎，第一只兔子像狮子。第一次从指示犬头上朝鹌鹑群开枪时，整个胃因惊恐而翻搅的感受，我始终记得一清二楚，但没有人因此嘲笑我，没有人笑我根本就是朝着整群鹌鹑乱开枪，只是碰巧打中一只而已（我知道我根本就是这样）。

我打猎与钓鱼的伙伴们教会我的事，远比学校里教得更多。很多实用的对话牢牢在我的脑海里生根，爷爷总是说，如果你把整群鹌鹑都打光了，明天就没有东西可猎了；如果你不小心用枪，引发了森林大火，就不会再有可以打猎的树林了。

良好的礼仪在我所受的训练中也是非常重要的一环，我认为这也让我们跟现代社会中的青少年犯很不一样。你不会偷取伙伴的猎物；不会在伙伴弯下身时从他头上开枪；不会在猎鸭栏里不小心用枪声震破你伙伴的耳膜；左撇子的枪手可以在猎鸭时开第一枪，如果你跟伙伴锁定的猎物是同一只，懂得礼让给你的伙伴。

"如果连狗都学得会尊重另一只狗的指示，一个人就没道理变成偷取猎物的猎人。"爷爷总是这么说。

我喜欢这么想：我的长辈们花心思花时间跟我聊天，给我提醒、警告，教我礼貌，让我后来跟詹姆斯·迪恩[1]那一流人物完全不同。要把在森林里，还有水面上所使用的基本规范，转到工作场所或是家庭生活中，真是一点也不困难。

如同我先前所提到的，这种关联不一定要看《小爵爷方特罗伊》[2]才会懂。我在十岁的时候就可以像码头工人一样满口脏话，因为我已经学会所有骂人的脏字眼了。我知道威士忌是用来喝的，但我似乎觉得在别人面前喝酒骂脏话没有礼貌，一直到多年后我长大了才勉强能做到这件事。我的打猎伙伴都是大老粗、水手跟渔夫，但他们都有一定的绅士作风，都遵守约定的礼仪与规范。

即使周末的狩猎活动没什么收获，但我跟年轻的杰瑞及他的家人们，还是在阿拉斯加度过了美好的时光。在这个火箭与航天飞机登入月球的年代，在这个充斥着少年犯罪，一切看起来都迷惘困惑的年代，若能看到这时髦的现代社会又回到我记忆中爷爷与我的世界，该是一件多么幸福的事情，即使陆地上的猎鸟犬也已经被飞机上的"猎鸟犬"导航装置所取代了。

---

1 詹姆斯·迪恩（James Dean, 1931—1955），美国传奇明星，以叛逆不羁的年轻浪子形象深植人心，死于车祸意外，去世时才 24 岁。

2 《小爵爷方特罗伊》（Little Lord Fauntleroy）是一本非常畅销的青少年读物，这个故事起初是在杂志上连载，1886 年在美国出版单行本。内容描述一个出身美国纽约布鲁克林的贫穷男孩和他富有的英国贵族亲戚间的故事。背景横跨英美两国，反映了当时社会的贫富悬殊和许多不公平的现象。

第二十四章

吃药不嫌老

几年前，在印度的中央省，年轻的鲁瓦克刚刚在黑夜中爬上了一棵树。他走过了好几里有响尾蛇出没的路才到达这里，整条路上都紧张得颤抖，因为夜晚的丛林是很恐怖的，更别说还有蛇了。但是有个动物尸体在这棵树附近——一头温驯的大水牛，一只更大的老虎在下午时袭击了它。他在计划开枪射杀它前，还曾被这头大水牛追赶过，没想到当他再绕过来时，水牛已经死了。

在印度，人们还是很喜欢从事夜间狩猎，熬夜等待被诱饵引来的老虎与花豹，从车里打灯，不加选择就乱射。我不喜欢这样，即使是猎杀讨人厌的有害动物我也不喜欢，像这只老虎就是个有经验的猎物小偷，害得龚德村牧民的牲畜大量死亡，而且当它老到没有力气追逐猎物时，就一定会吃人了，最后甚至熟悉了人肉的气味，逢人就杀。

我不舒适地蜷曲在加德满都的一棵树上，不能抽烟、抓痒、咳嗽，甚至思考，只能任由蚊子进行它们的吸血大餐。我终于打破了规定，开始回想爷爷，还有为什么我不喜欢夜间狩猎，也不愿那样做的原因。

"如果你喜欢打猎，就去打猎。"爷爷说，"如果你喜欢谋杀，就去当个谋杀犯。买一个廉价的手电筒，轻轻松松地开车穿过麦田或玉米田，用车头灯照射，选一对在你灯光中出现的绿眼睛，朝两眼中间开枪，等绿眼睛消失，就可以去捡拾你的鹿了——你根本搞不清楚那是雄鹿、雌鹿，还是小鹿，反正拖回家再说。鹿就是鹿，对猎人或是谋杀犯来说吃起来都一样，但你可别被我逮到你这么做。你是有可能成为高速公路抢匪的，你还没有大到不能好好地来一顿'山胡桃药'呢。"山胡桃药是一顿毒打的说法。

爷爷对于讨论遵守渔猎法规这回事儿，有着极度的狂热，他说如果讲话聊天的内容是一个三层阶梯，那渔猎法规一定就是第一阶。喔，也许我们偶尔还是会有小小的违规，像我曾经提过的，把别人的火鸡引出私有土地外再猎杀，还有我对把松鼠从政府属地上骗出来也还蛮有一套的，反正松鼠对政府一点好处也没有，它们只会坐在那里吃核桃。但基本上，我们是狩猎人中的模范生，甚至还会忠实地记录下一个狩猎季我们猎取的鸟儿总数。那时有很多贩卖猎物的人，根本不在乎他们杀死的动物数量已超过渔猎法规定的二十倍之多，或是毫不在意地射光地面上最好的一整群鹌鹑。

但就像其他长了满脸青春痘、迫不及待要考驾照的年轻小伙子一样，我也到了天不怕地不怕的年龄。有一个晚上，我们一整群坏蛋决定要用探照灯猎鹿，只是为了知道那到底会是什么样的情况。

我们带了一盏很亮的探照灯，是从船长的汽艇上"借"来的，开着新的福特车，带上猎枪出去探险。出了镇，不远的地方就有黑麦田。新鲜嫩绿的麦田，诱使很多鹿跑来偷吃冬天的作物。我们告诉自己是在帮农夫的忙，你也知道的，就像宣教士圣派翠克赶走蛇，圣乔治轰走龙一样。

我们缓慢地开车前进，用灯打向田里，大概过了一个小时左右，光线中出现了一双绿色的眼睛，但在光束中看起来有时又是红色的。一群鹿离开了它们在沼泽地的温暖睡窝，跑到田里来享受一顿夜晚的大餐。光一照下去，它们就不再吃了，呆若木鸡地站着，定格在黄色的光束中。我们沿着田驾驶，我选了最接近的一双眼睛，朝两眼之间开了枪。它们像是突然爆裂的灯泡一样向外窜逃，随着这声枪响，其他几双绿眼睛都跟着消失了，当它们跳进树丛中时，你可以听见鹿角碰撞枝叶的声音。

探照灯为我们带来了一只年轻的雄鹿，一动也不动地死在地上。新款的福特轿车有一个隔开的后车厢，我们打开它，把这只被谋杀了的动物放进去，然后开回城里，觉得自己像一群大恶棍，刚刚抢劫了银行，还干掉了出纳员。

当我们进城后，发现车子需要加点油。但正当我们把油枪拔出油槽时，该死的"叭——叭啦——叭"从后车厢传来，周遭震耳的声响足以把死人都吵醒。叭——叭啦！砰！咚！砰！叭——叭啦！很明显地，我们的尸体只是吓昏了，而且现在还醒了过来。

加油站的工作人员看起来跟我们一样受惊吓。我脖子上的汗毛一根根像铁钉一样竖了起来，当我们踩死油门逃出加油站时，老歌《伯明翰监狱》《受刑人之歌》及《我在监狱中》的旋律在我的潜意识中欢唱。当然，我们最后还是因为没油抛锚在路边了。

好啦，尴尬的来了：漆黑的深夜，没有油的车，郊外的马路上，还有一只活着的鹿正想尽办法把福特车撕裂。突然间，三位勇敢的抢匪变成了三个受惊的小鬼头，即将面对牢狱生活，外加羞惭的人生。同时，你要怎么把一只活生生的鹿从福特车的后车厢弄出来？

当你成了罪犯时，一定会想寻找一些共犯，这样才能让自己觉得比较舒服。我观察着地形，记得一英里外的地方，有几个家伙住在工厂旁边，贩卖一些称为"白驴蹄"的非法兴奋剂。如果他们其中一个或两个人没有去"为州政府工作"，也就是坐牢的意思，我们可能可以找到一些共犯的协助，反正他们的熏肉房里通常也都有一些非法的鹿肉。

朱尼尔，一个身型瘦瘦的、在灯笼一样的下巴上长了许多小胡须的海盗，正在他那破烂小屋的前门廊上，烧着一壶水。他告诉我们，艾弗跟隔壁邻居的十六岁女儿莎莉珍小姐，去出一个浪漫的任务了，"他办完事就会回来"。我们送了一个快递员到莎莉珍小姐的所在地，硬生生把艾弗从他爱人的怀抱中拖走，来帮我们处理这件需要点技巧的差事。朱尼尔在老福特中加了一点油，车子轰隆轰隆地开往解放之路。

其实，还蛮简单的。艾弗拿了一卷套索，慢慢地爬上我们的车顶，朱尼尔很小心地打开后车厢，当这头年轻的雄鹿探出头来时，艾弗立刻用套索圈住它，紧紧拉住，然后朱尼尔把车厢盖盖上，卡在鹿脖子上。在那么一瞬间——直到朱尼尔拿出那把随时都用磨刀石磨得锋利，连刀片上都有磨纹的折叠小刀，一刀割断了它的咽喉——那只雄鹿看起来就像挂在墙上的鹿头标本，只不过是挂在车尾罢了。

"你们要这只畜生吗？"艾弗问道。

我们三个一起大叫："不要！"

"那我们就拿走啦！"朱尼尔说。

我们悄悄开回镇上，连晚安都没说就解散了。经过了一个睡眠不足的夜晚，隔天早上，我刻意回避爷爷，连午餐也只吃了一点点，吃完饭以后，爷爷逮住了我。

"关于你们用探照灯猎来的鹿突然活过来的故事，你要不要讲个实话来听听呀？镇上已经流传了好几个不同的版本啦！"

我觉得我根本就不需要说谎，因为爷爷有着猎犬般的鼻子。"恐怕是真的。"我说，"但我保证不会再发生了。"

爷爷摆了张臭脸，仿佛我把整个森林放火烧掉了一样。"我敢说不会再发生了。"他怒气冲冲地说，"除非你有办法逃出监牢。走吧，杀人犯，我们去见狩猎警官吧！"

我们上了车开出去。警官在台球室里，爷爷等他打完了一局后，问："杰克，你可以出来一下吗？"

杰克出来后，爷爷跟他说："我刚刚帮你逮到了一个罪犯，轮到你工作啦，你带了手铐吗？"

警官说他没有，但如果罪犯很危险，他可以赶快跟附近的同事借一副。

"我觉得他很危险，他犯了谋杀、偷车、夜猎的罪，还用偷来的探照灯作案。"

"也许他已经很后悔了。"警官说，"这是他初犯吧，是吗？"

爷爷说："我想是吧，除非他们这伙人几个月前的晚上偷了一些西瓜也算的话。"

警官说："老天，我要去赌下一局了，这次我先假释他，交由你处理，奈德，你可以按你的办法教训他，好吗？"

爷爷回答："如果你这么说的话也行，可以省州政府一点钱。"

爷爷在回家的路上都没说话。"你去车库那里等我。"到家以后，他对我说。然后他就走进屋子，拿了一条别人给他的马拉加藤条过来。"脱掉你的裤子，弯下腰！"他说。

当我坐在树上，等着老虎现身时，我的屁股突然加倍疼痛起来，当然不是这个该死的等待让我屁股痛的。爷爷那天老老实实地抽了我一顿，但鞭子给我的疼痛，比不上爷爷的冷漠，他至少三四天不跟我讲话，直到他觉得我已经得到了教训，会确实遵守社会规范以后才理我。

我从那时起，直到现在都不曾在夜晚打过猎，直到贾姆西大人推了推我。老虎已经悄悄走到诱饵旁了，我们让它吃了十多分钟，然后贾姆西大人打开灯照它。它的头像水果篮一样大，鬃毛上都是血迹，在光束中，看起来很恐怖。当它躺在水牛尸体旁从头吃到尾的时候，我瞄准了它的颈子，然后点470口径猎枪砰地一响。它连移动都来不及就应声倒下了，看起来像一张虎皮地毯，它的头正好枕在水牛后腿上。我准备再射一枪。

"不用了。"贾姆西大人说，"不要破坏了毛皮。它死了，像其他几只一样。"他吆喝站在远方的男孩们过来，协助我们爬下树来。

这只就是我十天中射杀的老虎三号——每只都很大，但这只最大，而且只有这只是夜里猎杀的。我忘记了爷爷。这是我见过最大的老虎，不管是它的兽迹，还是它的头。我在树上就喝掉了一瓶酒。我们大肆庆祝。

"我再去看看它。"我说，过了二十分钟以后。

贾姆西大人打开手电筒，我听见了一声咆哮，然后看见一条尾巴消失在高草丛中。那只死了二十分钟的老虎复活了。它只不过是受了些擦伤，昏倒了。

我们已经用水牛引诱了它两天，但始终无法接近那只老虎。它在一百码距离内流了很多血。几个星期以后，德州休斯敦来的猎人杰克·罗奇又看见了它，杰克说就他从草丛中所见，这只大猫的脊椎上部有一道已经愈合的伤疤。

这对我实在没什么好处，但我想起了有名的大象猎人卡拉摩贾·贝尔。有一次他割下了脑部中弹公牛的尾巴，几个小时之后回去，却发现公牛已经走了，没有尾巴地走了。每个猎人至少都犯过一次这种愚蠢的错误。我所能想到的就是在福特后车厢里被载走的那只年轻雄鹿，还有爷爷的鞭子嗖的一声抽在我屁股上的记忆。

从那一刻起，你可以告诉我你已经监视一只长毛象或一只剑齿虎有一段时间了，晚上可以上树去猎它，但你一定会收到一个肯定的、严肃的回答："不要！"白天的狩猎才是属于猎人的，夜晚的狩猎是属于觅食动物的。但不管爷爷现在住在天上哪个狩猎营区里，我敢打赌当那只大老虎站起来、冷静地逃走时，他一定笑了一整夜。

第二十五章

只有一条命

这件事发生在印度中央邦的苏哈喀。有个小屋坐落在一座小山的缓坡顶上，一片风景优美的乡野中，那儿鲜嫩的绿色、黄色、红色让人想起了康涅狄格州的秋天，还有北卡罗来纳初秋的美丽。这让你以为可以听到鹌鹑在日落时分寻找同伴的呼唤，但事实上取而代之的，是喧闹的孔雀沙哑难听的嘎嘎声，渡鸦的呱呱乱喊，雄鹿受老虎惊吓时奔走的铃铛声，或老虎因此而发出的厉声咆哮。这小屋是政府好心租借给老虎猎人们使用的，在小屋里有一个烧煤油发电的冰箱，还有一排橱柜，里面装满了罐头食物与佐料。

主客厅中，枪支随意地放在墙角——有点470、点308、点220等装有瞄准器的枪，还有手枪。每一次有印度访客来到时，喔，老天爷，就是会有好奇人士看上这些枪，然后就会有人在拿起枪后，不小心射到一楼地板或是别人的脚。这个营地配有营地经理、秘书、接待员等，还有一堆难以归类的人，他们不过就是来看看热闹罢了，但都对猎枪非常着迷。

那些枪都不是我的，是租来的，可是用起来还不错。我已经用它们打过几次猎了，尤其是那把点308口径猎枪，是个相当厉害的中小型武器。真是把上等好枪呀，只是我老射不中东西，不过，这对我来说也不是什么新鲜事就是了。只有一次，我实在太逊了，连渔猎法规都告诉我，如果我用了这么多火药，就应该要猎到点什么，但我连用有瞄准器的枪，包括这把点220猎枪，通通都打不到东西。我问狩猎向导："你们有人用过这个瞄准器吗？标线都是对的吗？"结果我只得到了一阵白眼。

"你知道的，"我说，"瞄准器也需要常常检查——大气压力、火药残渣，还有在吉普车里颠簸得太厉害了，这些都会影响到它的准度的。"

还是一阵白眼。从来没听过这种说法。瞄准器就是瞄准器，把它用细绳绑在枪上，就可以发挥谋杀的威力。就像在肯尼亚，还是有很多土著民族相信鼻子有谋杀威力一样。

"我们要找一个不会移动的目标，"我说，"用瞄准器盯住它。"

对于欧洲人的怪想法，向导只是摇了摇头。我用瞄准器对准好几百步外那棵像面包树一样大的树木，把枪牢牢架在吉普车车盖上，对着目标开枪，子弹擦过树身侧面。我又开了几枪，都削下了几块树皮。如果你喜欢一英尺高两英尺长的枪，这支枪组装得还真是完美。我又试了点220口径那把枪，但还是有几次没命中树木。

我拆下了瞄准器，上上下下仔细检查了标线，才发现，如果你想射击的是位在角落上的目标，这就是我所见最过有杀伤力的武器。但很不幸的是，如果你想瞄准的是眼前的猎物，就很有可能会错杀向导在冈地亚市中心的那位堂兄弟。很明显地，自从这瞄准器装好以后，就再也没有人调整过它的焦距了，瞄准器的装设时间，还很可能是这把枪还没漂洋过海卖到这里来之前呢！我把镜头调整了一下，又试着开了几枪。等到完全调整好了以后，我用点470口径的子弹，一枪射中了那个盛着奶油的平底锅。这真是太神奇了，尤其是我竟然能在几百码外，射中一只孔雀。

当然，这跟机械原理一点关系也没有，是魔术。当地的土著刚朵族及拜喀族无论如何都不相信枪。他们非常仰赖石头、树木、铁斧头还有阳物图腾，但是枪，不不不不！

"喔，我的老天，爷爷！"我说，"你告诉我我总有一天会去猎老虎，但你可没告诉我会是这种情况。"（向导这只珍贵的点577猎枪，是用一大堆铁丝绑在一起的。）

关于瞄准器的故事就这么告一段落，我们又射中了一些斑鹿、东南亚大鹿、野猪，还有一只老虎。那些枪还是被小心地堆在房间角落里。有一天我去看了看它们，发现枪口根本就完全被堵住了。

"以佛陀之名，或是任何一个我知道的神名都可以啦，"我大喊，"难道从来没有人清理过这些来复枪吗？"

"喔，是的，大人，我们立刻就清理。"然后就拿着这些武器出去了。我猜是拿到洗衣间去了，因为在种姓制度下，一定会要求洗衣工来处理这些与清洁有关的工作。

过了一会儿，干净的枪又被拿了回来，再次被小心地堆放在角落里。我把它们拿来放在桌子旁，然后去睡了个午觉，读了几篇收录在《布莱克伍德杂志》(*Blackwood's Magazine*)中优美的老散文，当我起床以后，那些枪又被放在角落里了。我用力搥打着窗板，不过却注意到一只大鹰盘旋在小屋前的天空中，我灵机一动，紧盯着这只鹰，从角落里拿起一支点220口径猎枪，用树木做掩护，悄悄地尽可能向那只鹰接近。

如果是我的非洲好友哈利·席比，猎物可能已经到手了，因为老鹰已经毫无警觉地进入了我的射程之中。习惯使然，我准备打开保险栓，这才发现保险栓已经是开着的了。我握着枪，装上弹匣，但是我的妈呀！只听到叮当一声，一颗子弹从枪膛跳出，我根本没来得及对准老鹰，就在惊慌失措中，赶紧转身冲回那幽暗的小屋。

在角落的每一支枪里都装着弹药，每支枪都可以立刻发挥实力，每一个保险栓都是拉开的。点470口径双管枪还有着两根装无烟火药的大枪管。我大声吼叫，不管爷爷是在天上还是地底下，他一定都听见了。

如果没必要，我绝对不会刻意引起骚动，但是想到在狩猎这行里，竟然有人可以是这么嗜血的白痴，把上膛的武器放在角落里，很可能让不懂的笨蛋随意就射出子弹——"砰！砰！"真是让我气炸了，我脸色惨白，全身气得发抖。这是对狩猎礼仪的公然冒犯，就像一个完美无瑕、高贵优雅的女士，突然被引诱成为一个放荡的浪女一样。

"爷爷，爷爷！"这是我唯一想到说得出的话，不然就是用我会的六种语言骂脏话。唯一比我咒骂得更大声的，是我的妻子，她经过非常辛苦的训练才学会如何注意武器上的保险栓，以至于几乎在关键的时刻来临时，不敢真正打开保险栓射击。从那天之后，我就不曾真正原谅过印度人。

我立刻想起在北卡罗来纳，我第一次看见枪的那天。爷爷跟我去猎鹌鹑——我的第一次，那年我八岁。

当猎犬出发搜寻时，爷爷跟我说："一分钟之内，我就会让你知道该怎么使用这玩意儿。你妈以为我是个老糊涂，居然把一支枪拿给跟枪杆差不多高的毛孩子。我跟她说，对你的安全，对这支枪，以及教你如何使用枪，这一切责任，全由我担当。我告诉她，男孩子什么时候要学打猎，他就有资格有枪了，不管他的年龄有多么小；而且不能因为他太小，就不让他开始学习。不过，应当教他如何小心使用枪啊！你应该记住：枪是一件很危险的兵器，它可以杀了你，杀了我，或是杀了狗儿。一支实弹的枪能叫你变成杀人犯，千万可别忘记呀！"

我真的从来没有忘记过。

在我学习用枪的过程中，我总是遵从爷爷的指导。他让我上过一堂爬铁丝网的课，感觉比海军陆战队的训练还困难，而他就像海军陆战队的训练官一样严格。

"嘻！"他会大喊，就像叫一只把整群鹌鹑都惊飞的笨狗回来一样，"你看起来真像个笨蛋！整个人卡在铁丝网上，一只脚悬在半空中，一只脚还踩在铁丝上，你的枪呢，在风中摇晃？"

或者是："老天，这里是个什么样的猎人呀！竟然把枪撑靠在树上，是准备让一只笨狗跑过去，刚好轰烂它的脸吗？"

或者是："是哪个笨瓜头猎人呀！竟然打猎回来就把枪放在墙角，是要让某个小鬼头刚好可以拿去乱玩，并在他妈妈身上射个洞？"

我会反驳爷爷："但是爷爷，枪并没装上子弹呀！"

"谁说没装子弹的？"爷爷轻蔑地问。他走过去拿起枪，到后院一扣扳机，砰！砰！

"没装子弹吗？哼？那这是什么，老鼠吗？"

当然是这老怪物的技法，他趁我不注意时偷偷塞了几颗子弹进去，只为了给我一点精神教育。他以前也曾这样做过，在我刚拿到新枪的第一天，打飞了第一只鹌鹑后，他偷偷塞了几颗子弹到枪管里，然后要我用空包弹射击练习准度。我瞄准一颗松果，然后"砰"的一声——把我吓得魂飞魄散。他拿走我的枪，从我手中拿走了"我的枪"，用它射中了一只鹌鹑，恶狠狠地给了我一个教训。我当时气坏了，真想装颗子弹射死他，可是因为我很爱他，也知道他这么做是有道理的。多年后，为了同样的理由，我的太太承认她也很想在树林里射杀我。

但在我进入青春期以前，爷爷就已训练我养成习惯，每次只要我们从一个猎场开车到下一个猎场时，我都会把枪托拆掉。而每次打完猎回家，不管多累多饿，第一件事一定是把枪拆开，清理干净，装进盒子里收好。

爷爷得意洋洋地哼了一声，说："无论是一个非常聪明的年轻人或一只非常伶俐的狗，都必须打开枪盒，重新组装枪支，装上子弹，才能用它'不小心'杀死你。"

爷爷的警告听起来有点过分谨慎，我承认我有一次违反了这个原则。我调整了我双管来复枪上的保险栓，让它不会在枪膛打开时自动滑回安全状态，这样我就不用担心为了避免巨大丑陋的怪物踩扁我，必须在很紧急的状况下填装子弹时，忘记把自动保险栓打开。基于同样的原因，我的双管枪不使用自动发射器。当在那个迫切的瞬间时，这不过是多了一道妨碍你的事情。

有一次，我必须补上另一个狩猎队员工，而且我忘了告诉这位新的扛枪手这件事。我们很努力地追逐一只象，我叫那个新男孩把枪装上子弹，他照做了，当我们到这庞然大物的前面，他把武器递给我。我很自然地打开保险栓向前推，但它似乎卡住了，所以我又把它扳回来，但还是不能开火，因为现在它是在"关"的位置。那个惊慌失措的瞬间仿佛有一千光年这么久，总共花了我六分之一秒的时间跟这个机器奋战。到底发生什么事了呢？他拆开枪膛装上子弹，保险栓就会自己向前停在"开"的位置。我竟然在丛林中赶了五英里的路，就任由这支可以随时发射的枪扛在他肩上，对准着我的脑袋，只要他不小心跌进一个坑洞，"多么慷慨呀"！他就会变成西班牙帕拉莫斯地区最富有的遗产继承人。第二天，我就把保险栓的装置全部拆除了。现在，当可爱的杰佛瑞在装子弹时，我完全不用担心，我可以站在这位扛枪人的前面。

有人不小心被 BB 弹射中眼睛，有人不小心在爬栏杆时被枪轰烂手掌，但这些事都不会跟爷爷扯上关系。不过我有天在苏格兰高地猎松鸡时，有一颗爱炫耀的小子弹从枪托滑落，刚好正中我的屁股，害我好一段时间都不能活动。在一个星期前，有个性情暴烈的法国客户打枪，子弹擦过一只松鸡，不小心打到随从脸上距离眼睛不到四分之一英寸的地方。好险还有这四分之一英寸，不然只有一只眼睛会比拥有两只眼睛少太多乐趣了。

我想这就是为什么我在印度会气疯了的缘故。如果爷爷跟我们一起去印度担任狩猎向导，我保证在我们的营地里，一定会有很多人屁股得挨上板子。印度人有一种责罚用的长棍子叫作拉夕（Lathi），如果爷爷可以像使用美国的条板一样使用拉夕，那么比起老虎，我会比较不害怕这些枪。不过想了想，我倒真的没花什么时间害怕老虎，因为得一直忙着盯住我的朋友跟员工啊！

第二十六章

贪吃鬼

　　我们家后院外边有个小果园，长着一些梅子树和无花果，鸟儿在那儿飞来飞去，有时还扑打到我的身上。不过，如果那一年梅子树结了果，就换我冲出去扑打那些鸟儿了，免得它们在梅子还没成熟前就把果实吃个精光。每次难得有草莓从前院车道边冒出来时也是一样，我一定捍卫到底。家里的大人们总是殷殷劝诫要小心肚子痛，然而我却总是吃得津津有味，非常开心。

　　吃那些还没成熟的梅子和草莓其实并没有什么不对，即使到现在，我还是喜爱它们更甚于完全成熟的果实。我猜我从来都没有戒掉这个从小就养成的习惯。

　　很久以前爷爷就曾对我说："孩子可以顺利从小长大到成人这件事，真是让我很讶异，因为小男孩和公山羊比我所知道的任何动物——包括连自己的小猪仔都会吃下肚的猪——都更不关心他们到底把什么东西吞下了肚。"

爷爷打算用这番话说服我，喝大量蓖麻油是治疗吃太多青桃的独门秘方。青桃并不如传闻所说会让你肚子疼，相反，蓖麻油才会呢！我想这当初一定是某个大人胡诌的，而我却成了受害者。

"青桃、青梅、青黑莓、青无花果、青葡萄、青苹果、青梨……"爷爷用唱歌般的声音念着，"为什么男孩们一定要在果实还没成熟前就去吃它？那一点都不好吃，而且还很伤胃哩。""我想我只是等不及了，"我说，"它们还没熟时总是看起来很美味，我甚至还比较喜欢那股生涩的味道呢。"

爷爷厌恶地哼了一声："反正胃是你的，想毁了它就随便你。"然后，他喃喃自语地走开去。我知道是什么在困扰着爷爷。医生从食欲不振诊断出爷爷有轻微的胃病，严禁他吃油炸的食物、甜点，还有几乎所有他喜爱的食物。爷爷并不是因为我吃未熟的桃子而大动肝火，他是恼怒自己不能吃想吃的东西。他认为强迫他像婴儿般节食，多少反映出他的岁数已太大了。

回首往事，我认为我一定有个铁胃，甚至到现在都仍是如此，这都要归功于小时候我老爱吃一些被认为是不能吃的食物，长久锻炼下来的成果。

我长大成人后，已经可以忍受那些鸡尾酒派对上的食物了，像那些像是用来喂山羊的开胃小点心。我不断在世界各国游历；在墨西哥，我并没有被所谓的"蒙提祖玛的复仇"[1]所打垮，那些从欧洲来的旅客大多腹泻不止，责怪食物和饮水的改变，责怪当地用来烹调的油、奇怪的海鲜、绿色蔬菜、不卫生的冰块、奇特的酒，反正所有的一切都不对劲。

　　除了归功于童年时期我任性地要求并接受任何食物的训练，我实在无法解释为什么没有东西可以击败我的胃。我真的把腌酸黄瓜和冰激凌加在一起吃。有人说不应该把海鲜和甜点混在一起，但是如果有虾子口味的冰激凌，我一定抢先第一个试吃。照道理讲，你不能把西瓜和某些东西，或是把大蒜和其他东西混着一起吃，不过我照旧会把西瓜和每种东西一起吃，也会津津有味地大嚼大蒜拌丁香。我曾和阿拉伯人一同大啖羊眼，和日本人一起吃生海鲜，和非洲人一起吃油炸的蛆，还品尝所到之处每种奇特的异国水果。我并不是建议大家和我一样乱吃，我只是说，实在没有任何一样我吃进去的东西会让我生病。

　　小时候，我常会突发奇想。没有人觉得生吃蛤蜊或蚝有什么好奇怪的，那些东西刚从海里捞起来，还淌着新鲜、略带咸

1　蒙提祖玛的复仇（Montezuma's Revenge），比喻旅行到墨西哥因水土不服，而引发腹泻或其他不适疾病的情况。

味的汁液。如果说蛤蜊或蚝是海鲜，那么我认为鱼虾和蟹类应该也算是。当我用力划着我的小船离开岸边小屋到海上去时，我一定随身带着大把的盐和一袋水果，而且里头总是有可以预防坏血症[1]的柠檬和莱姆，因为一位独自出航的船员从来都不确定，他只吃腌咸肉和硬面包这些食物，是不是会引发坏血症。

那时候，我还不知道莱姆汁可以用来料理鱼（那是波西米亚式的料理方法），然而，我很快就发现，将生的鱼虾和蟹类充分抹上盐，再滴上一些柠檬或莱姆汁，然后放在太阳底下晒一阵子，那真是人间不可多得的美味！我尤其偏爱海钓时常拿来当饵的鲻鱼，爷爷总不高兴地抱怨，被我吃掉的鱼饵比被鱼吃掉的还多。不过啊，那盐渍的半干鲻鱼实在是太美味了，尤其是配上巧克力棒一起吃，那就更棒啦。

四分之一个世纪后，我在非洲吃到一种干肉条，这种干肉条是将肉切成薄片挂在灌木丛上晒干做成的。晒干后，肉片的颜色转黑，硬得几乎难以下咽，是一种方便带在身上咬嚼的食物，而且极富营养。这种干肉条是布尔先民[2]迁徙到非洲时所携带的日常主食，这就跟打猎的人到野外时带上一袋肉饼或肉

---

1 坏血症是因缺乏维他命 C 所造成的。早期在海上航行的水手，因为不容易吃到富含维他命 C 的食物，例如蔬菜和水果，导致周身出血而死去。
2 参见页 90，注 1。

干是同样的道理。真正处理得好的干肉条，像糖果般易碎，一折就会断成小条，既美味又容易保存。

看到这种非洲干肉条并没让我太觉得吃惊，太平洋和日本的鱼干也是；对我而言，它们吃起来反而有股熟悉的感觉，就好像我曾经去过那儿似的。

小时候，我像野人般随便处理打到的猎物。我们在星期六常常进行"狩猎之旅"，这和以后我真正去非洲狩猎一样，都是充满着冒险的历程。即使还在使用空气枪的阶段，戴斯牌的枪我们就已经上手了，接着是五十连发的 BB 枪。知更鸟、歌雀、唧雀、鸫、啄木鸟还有黄雀是我们主要的猎物，偶尔有鸽子、雨鸦，或者久久才来一只和大象、狮子、水牛同等级的鹌鹑或沼泽鸡。我们厚脸皮地杀死猎物，等不及清洗就草率地剥皮、快速清理内脏，然后用树枝串起来，放在仓促起好的火堆上烤，也就只是把表面烤熟而已。然而，吃起来竟然非常美味，更奇怪的是，即使晚点再吃还是一点儿都没变味……

就拿前几年在非洲发生的故事来说吧。有一回我们去搜寻大象，步行了好一阵子后，在半路上开始觉得饥肠辘辘，但是没有一个人会在他追着行进中的大象、不时要和高高的草丛奋战时，还随身带着储肉盒[1]。我们中途喊暂停，然后有人射杀了

1　储肉盒（Chop box），在西非地区用来储存肉的盒子。

一头小羚羊，虽然我认为是只长颈羚羊。我们剥下兽皮，把胃清掉，然后吃掉它的心脏和肝脏，真是美味极了。之后还起了火匆匆地烤了一些肉，这听起来好像有点儿恐怖，但是这只动物的体温仍旧微热，充分抹上盐巴之后变得更好吃了。

从此之后，我们就开始一连串类似的小实验，我们发现如果当鸟类和大多数小瞪羚还有余温时就放到火上烤的话，那简直就没有其他食物可以媲美得了啦。除非它们的肉因为失温僵硬而变老，我们才会用厨房里的料理方式，让这些肉变得柔软些。

其中，鸟肉尤其好吃。我们射猎沙鸡、小珠鸡、鸽子和鹧鸪，趁它们仍在抖动时就快快处理，然后用树枝串起来，迅速地放在炭火上烤。那味道真是太棒了，而且一点儿腥味也没有。那晚我们回到营地，坐下来好好地吃了一顿晚餐，有鱼子酱、珠鸡胸肉、芦笋和新鲜的水果，而且大口大口地灌下法国酒，像是木桐堡（Mouton-Rothschild）或者香波 - 蜜斯妮（Chambolle-Musigny）。我们之中最爱吃半生不熟食物的是一个西班牙人，他也是个酒类和酱汁的专家，每年必定来趟法国之旅，就为了在横越乡间的旅途中一路吃过去。

对真的饿到不行的小鬼头来说，吃什么东西其实都不是真的那么重要。我永远记得其中一种宛若宫廷飨宴般的美味，是大约中午时分吃的一种餐食（即便是现在，当我在卡罗来纳州猎鹌鹑时，如果运气好可以找到一间旧式风格的杂货店，我仍旧会那样子吃）。那正好是鸟儿都飞回沼泽阴凉地休息的时间，猎狗们也需要在下午三点半的打猎前喝点水并休息片刻。

老饕们也许并不以为然，因为我们吃的是鲔鱼罐头（和我们用来喂狗的一样）、沙丁鱼罐头、蚝牌薄脆饼、原味苏打饼干、姜饼还有切达奶酪，配上装在大瓶子里的饮料——通常是五分钱一罐，瓶子大小比可乐瓶还大上一倍，有葡萄和橘子两种口味。爷爷称这种饮料为"洗胃水"，实际上也真是如此，不过这种饮料却很适合用来搭配沙丁鱼、姜饼还有切达奶酪。如果打嗝在某些国家是表示礼貌的话，那么我们就是"礼多人不怪"啰。

下午在林子里，我嘴巴里老是咬嚼着一些垃圾零食，像是薄荷糖和从桶里拿出来的硬苹果，也许还有从排放在杂货店阴凉处的零食罐里买来的腌渍酸黄瓜——在摆放零食罐的架子下面，同时还放着工作裤和山胡桃牌的衬衫。这些染着色素的零食装在猎装口袋里，有时候还会渗出颜色来呢。如果我口袋里有一些钱，也许还会从倾斜的架子上挑一袋综合蛋糕，例如像咖啡杯碟般大小的香草口味脆玉米饼、巧克力和香草夹层的圆蛋糕，以及粉红色的酥皮点心，表面还洒了一层薄薄的椰子粉。

在家里用储存来喂牲畜的草料烤蚝，似乎是很常见的事。虽然有些人认为烤蚝如果不配上其他东西一起吃，就很难消化。

尤其当你刚打猎回来，身体还热乎乎的时候，更需要大口灌下产自隔壁黑人农场的冰凉葡萄酒，才能大啖烤蚝。

一讲到酒，和后来学习到的一些关于酿酒年份和品牌的知识相比，从小我便学会某些更奇怪的，但却不曾伤害我味觉或肠胃的私酿酒制造方法。

无视于沃尔斯特法令[1]的规定，我们这群捣蛋鬼把多汁的野莓捣烂成泥，加入糖让它发酵，然后过滤残渣，我们天真地相信制造出来的液体就是酒。我们还在自己建造的阴凉洞穴里——用来防御印第安人、父母，还有税务员突击的安全躲藏地——进行稀奇古怪的"巫毒"实验。干杏仁和葡萄干捣碎做成的糊状物还可以接受，葡萄和新鲜的桃子也不赖。不过大部分的味道都很恶心，而且常常有死甲虫和微醺的苍蝇掉在里头，但最重要的一点是，我们所制造的这些非法产品，基本上都不是毒品。

我真不知道我们在那段日子里是怎么存活下来的。我们嚼酸草，用刻有图腾的烟斗偷抽兔儿牌烟草，在白莓和青柿子的混合物中加入各种核果，包括胡桃、野生山胡桃和板栗，变得油腻腻的。吉姆叔叔杂货店里卖的一分钱糖果，八成是用一半

1　沃尔斯特法令（Volstead Act），美国于 1919 年为强制执行宪法第十八条修正案所颁布的禁止私酿与贩卖酒精饮料的法律。

灭鼠药、一半糖做成的。在黑人城镇，尤其是布朗多葛斯市，才买得到的艾瑞糖（Irey ivans），原料只是简单的花生和焦糖罢了。黑人们喜欢用咖啡糖浆做成各式糖果，我也爱死了。我连看到烤浣熊、猪小肠，或者炖松鼠头都不会脸色大变。

我们贪婪地吃着这些奇特的食物。我清楚地记得喝过浓缩的甜牛奶，黏稠到几乎可以用牙齿咬嚼。而我们在林子里烤的山芋，吃下肚的泥巴和灰烬比那半熟的芋身还多。对于食物我们只有一个规则：那些长在野外的、在杂货店里买的，还有父母认为根本不能吃的东西，都是人间美味。一些身体比较没有那么强壮的"科学家"们，偶尔脸色发青然后呕吐，就会被大肆嘲笑，和晕船的胆小鬼会受到无情的嘲弄是一样的道理。

长大后，我可以面不改色地喝着低价的玉米酒，还有在那个年代里严禁的私酿酒。我喝过突尼西亚的水果白兰地（呸！），澳洲的威士忌，南海丛林里的含酒精饮料，和一些在海上混着酒精和葡萄汁的非法饮料。我也品尝过非洲啤酒和坦噶尼喀香蕉酒，这些酒是在下肚后才开始发酵。然而，我却没有阵亡，真是只有老天才知道为什么！

当爷爷既羡慕又厌恶地和我谈论味觉时，他老人家又把好奇心杀死一只猫的故事拿出来老调重弹。"不过就你的例子而言，"他说，"你是一只非常大的猫，而且不管怎么说，你还没尝到苦果呢。"

爷爷他老人家对事情的看法，通常绝大部分都是对的。这些日子以来，有几天早晨醒来我感觉不太舒服时，就会觉得爷爷真是料事如神，即使是花了这么长一段时间才证实了这件事。

第二十七章

美好的十一月

正如我常说的，爷爷很早就影响了我对季节的观感。他根据不同时间该做的事情，将一整年鲜明地划分为几个季节，爷爷总说这是希腊人一贯的作风。有种植的季节、收获的季节、怀疑和担忧的季节、恋爱的季节和死亡的季节。三月是不幸的月份，必须谨慎防范，即使是罗马帝国的凯撒大帝都被警告要特别小心十五号这一天。六月是温暖而惬意的，像个女人的月份，十月则充满了希望与美好的回忆。

然而，对当时还是个小男孩的我而言，最重要的月份是十一月——一个属于粗野、强壮男儿的月份。严酷的寒冬即将到来，季节的更迭让森林里笼罩上一股不可思议的神秘气氛；此时的鹌鹑，只有当它们被惊吓得四处飞窜时，才会啼叫出声。你可以听见发情的雄鹿鼓胀着脖子，发出求爱的喷气声，它们用来打斗的鹿角上，鹿茸都已经被磨得精光了呢。

　　每件事情都发生在十一月里。猎鹌鹑的季节开始了，大约感恩节前后，猎鹿和火鸡的好时机也跟着到来。北卡罗来纳州的天气，白天凉爽，但仍旧晴朗而和煦，到了夜里寒星点点，这时没有什么比一堆熊熊燃烧的火焰，更令人愉悦的了。野鸭理所当然地飞翔在天空，有时候，太多的活动让我不知道该采取什么行动才好。

　　甚至连钓鱼都变得更有趣了。夏日垂钓已然结束，继九月和十月初的小鱼群之后，大鱼开始陆陆续续地抵达，十一月是钓大尾扁鲹和深水鲈鱼的最佳季节。灰蒙蒙的大海冰寒刺骨，鱼群紧密地聚集在被珊瑚礁围绕起来的沼泽里，它们掌管了这一方天地。

　　记忆中印象最深刻的是，一只为了猎食扁鲹、鳟鱼和弗吉尼亚鲻的大鲨鱼，试图穿越横亘在它们之间的珊瑚礁时，几乎冲上环礁，搁浅在上面。它那露出水面的背鳍疯狂地拍打着，好将自己拉出浅滩，脱离困境。

　　尽管我曾猎过几只公鹿，可我还称不上是个猎鹿好手。但对我而言，十一月意味着猎犬清脆优美的铃声远远传来，越跑愈近，就在公鹿突然要从冬青丛里冲出来的那一刻，发出的声音宛如低音乐器和大提琴那般地强而有力，几乎就像在你脚边流泻似的。

狗儿们也都知道十一月。杰克，这只老是卷竖着尾巴的猎松鼠好手，还有阿铃、阿蓝这两只猎鹿犬和其他猎鸟犬，早在狩猎练习中累得半死，像石头一样动也不动，拿起枪就可以射死它们。一个星期里有六天我都待在森林里或水边，如果不是大家对星期天打猎抱持着保守的态度，我就会无视于圣经"一周工作六日，第七天休息"的训谕，在星期天也跑去打猎。

当我说现在的年轻人——至少是说我认识的那些——无法深刻地感知到上帝在山川林野里的精心杰作时，大概我已经是说老不老、说年轻又已经不年轻的人了。他们只关心电视节目上的事物，或者最新款的车子。我是不是逐渐变成一个过时的人，只停留在当我还是个小男孩的那个年代呢？

或许真的是这样吧，但我认为现在的年轻人，被他们叛逆的天性所蒙蔽了。偶尔，我会试着和我那群朋友们的子孙聊天，发现他们和成人的关系非常疏远。当我还是个小男孩时，几乎没有什么和我同年龄的朋友。我的朋友绝大部分是大人，白人黑人都有，他们从未用藤条或者说教抚育我长大。我敢发誓十一月之所以是令人愉悦的，是因为我结交了那群不拘小节的人，他们随着时间的推进，在这个反叛的时代里，被视为不登大雅之堂的一代而被划清界限。

我的那群朋友中有些人还私酿非法的威士忌，在星期六晚上喝得酩酊大醉，然后互相大打出手，但是大部分的人对那个跟着他们在森林里和船上转来转去的小男孩，却极为和善、富有同情心。我还记得，一个已是惯窃的小偷甚至威胁我，如果他哪天抓到我胆敢偷窃，一定会把我揍得哇哇大叫。

这些朋友们，就像躲藏在柿子树上睡觉的负鼠、干枯棉花田里冰冻结块的土壤、在人迹罕至的沼泽里守望鹿踪、在寒风刺骨的清晨躲藏着等待雄火鸡经过一样，都是十一月中很重要的部分。

由于我常活动的森林里有很多黑人，因此我跟黑人在一起的时间也许比白人还长。我可以十分自在地待在阿布纳和佛罗伦萨婶婶的住处，而且他们绝不允许任何陌生人擅自进入我猎鹌鹑的地方。我和他们一起吃饭，偶尔逗留得太晚，来不及回爷爷家时，就在他们用隔板和简陋木材搭建起来的小屋里过夜。我想在立法取消种族隔离之前，我们就相处得十分融洽了。至少当我们一同分享炖松鼠头、负鼠和地瓜时，没有人会提及谁是白人、谁是有色人种这类的话题。

露营之旅让十一月的活动达到高潮，如果我能听话乖乖地劈柴、清理钓来的鱼、剜出野鸭脏腑和拔干净鸟羽毛，爷爷和他那群好朋友就会允许我和他们一起去长达一周的野营。在营地里我负责劈柴、清理钓来的鱼、清理鸭子脏腑和拔干净鸟羽，有时也剥鹿或松鼠的皮，还有提水和洗碗盘。完成这些大人们所交代的琐事，让我成为他们的一分子。在营地时，他们公开咒骂，讲些属于男人的故事，喝威士忌，将我视为一个男人，但是却又老练圆滑地不许我骂脏话，不准我喝酒，或讲些下流的笑话。

沉浸在大自然和户外活动里，真是不可言喻的美好享受啊！从十月开始，它就已经轻声召唤着你，接着，十一月降临。只有真正的笨蛋才能体会天亮前躲在猎鸭栏里的那种痛苦，即使在像路易斯安那州那么南边的地方，清晨时天色仍旧一片漆黑，寒冷深深渗透到你的骨子里，看不见的野鸭拍打着翅膀，发出飒飒的风声，那种折磨比看见过度讲究服饰的男人更令人难受。接着，天空渐渐出现宛如鸽子胸前那抹粉红的破晓，一会儿转成瑰丽的玫瑰红，这才终于可以看到野鸭。你可以开枪射击、落空，或者偶尔打中。

或许用"乐趣"这个词就足以形容这一切。晚上猎浣熊是个再蠢不过的主意，因为猎犬常常惊起臭鼬，搞得臭气熏天。摔跤这件事也让我们乐不可支，而那些我们不小心跌进去的小溪，看来也只不过是"障碍课程"的一部分罢了。

有一回，我待在德州朋友的家中等待感恩节到来。那儿的鸽子多得像蝗虫一样，野火鸡成群结队吃光偷来的食物。当我正在附近四处寻觅，搜寻打落的鸽子时，发现了一条像木头那么粗的响尾蛇，就在与我同行的女士用她的新枪轰得它脑袋开花之前，我想起爷爷曾经说过的话："在十一月，即使是响尾蛇也不喜欢咬人。"

第二十八章

男孩讨厌忍耐

爷爷把手背在身后，在火炉边来来回回地踱步，他说："累积欢笑能增长智慧。"屋子外面正下着雨，雨滴敲打着窗沿。

"什么？您再说一次。"我正满怀希望地望着窗外，没注意到屋子里发生了什么事情。

爷爷说："'累积……'，你刚刚就听见我说的了，这句话听起来怎么样？"

我回答说："不错。不过这句话是什么意思？是谁说的呢？"

"我刚刚说的，"爷爷说，"不过我也许是从哪儿读到的，只是我不记得了。也许是塞内卡[1]或者其他罗马时代的人物。"

1　塞内卡(Seneca，公元前 4 年—公元 65 年)罗马皇帝尼禄的老师，哲学家，政治家，是公元 1 世纪时罗马学术界的领袖人物。鼓吹禁欲、勇敢、清廉，扫除社会阶级之间的隔阂，实行大同弟兄主义，以爱待人等实践伦理的理论。

"塞内卡？我一直以为塞内卡是印第安人其中的一族，就像依洛科族[1]一样。"如果这个时代人人都四处抛掷知识，那么我也想分一杯羹。

爷爷说："你不知道的事情还多着呢。塞内卡是活在公元三十到四十年间的学者，以提倡禁欲主义闻名。"

"那是什么？"

爷爷抬起手制止我的发言："禁欲主义者指的是那些宣扬斯多葛哲学并身体力行的人，这种人无论遭遇多大的痛苦，都会咬着牙忍受下来。一位真正的禁欲主义者，即使你把他的脚指甲拔下来，也不会吭一声。即使灾难降临在他身上，他依旧可以保持冷静，甚至整个人生都因此而毁掉了也一样。在那样一个时期，只有让自己变成禁欲主义者，才能存活下来。"

我注意到爷爷没有夸大其辞，这表示有某些我不喜欢的事情即将发生。虽然爷爷可以说是世界上最仁慈的人，不过他老人家还是有点孩子气，老是为了自己开心而暗中策划一些诡计来作弄我，这正是他现在准备要做的。

我又问了一次："这句话是什么意思？"

爷爷回答说："我的意思是说，看来今天雨是不可能停的了，如果我是你的话，就会开始身体力行禁欲主义者的哲学，试着

1　伊洛科族（Iropuois），北美印地安人的一族。

回想所有过去发生的趣事，包括你以前做过的每件蠢事来让自己好过点。还有，你嘴巴绷得那么紧是怎么回事？"

当我望着窗外时，并不觉得自己的嘴巴紧绷，也不觉得什么事有趣或者充满智慧。现在雨正猛烈地下着，每落下一滴雨，我就感觉到我那猎人的灵魂被刺伤了一下。为了今天，我已经等待了九个月，还有像是一个世纪长的上个星期。很少猎季开始的那天是星期六，但是今年碰上了，这种不寻常就好比是永恒的圣诞节，或者整个月里都没事可做的星期天一样。

看起来，我和天气真的是合不来。我不只一次因为下雨而取消了星期六的计划，但是我总可以找得到其他事情——当然不是抢银行——来消磨时间。因雨取消周六计划总是会深深地刺伤我的心，这时候，爷爷说的那些关于如何度过下雨周六的大道理，对我而言，并没有很大的帮助。

但是，我从来没有遇过一个下雨的星期六，又刚好是狩猎季开始的第一天，尤其当上个猎季在二月底结束后，我从把猎枪收起来的那天开始，就一直期待着今天的到来。

上个星期，我已经从枪械商店中买妥了足够的弹药，并耗费了整个星期六晚上待在纳克斯警长位于乡间的家里。除了警长家的鸟，还有古德曼太太家的、佛罗伦萨·汉德瑞克斯婶婶家的、阿布纳家的、玛莉·米莉提阿姨家的、林登·纳克斯家的鸟儿，以及那些四处跑来跑去的鸟，全都等着我这个星期六去猎。自从天气转冷之后，每个星期天狗儿都会进行模拟狩猎练习，为练习用的肉味粉而兴奋不已。有一只六个月大的幼犬，还表现出一副像是要当只松树林里最棒的猎鸟犬的模样似的。

星期一，天气晴朗，万里无云。原本茵绿的草地因初霜的降临而枯萎，玉米壳的颜色转为枯黄，成熟了的柿子吃起来不再生涩，夜间的营火让人感觉温暖舒适。前一个星期天，狗儿们在训练课程中表现良好，它们已经为狩猎季准备妥当了，跟我这个猎人一样。

星期二天气仍旧晴朗，接下来的星期三、星期四和星期五都是好天气。再过一天就是星期六了，不用上课，而且狩猎季开始了！

然而，现在却下着猛烈的大雨，雨滴都像棒球一样大。强风粗暴地刮吼着，无数细箭般的雨丝不断打在墙壁和窗户上，窗户玻璃也因为雨水而模糊不清。雨大约是从早餐时开始下的，最初只像玩笑般，几颗水珠从天而降，在纳克斯警长家前院干净的沙地上点出了几个小黑点。过一会儿，小黑点慢慢变成大洞，再慢慢变成小水道，到最后小水道扩大成几个水洼。即使是诺亚，一定也不曾经历比我眼前这场更可恶的雨，这场居然下在狩猎季第一天的雨啊。

那丰盛的早餐温暖了我的身体，有燕麦粥、火腿、蛋、碎玉米及咖啡。壁炉里的火焰照亮了整间房子，然而，猛烈的暴

小男孩长大后

雨从连接两栋房子间的走廊中吹了进来，飞溅进来的雨水沿着凹凸不平的地面漫游。顶着强风豪雨，我打开前门来到前廊上。这雨其实也没多大，不过就是让人看不清楚马路对面、那片有鸽子躲藏其中的黄豆田而已。狗儿们一开始还跟着我走出客厅，可是在风雨的吹袭下，它们很快地就躲到门后面去了。老是喜欢在马路上闲晃等着被车撞死的珠鸡们，现在全部挤在房子下面的空隙中，竖着羽毛，发出愤怒的喧哗声，用双脚嫌恶地踢踏着潮湿的沙地。

我又打开门，带着狗儿们走回屋内。爷爷还有警长一起坐在壁炉的前面，从烟囱上面滴落进来的雨水，使壁炉上的三角铁架吱吱作响。此时我已经整装待发，但是两个老人家却连他们的靴子都没有穿上。他们都只穿着舒适的居家鞋，露出一截穿着卫生裤的腿，甚至连猎人穿猎靴时一定要穿的羊毛袜都还没穿上。

爷爷摇摇头说："你最好把你身上的装备卸下来，我觉得今天你没有机会打鸟了。约翰，你说呢？"他转头对着警长说，"今天的雨看起来是不想停的样子了，是吧？"

警长对着炉火吐了口痰，回答说："对，你今天是看不到太阳了。我觉得过一阵子它可能会出来，但不是现在。即使现在天气转晴，林子里也太湿了。鸟儿们会栖息在高高的树枝上，蜷曲着身体待在茂密的叶子中。它们不会出来吃东西的，而且

男孩讨厌忍耐

太湿，猎狗什么也闻不到。在这样的天气里，空气中不会留下任何气味的。"

但当时我就是想硬拖着猎狗，坚持要到湿答答的林子里去，可是爷爷摇了摇头说："浪费时间，你真那么做的话只会让你的枪生锈，而且你也会感冒的。你最好承认这个事实——今天不是你的幸运日。连猎犬也知道这种日子最好不要出门。这样的天气只适合打野鸭，可惜猎鸭季还没开始。所以现在你最好忍一忍，回想一些过去的趣事让自己好过点吧。"

当然，爷爷是对的。猎鸟最好的日子，有时就是在特定条件下的雨天里，像那种足以滋润干枯土地的毛毛细雨，会让猎狗的鼻子变得比较灵敏，就好比湿润的夜晚能增进汽车引擎内的汽油燃烧，是一样的道理。因此，猎犬更容易找寻与追踪猎物，把成群的鹌鹑聚集到一块儿，即使落单的鹌鹑也会被牢牢地盯在原地，如此一来，不但比较容易瞄准，而且当你开枪射击后，鹌鹑在猎犬们的盯梢下也不敢轻举妄动，四处乱飞。

我有几次狩猎的辉煌战绩，就是在天气半湿的日子里，因为那种天气，懒惰的猎人会待在家中温暖的壁炉旁边。但无论如何，今天都不会是个适合猎鸟的日子，这样猛烈的雨势，我必须划着小船才能到得了最近的花生田哩。

警长跟爷爷继续开心地聊天，大多是关于战争、政治、庄稼还有最后一次猎鹿的情形，但是我对他们聊天的内容一点都不感兴趣。我还在幻想着过一会儿会阳光普照，猎狗在野地里巡视的情形。

爷爷看我坐立难安，好一会儿后他说："你就不能去和女孩子们一起玩玩，给我们两个老头子一点点宁静的空间吗？你都快把地毯踩破了，那绝对不是一个有耐心的人该有的样子，况且，你把我和警长都搞得神经兮兮的。"

如果是现在的话，我对女孩子们可没有任何抵制的心态，特别是年岁增长之后。但在当时，我唯一可以接受的，只有当女人们在厨房里做着香喷喷的美味食物，好让我待会儿能大快朵颐的时候。小时我觉得几乎所有的女孩子都是三姑六婆，只会咯咯地傻笑，如果你用斜眼看她，就会哭给你看。我从来没认识哪个女孩子扔棒球时手肘不会乱转，而且当时大家一般的看法都认为，女生都是好孩子，而男生全都是混蛋。

警长有一群女儿，艾瑟儿、莎丽、安妮、梅，还有葛楚德，都在旁边叽叽喳喳说个不停，对此我能想到的只有咯咯乱叫的雁群，除了把我搞糊涂，什么也不会做。狗儿们也帮不了我什么忙。它们躺在炉火旁边，看起来就跟我一样消沉。这真是我经历过最令人挫折的室内活动了。

大雨持续到午餐时间，沉重的敲击声仿佛是用榔头在槌打什么似的。我们吃了一顿当时称之为大餐的丰盛午餐，但是我对那些炸鸡、鹿肉、苹果派、糖衣番茄及其他我平常爱吃的东西，今天根本一点兴趣都没有。午餐后，爷爷严肃地看着我，然后少见地用和表情同样严肃的语气跟我说："去去去，带上你的枪，再带上一只笨到愿意跟你出去的猎狗，给我出去打猎！在你把我们全部人搞疯之前，快给我滚出去。"

我把老旧的油布雨衣披在猎装夹克的外面，带上枪，踹醒猎狗。它们心不甘情不愿地离开壁炉，我还得用力拽才能把老猎狗们拖出门，只有那只小伙子在莫名紧张的心情下还觉得出门很有趣。门外还下着倾盆大雨，我步履维艰地走到黄豆田，希望能惊起只鸽子什么的，可惜一只也没有。在灰蒙蒙的松软土地上，清一色是烂泥巴，我的靴子一碰上就像是用水泥黏上了一大块。才一踏进去，每只脚都像有一吨重，走起来十分费力。

那天我学到了，有两样东西在恶劣的气候下不会变得更好：一个是海洋，另一个是林地。后者比前者还要更糟。

到现在我仍然不知道，下雨天动物们到底能做些什么事。我猜想，兔子会钻到它们的地洞里去，小鸟会躲在树洞中或是匍匐在树叶下。那天在下雨的林子里、湿透的野地上和泡水的大草原中，都没有出现动物们活动的迹象。猎狗们的皮毛湿透了，上面勾满芒刺，而且还浑身发抖。我的老旧雨衣只能提供一点小小的保护。四周狂风暴雨，雨滴流进我的眼睛里，让我视线模糊，鼻水直流，就像是树枝上不断流下的雨水。

我强迫猎狗们进入沼泽地，因为我估计那边的大树下可能有一些仍然干燥的土地，而且还可能会碰巧遇到一群鹌鹑。虽然我计划如此，但可惜什么都没有，而且我在跳过小溪的时候还滑了一跤，虽然没有因此全身湿透，但还是稍微沾湿了一些。

大约两个小时后，我决定放弃。猎狗和我又艰难地走回农场，我们全都又冷又悲惨。屋里所有人一定都盯着看我们蹒跚地走进门廊。

爷爷一定老早就看到我们回来了，因为他直接到门廊上接我们。他严厉地说："快把湿衣服换下来，然后到壁炉前面来烤火。不过记得先把狗儿们擦干后才能让它们进屋子里来，它们在半干半湿的时候最臭。"他一讲完就转身踱回客厅的炉火边。

在换下湿衣服时，我几乎冻僵了，而且在还没把狗儿们用熏肉房拿来的麻布袋擦干前，爷爷一定不会准我进客厅回到壁炉边。进了客厅，我先背对着炉火烤火，这时爷爷讽刺地问："打到任何鸟了吗？"

"没有，爷爷。"我回答他。

"看到任何东西吗？"

"没有，爷爷，没有任何东西。"

"我也觉得不会有。"爷爷对我说，"在外面挣扎了这几个小时之后，你有觉得好多了吗？"

"没有，爷爷。"我继续回答。

"证明了什么事吗？"

"没有，爷爷。"

爷爷说："喝杯咖啡吧，然后听警长说个故事。他要讲一个坏农夫在那条路后面的坟场，用一把长柄斧头杀死他太太的故事。"

那是一个充满血腥，令人毛骨悚然却又能吸引小男孩的故事。当警长说完后，爷爷起身走到窗户边。

爷爷随即说："看样子雨渐渐变小了，如果明天不是个晴天的话，我可是会很惊讶的。明天天气可能会很好，不幸却是个星期天。"

我在旁边嘀嘀咕咕地抱怨着，连我自己也搞不清楚在说什么，不过感觉像是在忍受着今天的坏天气，接着我打了个大喷嚏。

爷爷说："你真是少根筋，就像你妈一样。而你妈则像你奶奶一样少根筋。我说少根筋的意思是指，你必须吃到点苦头才能好好地学会忍耐。但我倒是没看到你因为少根筋而被嘲笑，只看到你因为这样得到不少宝贵的经验。在我看来，那个喷嚏代表你已经从所做的蠢事中学到教训了。你应该听我说过很多次了，遇到坏天气其实也不错，不过你得知道这种情况下该做些什么，比如说像今天这样的天气，你就该好好地待在火炉前面读本有趣的书。"

紧接着我又打了个喷嚏。

爷爷摇摇头说："去后面找个女孩子，跟她要点咳嗽糖浆，还有在脖子围上条围巾。要忍耐喷嚏可不是那么好受的。无论如何，你因为今天的愚蠢而生了病的话，你明天就更不能去打猎了。明天一定是个该死的好天气，你看云都散了，太阳也出来了。"

这次我忍住喷嚏说："但明天是星期天，又不能打猎。"

爷爷露出神秘的微笑："喔，你这次又太正经了。我们现在可是远远地在森林里，而且还跟警长在一起。你现在可是有法律保护的耶，如果你不到处说嘴的话，这次我就不相信哪个法官会不对你网开一面。这个下着大雨的星期六，又是狩猎季开始的第一天，给你的惩罚已经足够啦，我想高高在上的上帝会给你点恩赐的。"

我喘了一口大气，像是有点肺炎的前兆，不过我一点也不在乎。这就是我的爷爷。他就像只浣熊般狡猾。那次事件让我对"智慧"又多了一层领悟，即便我再多活一百年，也完全无法猜到爷爷在想什么，不过当时我可一点儿都不敢抱怨。那天，我很高兴自己"累积了欢笑"，甚至晚餐后还帮女孩子们洗了碗，而且只打破了一个盘子呢。

第二十九章

家

　　很多年前，爷爷决定卸下身上的重担。那时正处于经济大萧条的年代，爷爷和绝大多数的人一样，以房子做抵押，向别人借了一笔钱。从现代的角度看来，那并不算一笔为数庞大的借贷，然而，数千元在当时就好比是现在的数百万一样，几乎是偿还不起的。在那个年代里，只要储钱罐里还能存有一分闲钱的人，都可以算是非常有钱的富翁。一个能够在商店里赊账，买些少量日常生活不可或缺的豆子和猪肉的人，就已经比大多数人都还富有了。整个20世纪30年代初期，不是每个人都偿还得起借款，当时，即便是债台高筑的银行都不算是破产。

　　那个时候奶奶已经过世了，加上当时大家都处于破产的局面，那位借钱给爷爷的有钱家伙为了保险起见，自然而然地取消了爷爷赎回抵押品的权利，因此爷爷决定用这栋房子来还债。

这是个会让爷爷非常痛苦的决定，事后也证实确实如此。有人说，那位有钱的老家伙是个一毛不拔的铁公鸡，也许真是如此吧。

最后，我们的家族宣告破产，并且四散各地。很明显，家族里没有任何一个人看起来像会赚大钱的样子，因此，现在拥有我们老家的那个家伙，在哀声连连后只好决定把房子租出去。但是，他发誓只要他还活着的一天，就绝对不会把这栋房子卖给我们家族以外的人。他也很喜爱这栋房子，甚至胜于曾经住在这栋房子里的一些人。

这是栋很舒适的老房子，我们祖孙俩相处的时光大半都是在这儿度过的。它位于南港，这个慵懒的北卡罗来纳州小镇，我已经在文章里提过太多遍了。镇上的杉木凳是老人们歇息、嚼烟草和争辩的场所；坐在航海公会里的男人们总是用小望远镜远眺着炮台岛和凯士威岛外的大海；罗伯·汤普生先生的台球室是年轻人下雨天时聚会的场所；普莱斯·佛柏利斯先生的电影院"阿莫左"、华特生和赖吉特的药房，还有高斯·麦克奈尔的加油站；这些地方就是这个小镇所有的社交场所了。在这个南方小镇上，即使你直接讲"那个树林"或者"那条街"，大家也都知道你指的是哪片小橡树林，或者哪条街。

在那个遥远的年代里，我们的老家是栋外表漆成黄色的方形建筑物，紧邻着一小片橡树林，我们常在那儿逗弄猫咪。隔壁是汤米舅舅的家，斜对角是华克舅舅的房子，隔着一条街和山姆·瓦特家相对。山姆拥有镇上最棒的猎鹿犬，大家都说，山姆重视他的猎犬更甚于自己的孩子们。

在那个年代，一般的住宅都还没有地下室可以储存旧物，因此，大家都习惯把旧物塞在架高的房子底部，那里就变成了小孩子的寻宝天堂。这栋老家的底部是以砖头架离地面的。下雨天时，我总喜欢花上好几个小时，在堆积如山的旧货里头仔细翻找我的宝物。无论是爷爷打猎的帐篷、为了修补破洞而拖上岸的小船、坏掉的船桨及破烂的手抛网、成箱的黄色书刊，甚至是奶奶那个已经发霉的侧坐马鞍，对我而言，都是令人兴奋不已的东西。

房子的前门旁边种有几丛石榴，厨房后面的院子里有一座棚架，上头攀爬着马拉加葡萄藤，是史卡帕农河[1]一带盛产的众多葡萄所能酿出的酒中我所品尝过最美味的了——我曾经喝过附近农庄酿造的葡萄酒，刚刚从冷藏库拿出来的酒喝下去，感觉冰冰酸酸的，常让我闹肚子。后院里还有一棵无花果树，它结的硕大果实裂开后流出的白色黏液，总会吸引大群的鸟儿、金甲虫和大黄蜂前来觅食。除此之外，后院里还有一株高大的胡桃树，秋天时会如下冰雹般，一瞬间掉落满地胡桃。

1　史卡帕农河（Scuppernong），位于美国北卡罗来纳州，以盛产葡萄闻名。

虽然我并没有花太多时间待在屋内，然而屋子里头却是十分的舒适。老家的起居室里有一台卡拉玛索牌的暖炉，还有一幅看了令人不太舒服的画，上头画着一只圣伯纳犬照顾着一个小女孩。房子里还有一个大厨房，那是我们的老厨娘葛丽娜以女王的威严所掌管的地盘。厨房外面有一个放置抽水泵的架子，上面架着花岗石条纹的洗手盆，洗手盆旁挂着一个脏兮兮的卷筒纸巾。靠近架子的天花板上，有一根钻有两个孔洞的橡梁，在梅姨还是个小女孩的年代，那儿挂了一个秋千，现在秋千已经不见了，只留下了挂秋千的洞。

事实上，老家现在还在那儿。用长叶松木盖的老房子仍旧坚固，坚硬到你必须先钻好洞才能把钉子打进墙壁。这栋房子的地基不是很稳，虽然在暴风雨中屋顶会摇晃得十分厉害，不过却不曾倾斜或整个儿被吹走。这栋老房子已经快有一百年的历史了，在以气候严峻闻名的卡罗来纳州海岸一带，经历过一次又一次暴风雨——艾莉丝、艾瑟儿、海伦和最近一次的唐娜——的考验。也许有不少屋瓦在这些暴风雨中损坏了，然而，就像其他那些在粗糙的"速成屋"发明前所盖的老房子一样，爷爷的老房子至今仍旧屹立不倒。相较之下，现在那些有着地下室的现代化房子，仿佛只要微风一起便会整个被刮走似的。

时光飞逝，经济大萧条的年代过去了，紧接着第二次世界大战爆发，几年后才结束。在这段期间，我都一直注意着爷爷的那栋老屋。它曾经被租给各式各样的家庭，那些家庭成员并没有好好珍惜这栋老屋，他们的漫不经心从房子的状况就可以看得出来。战争结束后几年，我带着我的狗史诺克到南方公干时，顺道去看了一下爷爷的老房子。那真是一栋糟透了的房子。

我们的老家，和那些不再有小孩和狗群嬉戏的房子一样，失去了原本的蓬勃生气，而且被弄得脏兮兮的，残破到令人怜悯。这十七年来，居住在这栋房子里的陌生人并没有好好善待它：玫瑰花丛枯死了，屋内那个会发出清脆声响的玻璃吊灯也毁坏了。这个老吊灯曾陪伴着我们和被厨房飘送过来的各种香味——烤火鸡、香料水果蛋糕、香煎火腿和烤饼干——所吸引而来的鹿儿，一同度过了无数个圣诞夜大餐。

原本的百叶窗破破烂烂地吊在窗外，被风吹得砰砰作响，门廊也已经腐朽坍塌。前院的玫瑰丛都不见了，取而代之的是裸露的砂岩及蒲公英，原本那一道道工整的多年生植物围篱，不是枯黄就是已经凋谢了。不过木兰树还在，比以前更高更粗大了，上头有只鹩哥仍然在月夜里，高声鸣唱着清脆悦耳的小夜曲。葡萄藤不见了，藤架也倒塌了，只剩下一截被砍断的无花果树残干，还有一棵病恹恹的胡桃树。

那个时候，我在成人的世界里也有很多烦恼。我住在纽约，必须常到世界各地旅行，而且还养了一条狗，所以我的手头并不宽裕。可是看到爷爷那栋老屋的模样，让我十分难过。我开始回想住在这栋房子里时，所有发生在我身上和我所做过的事情，还有我在这栋房子里及从这栋房子上所学习到的道理。从我还是个满头乱发的胖小男孩开始，就喜欢在这栋房子消磨时光，如今我依旧珍惜的事物，绝大多数都是源自这栋老房子。这栋老房子不但充满了圣诞节、感恩节、复活节及夏日的美好回忆，还是我那充满打猎、钓鱼、狗儿、小船、雁鸭和鹌鹑的童年堡垒。这栋房子宛如一间古老的教堂，孩子们在其中学习到什么是尊严，而成年人却依旧保持着纯洁的赤子之心。这栋房子不仅仅只是栋老房子，它代表了我的过去。

我曾经从木兰树上跌下来过，也射击过这棵树上的鹩哥，为此我还遭受了一顿肉体及精神方面的责罚。我也曾经搜集掉落一地的胡桃果，还为了捍卫无花果树的果实和鸟儿大打出手。屋子旁的那一小片橡树林仍在，多节的树干仍然垂挂着西班牙苔藓，以前我们总喜欢在这片树阴下打棒球。山丘的另一边，有农舍、河狸筑的水坝以及荷兰人溪，是我在还没认识"狩猎"这个字眼前去打猎的地方。从前院望出去，可以看到海岸边的杉木凳，和一排像盐粒反射阳光般闪闪发亮的旧式房子，我打赌我还能找到那艘旧沉船，在那个位置鱼儿总是很轻易就会上钩。

与我随行的狗儿跑进长满杂草的院子，把它的黑色鼻子埋到草地上，短短的尾巴直竖向天空，等着我去跟它嬉戏。院子里仍然有一只鹩哥，正准备演唱一首诙谐曲。橡树林中，一双蓝色羽翼急飞而逝，旋即传来一阵蓝鸦聒噪的喧闹声。从海面吹来的新鲜海风，夹带着浓厚的咸味及重油的味道，再加上一丝淡淡的鱼腥味。

我想起1949年十月，猎松鼠的季节开放时，系着铃铛的猎犬在稍有凉意的十月森林中追逐着雄鹿。爱情随着初霜而悄悄降临，雄鹿鼓起的脖子，是向雌鹿宣告着它那不惜一切的热情。在宝海岛海滩及康凯克的海岸边，蓝鱼会游进沼泽里，偶尔也会发现一大群海鳟。狗儿们在后院里呜呜地低吟，热烈地期盼下个月猎鹌鹑季节的到来。负鼠在树叶已然掉落的柿子林中睡觉，身体蜷缩成紧紧一团灰球，树林中弥漫着蓝色的烟雾，渐渐低垂的夜色催促着小黑炭把牛群赶回家，附近的某户人家里正宰杀着猪仔……

我系着玛丽亚女伯爵牌的领带，开着一台蓝色的别克敞篷车。我替报社写专栏，把稿子卖给杂志社赚取稿费，到史托克俱乐部[1]观看表演，在高级餐厅"21俱乐部"用餐；我是脱衣舞娘的熟客，她们总是亲昵地呼唤我的名字；我住在大厦顶楼的豪华公寓中，并积欠了一些银行贷款。

---

1 史托克俱乐部（Stork Club），1950年代纽约极富盛名的俱乐部，许多明星、有钱人、名流均常出没于此。

我感觉自己像是个过去一片空白，不曾真实存在的人。当爷爷的老房子寂寞地伫立在它原来的地方，被剥夺了原有的温暖及欢笑时，我感觉自己像是穿着别人的衣服，开着别人的车，并使用别的名字过活的另一个人。

当然，你绝对知道我后来做了什么。我有了鹩哥，我有了木兰树，而剩下的只是那张抵押的借据。

我拜访了那个被称为吝啬鬼的老人，告诉他我是爷爷长大后的小孙子。他说他还记得我，虽然我不确定他是否真的还记得。但是，这个被称为吝啬鬼的老人，他就像是片枯萎而即将凋落的树叶，他告诉我，他很乐意用原本抵押的金额将爷爷的老屋卖还给我。

或许他以前真的很吝啬。基于战后的通货膨胀，以及当时房屋短缺的情况，他原本可以用三倍的价钱将这栋房子卖还给我，然而，他却没有这么做。不论吝啬与否，他在人生抵达终点之前，维护了自己过去的誓言——将这房子交回给原本的家族。最后我买回了爷爷的老屋，并不是因为我要使用它，而是我很需要它。

如今，重新粉刷过后的老屋骄傲地矗立在原地。四周的花草被细心呵护着，屋子内部也重新整修了一番。我的母亲——她在这房子出生——现在是它的女主人，我的父亲则在后面的起居室看着电视。过去，爷爷总习惯在那儿聆听音乐，用旧式的留声机播放那首曲调哀伤的 *The Wreck of the Old Ninety-Seven*。

在后院门廊上荡秋千的小女孩，现在住在"那条街"上，已经当了好几年的祖母了。老屋里再度洋溢着温暖的光线以及笑语，而随着时光的流逝，狗儿和孩子们也会陆续出现。厨房里又恢复了往日的欢笑，熟悉的香味充满垂挂着老玻璃吊灯的餐厅。厨房里再度飘出玉米、奶油拌甜豆和热比斯吉的香味，圣诞节的水果蛋糕也一如往昔，掺和了浓浓的白兰地。

光阴似箭，岁月如梭。不久前，我们接到银行的通知，说我们的房贷已经完全缴清了，也就是说，爷爷的老屋已经完全回到我们的手中，再度成为我们这群游魂的幸福避风港了。木兰树和鹩哥又受到了保护，花儿也重新绽放，我有时会忍不住想着，爷爷知道了不晓得会多么开心呢！

第三十章

伟大的朋友

　　一只老狗的死去，就如同任何一个人——无论是老的或年轻的——的去世般，总是令人心痛，甚至就某些层面而言，失去狗儿所产生的悲伤也许更为深沉。人们已经完全地依赖狗儿，让狗儿俨然成为人类世界的一分子，狗儿和人类之间的亲密关系更胜于人与人之间的友谊，无论主人的缺点再多，狗儿仍旧对主人报以盲目的忠诚。失去一只狗让人倍感痛心，因为随着它的死亡，也永远地带走了一个人心灵中的某一部分，至少对我而言是如此。

　　你应该记得爷爷曾经自嘲地说过，"老狗跟老人的气味一样臭，而且最好让他们远离屋子"。他老人家也曾提及，"看着一个生命慢慢地死去是不怎么好受的事情，尤其当这个生命是你自己时"。

当时，爷爷指的是我们家的一只老狗，它已来日无多，我们所能做的只是尽量让它感觉舒服点。然后，有一天它死去了，它的死亡意味着，它不能再和活着的人们一同分享生命，而人们也因为它的逝去，失去了一个能丰厚他们生命的伙伴。当爷爷过世的时候也是如此。

从我有记忆开始，狗儿们就征服我的心了，不过我指的并不是那种受人溺爱的宠物狗。和人类一样，每只狗的智能和个性都大不相同。我的米基是一只母的可卡猎犬，却比杜宾狗还凶猛。弗兰克是只身上长满蓝色斑点的卢埃林种赛特犬，是只风流到会把自己吊在篱笆上面吸引其他母狗的色犬，它早该过了那样恶搞的年纪了。阿汤，这只咖啡色跟白色交杂的指示犬，是我曾拥有过最棒的猎鸟犬了。不过有点儿奇怪的是，它的声音从来没有变声为成年犬该有的低沉，它在配种时会发出尖锐的叫声，其他的公狗也因为它尖锐的声音，从来都不敢咬它。然后当然是山迪，一只柠檬和白色相间毛皮的英国赛特犬，有着一副恶劣的个性，以及我所遇过最灵敏的鼻子。再来是杰特，一只黄金赛特犬，它这辈子大部分的时间都躺在我的工作桌上睡觉；还有赛特犬双胞胎——亚伯库隆比和比奇；一只像白瑞德[1]般高大挺拔的指示犬，但是它后来离家失踪了；最后则是

1　白瑞德（Rhett Bulter），小说《飘》中的男主角。

现在陪伴着我的这群狗。

这群狗值得来说一说。其中一只已经结扎了的法国贵宾母犬，它的名字叫作梅塞丽小姐，可能是这世上唯一一只笨到不行的法国贵宾犬。它真的连下雨时应该进屋里避雨这种常识都没有。我养的史诺克可能是我见过最聪明的斗牛犬了，然而，它的孩子包括沙奇蒙、沙奇蒙的姐妹温蒂，还有沙奇蒙同父异母的手足鲁法斯、犹安和莲那，就完全不是那回事了。

骄傲地活了十三个年头的史诺克是纯种的斗牛犬。和它的祖先一样，它也只和纯种的斗牛犬配种。西班牙有许多混种的斗牛犬，它们都有像穿了白袜子般的脚和纯白的胸膛，精力旺盛地到处跑来跑去。实际上，我的这只老绅士只配种过四次，却在短暂的蜜月期里总共生下了四十二只小狗。最近一次我们从马德里为它带来了一位新娘，它马上就当了十一只小狗的爸爸，这对一只年高德劲的老狗来说是相当不错的成就了，尤其是像它这样一只脚已经踏进棺材的老狗。大家都说，即使是史诺克家族里的小矮子，都远比别人家大个子的体形来得巨大。

不过，沙奇蒙是例外，它和它的西班牙妈妈一样矮小。而且，和它那不起眼的小个子不同的是，它有着一副我这辈子所见过最糊涂的个性。它就像是年轻版的米基·鲁尼般滑稽。它总是大剌剌地摊着四肢呼呼大睡，如果早晨我忘了踢它起床的话，它还会生气。它总在园丁工作时咬他的脚踝捣蛋。沙奇蒙深深为鼻窦炎所苦，只要听到沙奇蒙气喘，我就可以告诉你何时将要变天。我想把沙奇蒙像它姐妹温蒂一样送出去，可惜只要是头脑清楚的人都不会想养它，最后的结果就是我被这愚蠢的小家伙给绑住了。

　　其实，若这些狗儿年纪在还小到不足以成为这个家族一分子的时候走失，或者是死于犬瘟，抑或是像老弗兰克一样因为好色而把自己吊死，都还是可以承受的伤痛，然而我们眼睁睁地看着史诺克一步步地走向死亡，却是一件非常恐怖的事情。

　　想起当年，我买了这只十周大的小狗当作礼物送给我的太太。在一顿佐以马天尼的丰盛午餐后，我和作家保罗·加理寇、编辑比利·威廉斯还有一个叫作伯尼·瑞林的朋友一起去长岛挑选幼犬。在狗主人的眼中，每只幼犬看起来大概都没有太大的差别，他放任小狗儿们四处乱跑，并且用力地捆打每一只小狗。其中只有一只幼犬敢露出它的乳齿，龇牙咧嘴地向它的主人反击。

　　我说："我就要那只，那只最会打架的。它叫什么名字？"狗主人回答说："它叫作'碎片'，就跟它爸爸和爷爷一样，把东西撕成碎片是它的拿手把戏。"

　　当时我刚以首位市民的身份，进行了为期一周的水下潜艇航行测试。所以我说："它的名字是史诺克[1]，它看起来就像是

1　史诺克（schnorkel），指的是潜水艇潜水时使用的水下通气管。

只该命名为史诺克的狗。"

当它出现在众人面前时，这只小狗已经是我所看过最凶猛的斗犬了。它六个月大时，我就必须使出全力把它拉离一只被它攻击的成年杜宾犬。那只杜宾犬喉咙被咬住，四只脚腾空挣扎，一副可怜兮兮的模样。直到我拿棍棒撬开史诺克的嘴，它才肯松开那只杜宾犬的脖子。

就在同一个星期，史诺克对水产生了负面的印象。当时我正驾着小船在新泽西的一个湖面上钓鱼，而那小子则站在码头上。我从船上叫唤它，它却以为眼前的湖面只是暗蓝色的人行道，于是直直地走下码头，结果差点淹死在湖里。

从此之后，所有的水都变成史诺克的敌人。这可不能解释成说怕水是斗牛犬的天性，因为史诺克的小孩沙奇蒙可是要被牢牢拴住，才能阻止它在非洲跟梅塞丽小姐游泳一整天。住在我们附近的西班牙人给史诺克取了一个绰号。他们叫它"救生员"，因为它总是在海滩边走来走去，不安地扭动它的脚爪，嘴角喷着泡沫，急切地哀求人们在溺死前赶快从那片湿漉漉的水里爬上来。

当我们住在格林威治村[1]时，史诺克还是只小狗，然而它的社交圈却十分不寻常。在米诺塔街一带住着一个流氓，他的

---

1 格林威治村（Greenwich Village），美国纽约市位于下曼哈顿的居民区。

个子矮小，人很好，而且长得有点像狗。有一天，他在平日活动的地方靠近我并跟我搭讪，他提及听人家说保险公司拒绝我们投保，原因是我住的地方治安太坏。

他说："不用担心，不会有人敢动你一根寒毛。你可以不用锁门。这个镇是我的地盘，不会有混混胆敢欺负你的。"我等着他说出他真正的意图。"你不介意有时候让我带你的狗散散步吧？我没有办法抗拒狗的诱惑，而且我很喜欢你这只狗。"

我回答："没问题。"从此以后，当有铃声或敲门声响起，甚至有一个小石头轻轻砸到玻璃窗时，流氓先生就会穿着他一成不变的外套出现。这时我就会把史诺克带下楼，然后这两个暴徒一起去散步。

当我必须工作到深夜时，偶尔吉妮·鲁瓦克会帮我去遛狗。但我从来不担心她在清晨两点时还待在阴暗的后街上。有一晚我从窗户看出去，当她带着这只狗在深夜的街道上散步时，我看到一个暗影飞快地藏进旁边更深更暗的阴影中。

"你不用担心你太太在深夜里遛狗。"我那沉默寡言的流氓朋友有天跟我说，"我的手下永远都会在附近保护她们的。"他犹豫一下，"他们没有其他的事情可以做。"然后他又说，"我现在可以去遛你的狗吗？"

史诺克很敏感；它是个暴徒，而且不喜欢陌生人。在这儿我必须先跟你们说，史诺克曾经拥有一只温驯的鸭子，还照顾过一只名字叫作"骗子"的猫。但这并不表示它喜欢鸭子或猫。它只是喜欢那只鸭子，还有那只叫作"骗子"的猫，就跟我们的流氓朋友一样。

有一天晚上，几个小鬼头打算在这附近打劫。那晚史诺克刚好没有被拴住，结果它把这些擅自闯入的小鬼赶上了逃生梯。人家说斗牛犬的嗅觉不是很好，不过它们的感觉却非常灵敏。当经济状况慢慢改善后，我们搬到比较高级的第五街一带，史诺克还曾经把一群小偷吓得逃到仓库[1]屋顶上。那晚，它的确表现得像个专职的居家保安人员。

这是一栋高级公寓的顶层，电梯打开后就正对着我们家的起居室。我们在这里举办了一个大约一百五十人的聚会，有点类似生意上的鸡尾酒会，而史诺克则快乐地跳上每位客人的膝盖。我猜它很开心能认识这些与会的宾客，其中包括一些穿着蓝色西装[2]，超级讨厌狗儿的爱猫人士。突然间，我太太在一个远处的角落呼唤我："史诺克不愿意让这两个人出电梯，它还对他们低吼，就像在驱赶小偷似的。我猜他们是你在路上带过来的朋友，不过你最好跟狗解释一下。"

---

1 仓库（Outbuilding），指的是和主屋相连的附属建筑物，通常当作储存东西的仓库或用于其他用途。
2 蓝色西装（Blue suits），通常指那些穿着鲜艳西装的成功人士。

他们外表看起来非常亲切，似乎是那种可以圆滑地融入谈话中的人。但是史诺克却紧绷着四肢并露出尖锐的牙齿，表示它一点都不喜欢这两个人。我肯定从未见过这两个吊儿郎当的人。

我问："你们想干什么。"

其中一个人说："喔，我们猜这里是一间俱乐部什么的。我们看到这儿每晚灯都亮到深夜，而且今晚又来了这么多人，所以我们猜你可能是在经营某种夜总会。"

"你们要搭电梯离开，还是想接受狗的招待？"我对他们说，"我可一点儿都不在乎你们会变成什么样子。"

他们选择搭电梯离去，而史诺克则扭头回到宴会上，继续把它的毛沾黏在那些绅士们的蓝色西装上。

在我这个老男孩四处挣钱的这段期间，史诺克和梅塞丽小姐在欧洲待了八年。所以史诺克懂得法语、西班牙语、加泰罗尼亚语[1]、斯瓦希里语以及英式英语；而梅塞丽小姐则仍然连它的名字都听不懂。佣人们称呼史诺克为"厨子"，因为它老爱待在厨房里面。梅塞丽小姐则不跟佣人打交道。它也拒绝喝"坐

---

1 加泰罗尼亚语（Catalan），使用者分布西班牙、法国、安道尔还有意大利，大多数在西班牙，也是西班牙的官方语言之一。

浴盆"[1]——这是拉丁式的浴室所必备的设备——以外的任何水。

两只狗都很习惯旅行，它们跟着我们在帕拉莫斯和巴塞罗那间来回奔波，也和我们在北非的丹吉尔（Tangier）待了一个夏天。这些旅行花了我们不少的时间与金钱，同时也惹了一些麻烦。在巴塞罗那时我们除了丽池大饭店，没办法找到可以长期居住的房子，而狗儿们也不在乎旅馆外的电车嘈杂声，所以我们到达丹吉尔后便住在艾儿米拉旅馆，结果因为女人间的战争及摩洛哥暴动的关系，我又再度透支了我的银行存款。

它们在西班牙过得非常惬意，有仆人可以使唤，在两栋房子前都有一个大庭院，庭院中种了各种花卉可以随它们撒尿在上面，其中一幢房子前还有一片满是游客的沙滩。出身德国的史诺克，老是对法国人咆哮，而身为法国佬的梅塞丽则狂吠德国人。不过史诺克的儿子沙奇蒙老是懒洋洋的，看起来一点都没有身为德国佬该有的样子，只是老爱咬我。

请你要专注一点，接下来，我会告诉你为什么。史诺克已经垂垂老矣，走起路来颤颤巍巍，后腿虚弱无力，而且牙齿也已经磨损到不堪使用的地步，甚至没有办法再跟自己的小孩打

1　坐浴盆（Bidet），可以让小孩净身用，或者在如厕后用以清洗屁股。

打闹闹了。喧闹会干扰到它的休息，还有它的毛皮也秃了，视力大不如前，记忆力也衰退到甚至忘了最后一任女朋友是谁。如今我的老小狗——我的史诺克——在众人的关爱怜惜中，逐渐地步向死亡。

对任何一个人来说，看着一个老孩子在衰弱、苍老中无助地慢慢死去，并不是一件好过的事情。以前所有令它骄傲的事物、幽默感、活力，以及它所重视的尊严，都慢慢地离它远去。某天它像突然感觉到什么似的，低着头，踏着蹒跚的脚步走进杂物堆里，跌跌撞撞地找寻着可以死去的角落。我在西班牙住的落后地区里，并没有专门安排狗儿葬礼的地方。最后我们在一片松树林中间帮它挖了一个墓穴，并且跟一个西班牙内政部的军人借了一把手枪，然后带着我的老狗到树林里射杀它，厨子加上那个内政部的军人还有我三人，合力用土将墓穴盖起来。戴胜鸟在松树的枝丫间跳跃着，地中海沿岸的海浪温柔地拍打着前院的海岸，在那个阳光普照的早晨，我也同时埋葬了一部分的我。我们很欣慰能送垂垂老矣的史诺克离开世界，如此一来，史诺克在我们心中永远年轻，充满活力。

然而，无法再复返的是，自从史诺克第一次跟我回到位于格林威治村的公寓，开始和我们一起生活后的那些日子，还有我搬入住宅区，随后又前往欧洲，再转往南美、非洲、印度、日本、澳洲、中国、新几内亚以及所有我向往的地方，那些年漂泊的岁月。

史诺克活了将近人类上百岁的年纪。我的老朋友也都是它的老朋友，其中有许多随着岁月的流逝也逐渐变老、生病、衰弱，然后逝去了。

回顾从拥有史诺克到埋葬它的这段日子，我发现史诺克在我的成年生涯里占有举足轻重的地位。我刚拥有史诺克的那个时期，并不比一般小鬼成熟多少，当时我刚从几年的战场生涯中回来，这场战争打断了我的青少年时期，因此战后我仍然带着年轻不成熟的骄傲与自信。史诺克陪伴着我一起成长，直到它随着时间衰老死去。

我非常庆幸史诺克跟着我一起开车到北卡罗来纳州，买回了爷爷的老房子——并不是因为我要使用它，而是我需要它。史诺克在我缴清房屋贷款时也仍活着。自此后爷爷的老屋回来了，而我的童年也随之回来了。生活充斥着一大堆的琐事、一大堆的工作，还有一连串的远离与归返。有一次，我离家九个月旅行于世界各地，回家后所受到的欢迎，就像我只是到附近的邮局散个步回家一般。

在我用毛巾把我的老朋友包好埋入土里后，帮忙我的军人跟着我一起回家，并一起为我的老狗敬上一杯好酒。在我的工作室里，那位军人目光巡视着四周，从大壁炉到墙上挂着的几个作为战利品纪念的非洲动物标本。

"它是只好狗，"他开口说道，"也是个好人。它在一个好家庭里度过了幸福的一生。"

我想，爷爷并不会在意把这句话也当作他的墓志铭吧。